Jusuf Naoum: Karakand in Flammen

Jusuf Naoum

Karakand in Flammen

Erzählung

Verlag Hans Schiler

Bibliographische Information der Deutschen Bibliothek
Die Deutsche Bibliothek verzeichnet diese Publikation
in der Deutschen Nationalbibliographie;
detaillierte bibliographische Daten sind im Internet
über *dnb.ddb.de* abrufbar.

Deutsche Erstausgabe
1. Auflage 2010
Umschlagbild: Jusuf Naoum
Lektorat: Ute Mauer
Druck: Akaprint, Budapest
Printed in Hungary
ISBN 978-3-89930-280-6

Karakand, Stamm der Ahab:

UKULUK (Volksstamm der Ahab, in West-Julkut)
Bekir: Protagonist
Zuku: Bekirs Frau
Bunduk: ältester Sohn von Bekir und Zuku
Merdin: jüngster Sohn von Bekir und Zuku
Nergess: Bekirs Mutter
Defrin: Kronprinz
Efram: Defrins jüngerer Bruder und Nachfolger
Wahid: Defrins Berater
Solok: Milizchef
Garon: junger Offizier
Tarek: Offizier
Schokschok: Feldwebel
Dobrin: Söldner der Ukuluk

BIKAREK (Volksstamm der Ahab, in Ost-Julkut)
Sunbula: neue Regentin
Tahna: Sunbulas Vater, König von Karakand
Oksul: Sunbulas Bruder
Dunja: Sunbulas Großmutter
Faruk: Sunbulas Berater
Chaibub: ein Edelmann
Hanasch und Schakusch: Anführer von Oksuls Miliz
Baria und Hanadi: Sunbulas Zofen
Akim: Medizinstudent
Nefrun: Akims Vater
Mulana: Akims junge Liebe
Barakat: Stammesältester
Arnab: Dorfjunge
Lohan: Arnabs Bruder
Sheikib: Arnabs Vater
Giagin: Arnabs Mutter
Pantju: Wirtin
Mehdi Birhan: Schulkamerad Bekirs
Kalik: Bekirs Mitfahrer
Dannak: Soldat
Komoro: Dannaks Sohn

Im Lande Karakand lebten seit eh und je zwei Volksstämme, die Ukuluk und die Bikarek, friedlich miteinander.
Beide entstammten dem Geschlecht der Ahab.
Das Land war fruchtbar und das Meer schenkte Fisch in Hülle und Fülle. Die Menschen lebten in bescheidenen Verhältnissen und kannten weder Hunger noch Leid.
Alle fünf Jahre tauschten ihre Könige die Regierungsmacht.
Mit dem Tag der Entdeckung der Silberminen jedoch brach eine düstere Zeit an:
Ein Fluch lastete auf dem ganzen Land.
Unter den Bevölkerungsgruppen entflammte ein mörderischer Bruderkrieg, dessen Ende nicht absehbar war.

Jahre später, als das Land Karakand wieder befriedet war, als Autobusse und Züge wieder fuhren, Restaurants, Cafés und Hotels ihre Türen wieder öffneten, als Schulen und Universitäten ihren Unterricht neu aufnahmen, Banken und Postfilialen ihre Schalter erneut öffneten und die Menschen nach vielen Jahren der Entbehrung endlich begannen, tagsüber und abends auszugehen, als die ersten Flugzeuge wieder den Boden des Landes berührten, die ersten Touristen verschiedener Nationalitäten begannen, die wenigen vom Krieg verschonten Paläste und die Überreste der berühmten sieben Türme zu besichtigen, die ehemals wie ein Magnet Fremde aus aller Herren Länder angezogen hatten, da fasste ich Mut und bereiste das Land.

Kaum war ich aus dem Flugzeug gestiegen und stand an der Passkontrolle, erschien plötzlich ein alter Mann neben mir. Er sprach mich mit angenehm warmer Stimme an: »Herzlich willkommen in Karakand!«

Verdutzt betrachtete ich den Fremden, denn ich kannte keinen in dieser Stadt und erwartete auch niemanden zu meinem Empfang. Neugierig musterte ich den Alten. Er sah sehr gepflegt aus und trug ein weißes Gewand zu schlohweißem Haar, seine knochigen Füße steckten in braunen Ledersandalen. Die auffallend hübschen Augen in dem schmalen, gegerbten Gesicht hatten einen seltsamen Glanz. Unschlüssig blieb ich stehen, misstrauisch geworden durch unangenehme Begegnungen auf meinen zahlreichen Reisen. Ich überlegte, was diese seltsame Begrüßung bedeuten sollte. Was wollte dieser Mann von mir?

Ich kann heute nicht erklären, warum ich ihm folgte, aber die einladende Geste des Greises und das wohlwollende Nicken des Passbeamten lenkten meine Schritte wie von selbst.

»Schenken Sie mir ein wenig von Ihrer Zeit, bevor Sie den Flughafen verlassen, Bruder«, fuhr der Mann fort.

›War dies die freundliche Art des Landes, Touristen zu einem Verhör einzuladen?‹, schoss es mir durch den Kopf. Doch bevor ich fragen konnte, erklärte mir mein Begleiter: »Es ist meine Aufgabe, jeden Gast, der unser Land besucht, durch sieben Pforten der Vergangenheit zu führen, damit er Karakand und seine Geschichte verstehen lernt.«

Noch immer blieb ein Rest Unsicherheit, doch da ich mich am Flughafen gut aufgehoben fühlte und vermutete, dass die Zollkontrollen mich sowieso eine Weile aufhalten würden, stimmte ich neugierig zu.

Aber bereits im nächsten Moment bereute ich meine schnelle Einwilligung.

»Ich möchte Ihnen die Augen verbinden, damit Sie nicht abgelenkt sind und unsere Geschichten statt mit den Augen mit Ihrem Herzen sehen. Haben Sie keine Angst, wie Sie sehen, bin ich blind, aber ich kenne mich hier bestens aus.«

Da erst merkte ich, warum ich seinen Blick nicht fangen konnte, und staunte darüber, mit welcher Geschicklichkeit er mich durch die Halle geführt hatte.

Der Alte leitete mich zu einer abgelegenen Nische im Gebäude, wo wir auf bequemen Sesseln Platz nahmen, und reichte mir eine Augenbinde.

Meine Neugierde siegte über mein Misstrauen. Ebenso blind wie er, ließ ich mich von seiner Stimme in Bann ziehen.

Erste Pforte

In der Sommerresidenz betrat Sunbula das Schlafgemach ihres Vaters, *begann der Alte zu erzählen.*

Sie trug in der Hand eine silberne Kanne, gefüllt mit heißem Jasmintee. Seit ihre Mutter vor einem halben Jahr gestorben war, hatte Sunbula Mutters Aufgaben übernommen und servierte jeden Morgen Vaters Frühstückstee. Sie genoss das allmorgendliche Gespräch mit ihrem Vater, denn er war ein gebildeter Mann, der sein Wissen mit Freuden an seine gelehrige Tochter weitergab. In diesen trauten Stunden erinnerten sich beide gern an die schmerzlich vermisste Mutter und fanden darin Trost und Kraft für ihre Aufgaben.

Sunbula war überrascht, als sie den leeren Sessel des Vaters erblickte. Erstaunt suchten ihre großen, leuchtend grünen Augen nach ihm. Schweigend stellte sie die Teekanne behutsam auf den Tisch. ›Normalerweise ist Vater um diese Zeit gewaschen, rasiert und angekleidet, die Morgenzeitung bereits angelesen. Hat er vielleicht verschlafen?‹

Auf Zehenspitzen näherte sie sich dem Bett, nur das Rascheln ihres seidenen blauen Gewandes war zu hören. Sunbula schob den Vorhang des Baldachins zur Seite, und schrie entsetzt auf: »Oh Gott, Vater, was haben sie dir getan?« Ihr Gesicht war kreidebleich. Tränen liefen über ihre zarten Wangen.

Tahna, der König von Karakand, lag in einer Blutlache regungslos auf seinem Bett. Sunbula warf sich über ihn, rüttelte ihn an seinen Schultern. Tastete nach seinen schon erkalteten Händen und blickte erschüttert in seine starren Augen. »Vater, womit hast du diesen Tod verdient?«, schluchzte sie. »So eine feige Tat. Niemals hast du jemandem etwas zuleide getan, und nun bringt man dich um.«

Voller Verzweiflung rief sie um Hilfe.

Nach und nach füllte sich das Schlafgemach mit Höflingen, Dienern, Zofen und Pagen, die voller Grauen auf die Leiche ihres Königs blickten. Mit gesenkten Häuptern bildeten sie trauernd einen Kreis um Sunbula, ohne ihren so tiefen Schmerz lindern zu können.

Die Todesnachricht verbreitete sich in Windeseile im ganzen Land. Auf dem Dach der Sommerresidenz wurde die Landesflagge auf Halbmast gesetzt.

Tausende Karakander, sowohl Ukuluk als auch Bikarek, begleiteten ihren König Tahna zur letzten Ruhestätte. Der Ebenholzsarg, mit den Farben des Landes bedeckt, lag auf der Stafette und wurde von sechs prächtigen Rappen gezogen. Dahinter folgte, mit schwarzer Schabracke, der Lieblingsschimmel des Königs, geführt vom Kommandanten der Palastwache.

Unmittelbar dahinter gingen die engsten Familienmitglieder: Sunbula, gestützt von ihrem jüngeren Bruder Oksul, Großmutter Dunja und der Großvater. Faruk, der vertraute Berater der Vaters und die Stammesvertreter der Bikarek folgten den trauernden Angehörigen. Für das Königshaus der Ukuluk reihte sich Kronprinz Defrin mit seinem Gefolge und dem Stammesältesten Wahid schweigend ein. Trotz der in der Vergangenheit gewachsenen Spannungen zwischen den Stämmen Ukuluk und Bikarek drückte er damit sein Entsetzen über die Ermordung des Staatsoberhauptes aus. Angeführt wurde der Trauerzug von einer Kavallerieabteilung des Königs.

König Tahna nahm seinen Weg zum letzten Mal über die Hauptstraße bis zum Zentrum der Hauptstadt Julkut, wo sich das Familienmausoleum befand. Der Chef des Protokolls war höchst zufrieden mit dem Ablauf, besonders mit dem disziplinierten, ruhigen Verhalten der Volksmenge.

Kurz bevor der Trauerzug die Grabstätte erreichte, ertönten zunächst vereinzelt Rufe, *fuhr der alte Erzähler nach einer Pause nachdenklich fort.*

Diese schwollen dann jedoch zu einem Tumult an. »Nieder mit Solok! Tod den Ukuluk!«, schrie die aufgebrachte

Menge. Es kam zum Handgemenge. Fotos von Solok wurden angezündet, Geschäfte der Ukuluk gestürmt und geplündert, Schaufensterscheiben eingeschlagen. Die begleitenden Soldaten verloren völlig die Kontrolle. Es blieb ihnen nichts anderes übrig, als auf die aufgebrachten Bikarek mit Schlagstöcken einzuprügeln.

Zwei Stunden verspätet senkte sich der Sarkophag des Königs in die Gruft. Von der Sommerresidenz her dröhnten Kanonenschüsse.

Die Stimmung der Bikarek beruhigte sich ein wenig, als große Mengen gebratenen Lamm-, Schaf- und Kamelfleisches, vom Königshaus gespendet, an die Armen verteilt wurden.

Am nächsten Tag jedoch befand sich das ganze Land in Aufruhr. Blindwütige Bikarek griffen zu den Waffen, die jedes Haus besaß. Rachsüchtig fielen sie in die Dörfer und Wohnviertel der Ukuluk ein. Auch die Ukuluk unter ihrem Führer Solok, der bereits zuvor ein umfangreiches Waffenlager angelegt hatte, nutzten die Gelegenheit, um sich den Besitz der Bikarek anzueignen. Die Bevölkerung spaltete sich in zwei Lager. Nach nur zwei Wochen waren feindliche Linien entstanden, die Dörfer und Städte willkürlich voneinander abgrenzten.

Eine große Fluchtwelle durchspülte Karakand, wer fliehen konnte, rettete sich zu seinen Stammesbrüdern, enge Nachbarn wurden über Nacht zu Feinden.

Nergess, eine sehr vornehme Dame, gehörte zum Landadel und hatte mit ihrer Heirat eine ebenso gute Partie gemacht. Beide Familien genossen seit Generationen Wohlstand und großes Ansehen. Nach dem frühen Tod ihres Mannes blieb Garon der einzige Sonnenschein der Mutter.

In ihren Kreisen war es Tradition, die ältesten Söhne in der Offiziersschule studieren zu lassen. Auch Nergess tat dies und war sehr stolz auf ihren fleißigen und ehrgeizigen Sohn, der statt vier Jahren nur drei Jahre für sein Studium benötigte. Schließlich sandte Garon seiner Mutter die Nachricht, dass er in der kommenden Woche mit besten militärischen Zeugnissen und Orden heimkehren würde.

Ungeduldig wartete Nergess nun auf seine Ankunft. Wenn

sie die reichen Damen zu Hause zum Tee einlud, sprach sie nur noch von ihrem Sohn Garon, über seinen Fleiß, seine Intelligenz, seine Manieren, sein Aussehen und seinen heldenhaften Mut.

Oft hatte Nergess sich die Heimkehr ihres Sohnes im Traum vorgestellt: Garon in tadelloser Uniform mit Säbel und Barett auf einem Schimmel sitzend und durch das Hoftor reitend. Allen Freundinnen, Bekannten und Verwandten hatte sie für diesen Anlass ein großes Fest versprochen. Und endlich, endlich erhielt sie diesen lang ersehnten Brief. In einer Woche sollte ihr Sohn heimkehren. Sofort begann die stolze Mutter mit der Vorbereitung des Festes. Sie engagierte Musiker, Sänger und Tänzer und stellte einen zusätzlichen Koch ein. Der Empfang sollte unvergesslich werden. Tagelang wurden die Räume geputzt, das Haus mit Blumen und Lampions geschmückt. Aus der Küche duftete es herrlich nach Lamm und Kalbsbraten. Die Musikkapelle stand erwartungsvoll bereit.

Dann kam Garon.

Doch statt Freude, brach das blanke Entsetzen aus.

Nergess schrie auf, wehklagte und fiel schließlich in Ohnmacht.

Mit einem schweren Koffer war der junge Offizier an jenem Abend aus dem Autobus gestiegen. Er brannte darauf, jetzt seiner Mutter das Diplom und die Auszeichnungen zeigen zu können. Die zwei Monate Ferien wollte er in seinem Dorf verbringen und die Ruhe genießen, denn bereits ab Herbst sollte er als Offizier in Julkut seinen Dienst antreten. So träumte er von einer ebenso erfolgreichen Laufbahn bei der Armee, wie seine Vorfahren sie eingeschlagen hatten. Absichtlich hatte er seiner Mutter die genaue Ankunftszeit des Busses verschwiegen. Die dreihundert Meter vom Dorfplatz bis nach Hause erinnerten ihn an eine Parade, und insgeheim freute er sich, die aufmerksamen Blicke der Bauern auf sich zu ziehen. Kaum stand er mit seinem schweren Koffer auf der Straße, als ihn fünf halbstarke Jugendliche aus dem Dorf empfingen. Stunden hatten sie bereits auf ihn gewartet – kein Einwohner, der nicht von der glücklichen Heimkehr gehört hatte.

Garon erkannte sie alle. Er begrüßte jeden Einzelnen mit Namen und wollte ihnen die Hand drücken. Dabei merkte er jedoch, dass sie ihm nicht wohl gesonnen waren. Mit hasserfüllten Blicken betrachteten sie ihn als Freiwild. Der junge Offizier konnte dieses feindselige Verhalten nicht verstehen. Plötzlich wusste er trotz seiner militärischen Ausbildung nicht, wie er sich vor fünf Halbstarken schützen konnte. Da kam ihm eine Idee. Aus der Stadt hatte er Feuerzeuge und ausländische Zigaretten mitgebracht, als Geschenke für seine Freunde und die Verwandtschaft. In dieser heiklen Situation hoffte er, die Jugendlichen zu besänftigen und sich Scherereien zu ersparen. Er war keinesfalls feige, aber es erschien im aussichtslos, gegen fünf zu kämpfen. Während er noch darüber nachdachte, zückte die Bande Messer und fuchtelte mit ihnen wild in der Luft herum. Dann forderten die Jugendlichen ihn auf, freiwillig mitzukommen. Seine Ernennung zum Offizier wollten sie gemeinsam mit ihm feiern. Garon wusste, dass er sich in einer Falle befand. Die Vorahnung krampfte seinen Magen zusammen. Sie trieben ihn zu einer einsamen Scheune in der Nähe seines Elternhauses. Dort zwangen sie ihn auf einen Stuhl, knebelten ihn und fesselten ihn an den Händen. Die Todesangst kroch in jede seiner Poren, während er in der Abgeschiedenheit der Hütte stundenlang misshandelt wurde. Vergebens hoffte er auf Mitleid oder Einsicht seiner ehemaligen Spielkameraden.

Schließlich ließen sie ihn vor dem Tor des elterlichen Hofes frei.

Als die vornehme Dame Nergess ihren entstellten Sohn sah, schrie sie entsetzt auf, denn die Ehre der Familie schien für immer besudelt. Dann fiel sie in Ohnmacht.

Die Diener des Hauses eilten zu ihr, einige rieben ihre Hände, die anderen schütteten kaltes Wasser über ihren Kopf. Die nicht minder entsetzten Gäste scharten sich um die Hausherrin und betrachteten wie in einem Schauspiel, was als nächstes geschehen würde.

Als Nergess nach einiger Zeit wieder zu sich kam, hatte man ihren Sohn bereits ins Haus gebracht. Die Mutter schickte zuerst mit leiser, gebrochener Stimme die Musiker, Tänzer und Sänger weg. Auch den Gästen war nicht mehr nach Feiern zu Mute, nur ihre vertrauten Freundinnen bat die Gastgeberin zu bleiben. Das Fest wandelte sich zu einer Trauerandacht. Die übrig gebliebenen Damen versammelten sich schweigend im Salon um Nergess und berieten gemeinsam, wie man diese Schande reinwaschen könne.

Etwas so Erniedrigendes war in der Familie noch nie vorgekommen. Schließlich entstammte Garon einem angesehenen Offiziersgeschlecht, das jeder in Karakand kannte. Bei Tee und Gebäck ereiferten sich die Freundinnen, und jede hatte einen besseren Vorschlag zu machen als die andere. Bald war der Tisch von klugen Sprüchen überladen, so dass er zu wackeln begann. Schließlich einigten sich die Damen darauf, zwei Beschwerdebriefe zu formulieren. Einen an den Stammesführer, den zweiten an den Kommandanten des Heeres, der der Familie nahe stand. Sie forderten eine hohe Summe Schmerzensgeld und eine schwere Strafe für die jugendlichen Täter. Alle Damen unterschrieben, und Garons Mutter beschloss, die Briefe persönlich zu überbringen.

Am nächsten Morgen fuhr Nergess mit einem Taxi zur Kommandatur, die fünfzig Kilometer von ihrem Dorf entfernt lag. Während der ganzen Fahrt schimpfte sie laut vor sich hin. »Mein Sohn ist unschuldig«, rief sie. »Er hat den Jungs nichts getan! Er wollte ihnen sogar Zigaretten und Feuerzeuge schenken, und diese Kerle misshandeln ihn zum Dank. Hundesöhne, der Teufel soll sie unter die Erde bringen.« Die Mutter verwünschte sie, außer sich vor Wut. »Wie konnten sie ihm so was antun. Einem Offizier! Sie waren doch unsere Nachbarn und mit Garon befreundet.«

Als sie für einige Augenblicke verstummte, erkundigte sich der Taxifahrer: »Gnädige Frau, was ist mit ihrem Sohn geschehen?«

Nach einigem Zögern sagte Nergess schließlich, beinahe flüsternd: »Ich erwartete meinen Sohn, den frischgebackenen Offizier, in Uniform und Barett, mit blank poliertem Säbel und auf einem Schimmel reitend. Stolz wollte ich ihn in meine Arme nehmen. Stattdessen lieferten die Verbrecher ihn gestern auf einen Esel gebunden, völlig nackt, vor unserem Hoftor ab. Er wurde furchtbar misshandelt, doch das Schlimmste war, dass sie ihm die rechte Schädelseite kahl rasierten und die linke Hälfte des Schnurrbartes entfernten. Das werde ich meinen Nachbarn niemals im Leben verzeihen. Das schwöre ich Ihnen bei der Seele meines verstorbenen Mannes.« Erneut fing sie an zu weinen.

Der Taxifahrer stellte sich die Heimkehr des Offiziers bildlich vor und bemühte sich krampfhaft, ein Lachen zu unterdrücken. Dann sagte er: »Sparen Sie sich lieber Ihr Taxigeld, ich bringe Sie wieder nach Hause zurück. Erreichen werden Sie bei den zuständigen Herren sowieso nichts. Seien Sie froh, dass Ihr Sohn noch am Leben ist. Unsere Ukuluk-Miliz verübt an den Bikarek-Feinden noch viel grausamere Untaten.«

Garons Mutter war außer sich. Mit diesem gefühllosen Mann wollte sie keinen Meter mehr fahren. Entrüstet forderte sie ihn auf, sofort anzuhalten, zahlte, stieg aus und rief ein anderes Taxi. So setzte sie ihren Weg zur Kommandatur fort.

Die Sprache des Chronisten zog mich magisch in ihren Bann. Ich spürte jeden seiner Atemzüge, jedes Räuspern und auch die kleinste Bewegung. Nichts lenkte mich von seinen Worten ab. Diese intensive Erfahrung faszinierte mich, jetzt verstand ich, warum der alte Mann mich die Augen verbinden ließ. Voller Spannung lauschte ich auf die Fortsetzung der Geschichte Karakands.

In diesen Tagen betrat Bekir den festen Boden des Julkuter Hafens, als er plötzlich stehen blieb und niederkniete. Hingebungsvoll küsste er die staubige Erde, die er jahrelang vermisst hatte.

Die Freude über seine Rückkehr verdrängte alle missbehaglichen Gefühle der letzten Tage, die er auf der stürmischen See hatte erleben müssen. Glückstränen stiegen in ihm auf, als seine Augen unter der sengenden Mittagssonne die sieben goldenen Kuppeln des Stadtpalais erblickten. Gefühle der Geborgenheit erquickten sein Herz und erfüllten seine Sinne. Am liebsten hätte er gesungen, getanzt und die ganze Welt umarmt. Selbst der penetrante Gestank, der von verbranntem Müll über dem Hafen aufstieg, ekelte ihn nicht. All die Jahre war ihm der Geruch gegenwärtig geblieben und machte ihm die Gegend heimisch. Mit dem Handrücken wischte er die kostbare Flüssigkeit ab; solche Tränen kamen selten in seinem Leben vor. Es vergingen Minuten, ehe er beschloss, aufzustehen.

In der Zwischenzeit hatte sich eine Schar zerlumpter Lastträger um ihn versammelt, in der Hoffnung, sein Gepäck tragen zu dürfen. In den letzten Tagen hatte sich kaum ein Passagier am Hafen sehen lassen. Viele Schiffe waren ausgeblieben, und so war eine bittere, schwierige Zeit für die Lastträger angebrochen, die nicht mehr recht wussten, wie sie ihre großen Familien ernähren sollten. Neid und Missgunst breiteten sich wie ein Spinnennetz unter ihnen aus und führten nicht selten zu heftigen Schlägereien.

Als sie nun mit ansehen mussten, dass Bekir selbst sein schweres Gepäck aufnahm und bis zu einer wartenden Droschke schleppte, reagierten sie erbost. Sie fuchtelten mit den Fäusten, spuckten und schrien dem Ankömmling wütende Beschimpfungen nach.

Bekir verhielt sich besonnen und ließ sich nicht provozieren. Gelassen stieg er ein und bat den Kutscher, den Zentralbahnhof anzusteuern. Die Koffer verstaute er zwischen seinen Beinen und hielt sich am Gepäckriemen fest, denn er fürchtete das Auftauchen von Banditen.

In Julkut lebten seit der Entdeckung der Silberminen viele Menschen dicht gedrängt nebeneinander, reich und arm, und es fehlte nicht an Schurken. Vor Bekirs Emigration war das gänzlich anders gewesen. Auch in seinem Dorf hatte damals jeder jeden gekannt, und die Bewohner hatten sich über ihren bescheidenen Besitz gefreut.

Bevor die Droschke das Hafengelände verlassen durfte, musste Bekir mehrmals aussteigen, um den Zollbeamten seinen Pass und sein Gepäck zu zeigen. Jedes Mal hielten sie die Hände auf, um Geschenke entgegen zu nehmen. Feuerzeuge, Zigaretten, ein Hemd, ein Paar Schuhe waren mehr als willkommen und ersparten ihm Schikanen.

Nachdem die Droschke eine halbe Meile zurückgelegt hatte, atmete Bekir erleichtert auf, holte Zigaretten und Feuerzeug aus der Sakkotasche und bot dem Kutscher eine an.

Der Kutscher griff gierig mit knorrigen Fingern zu und

ließ die Zigarette unter seiner schäbigen Mütze verschwinden. Dann räusperte er sich und sprach mit keuchend asthmatischer Stimme, wobei er mit der Peitsche in die Luft schlug: »Diese Hafenbanditen kenne ich alle gut. Das sind Hurensöhne. Seit unser König ermordet wurde, herrscht hier das Chaos. Jeder, der eine Uniform trägt, fühlt sich als General und schikaniert alle Passagiere, bis er sich deren Beute sicher ist. Es tut mir richtig leid, mein Herr, wie Sie ausgenommen wurden.«

»Na, lassen Sie es gut sein«, beschwichtigte Bekir. Genüsslich sog er den Rauch seiner Zigarette ein und schwieg. Sein Blick schweifte und suchte nach vertrauten Straßen, Gassen und Plätzen.

Doch wo sich früher weitläufige, üppige Parkanlagen und Gärten ausgedehnt hatten, standen nun Hochhäuser und Wellblechhütten nebeneinander. Mit Stahl und Beton hatte man Julkut vergewaltigt und das geheimnisvoll charmante Stadtbild entstellt. Die früher kunstvoll angelegten Kaskaden dienten heute trostlos als Pissoirs für Passanten. Die ausgetrockneten Flussbetten hatten sich in Müllhalden verwandelt. Innerhalb kurzer Zeit waren sogar die prachtvollen Tamarisken, die den Boulevard gesäumt hatten, in den Öfen verfeuert worden. Da und dort patrouillierten Milizen, halbstarke Soldaten, bis an die Zähne bewaffnet. Ihre Gewehre hielten sie wie Trophäen im Anschlag, Patronengürtel kreuzten manch stolz gewölbte Brust wie Brautschmuck. Mehrmals stoppten sie Bekirs Droschke zur Ausweiskontrolle. Dabei hielten sie jedes Mal die Hände auf, schön aufgewölbt für reichlich Bakschisch.

In den vergangenen Wochen war das Land von politischen Unruhen zermürbt und an den Rand eines Abgrunds gedrängt worden. Die traurigen Nachrichten hatten Bekir schon auf dem Schiff erreicht. Doch eigentlich hatte er nicht so recht daran glauben wollen. Seine Enttäuschung war nun umso größer, als er die Veränderungen mit eigenen Augen sah.

Die Kutsche bahnte sich mühsam eine Gasse durch die Flut von Männern, Frauen, Kindern, Schafen, Hunden und Eseln. Links und rechts säumten Karren mit Obst, Gemüse, Strümpfen, Hemden, gebrauchten Schuhen und bunten Kleidern den Weg. Da und dort häuften sich Töpfe, Teller, Pfannen und Stangen Zigaretten. Vor den Metzgerläden hingen frisch geschlachtete Lämmer und Schafe, deren Blut im Schlamm versickerte. Wolken von Fliegen und Wespen umschwärmten die Schlachtkörper. Die Kunden drängten sich in Scharen vor den Geschäften.

Bekir erfreute das bunte Treiben und seine gedrückte Stimmung wandelte sich in frohe Erwartung. Das Wiedersehen mit seiner Familie erfüllte seine Gedanken. Zuku, die treue Gefährtin, jahrelang wartete sie und hielt die Familie zusammen. Dann sein Erstgeborener Bunduk, er würde nicht zu Hause sein, seit zwei Jahren arbeitete er auf einer Baustelle in Danjuk und verdiente dort gut. Das hatte Bekir aus den Briefen seiner Frau erfahren. Ganz besonders aber trieb ihn die Sehnsucht nach seinem jüngsten Sohn Merdin, den er noch nie gesehen hatte. Sie wuchs von Minute zu Minute. Er konnte es kaum erwarten, ihm von Angesicht zu Angesicht gegenüber zu stehen. Ihn sehen, anfassen, küssen, den Duft seines Körpers riechen. Alle erdenklichen Kinderspiele spielte er in Gedanken mit ihm.

Bislang kannte er sein Kind nur von Fotografien. In Wirklichkeit war er sicher so schön wie der Mond. Das Original, hieß es, stellt das Foto in den Schatten. In weniger als zwölf Stunden würde es soweit sein. Ein kostbarer Augenblick, auf den er acht lange Jahre gewartet hatte.

Jedes Mal, wenn der Kutscher seine Pferde im Menschenknäuel zügeln musste, trieb Bekir ihn zur Eile, in der Sorge, den Zug zu versäumen.

Mehr als eine Stunde verstrich, bis der Zentralbahnhof in strahlender Abendröte im Blickfeld auftauchte. Die Droschke hielt am Haupteingang.

»Mein Herr, wir haben Glück gehabt. Sie brauchen nicht zu eilen. Ihr Zug fährt in zwanzig Minuten ab«, leitete der Kutscher die Abrechnung ein und streckte Bekir die Hand entgegen. Kopfschüttelnd betrachtete er die Silbermünze, die ihm Bekir gab, und protestierte, asthmatisch keuchend: »Mein Herr, Sie belohnen mich mit einem lausigen Trinkgeld. Denken Sie an die täglich steigenden Haferpreise. Wenn Sie noch vier Münzen drauflegen und eine Schachtel Ihrer guten Zigaretten, dürfen Sie Ihr Gepäck abladen.«

»So ein Schurke«, knirschte Bekir zwischen den Zähnen

und warf verächtlich das Gewünschte auf den Bock. Er zürnte sich selbst, diesen Wucherpreis zahlen zu müssen. Lieber hätte er den Kutscher mit einer Ohrfeige belohnt.

Bekir besaß kräftige Hände, er war ein muskulöser, durchtrainierter Mann und hätte einen Löwen bändigen können - geschweige denn dieses aus Haut und Knochen bestehende asthmatische Männlein. Doch war er viel zu begierig, seine Familie wiederzusehen, um jetzt noch Streit anzufangen.

Ein neues Hindernis überraschte ihn, als er mit seinem schweren Gepäck die Halle betrat. Vor dem Fahrkartenschalter hatte sich eine Schlange gebildet. Wie ein Bienenschwarm reagierten die Leute gereizt auf jeden, der sich ihnen näherte. Sie drängelten, sie beschimpften sich, und es fehlte auch nicht an Handgreiflichkeiten.

›Was für Zustände herrschen hier in meiner Heimat‹, sagte sich Bekir betroffen. Aus den Briefen seiner Frau hatte er bereits von hoher Arbeitslosigkeit, Preissteigerungen und politischem Unmut erfahren. Doch Zuku hatte ihn wohl schonen wollen und ihm nicht das ganze erschreckende Ausmaß der Entwicklungen enthüllt.

Bekir bezweifelte ernsthaft, dass er den Zug heute noch würde besteigen können. Dennoch ordnete er sich in die Schlange ein. Minuten vergingen, ohne dass er auch nur einen Zentimeter vorwärts kam. Hitze, stickige Luft und Schmeißfliegen machten das Warten zur Hölle. Der Schalterbeamte hingegen saß in gemütlicher Ruhe, befächelt von einem Ventilator hinter der Verglasung, trank genüsslich seinen Kaffee und schmauchte ein Pfeifchen. Gelegentlich hielt er auch ein kleines Schwätzchen, wenn ihm ein Fahrgast besonders sympathisch erschien. Wohl wusste er, dass die Passagiere auf seinen Dienst angewiesen waren, da im Zug keine Fahrkartenausgabe stattfand und jeder Schwarzfahrer rücksichtslos aus dem Zug geworfen wurde. Er dachte aber gar nicht daran, sein Tempo zu steigern. Der vorwärts rückende Zeiger der Bahnhofsuhr raubte Bekirs letzte Hoffnung.

Der alte Erzähler machte eine kurze Pause und räusperte sich, bevor er mit seiner Geschichte fortfuhr.

Just in dem Moment, als Bekir sich umdrehte, um den Bahnhof zu verlassen und in der Stadt nach einer Übernachtungsmöglichkeit zu suchen, hielt ihm ein gut gekleideter Herr eine gültige Fahrkarte direkt vor die Nase. »Nach Balamida?«

Bekir nickte.

»Greifen Sie zu, junger Mann. Das ist Ihre Chance, die Reise doch noch anzutreten.«

Bekirs maßlose Verblüffung wandelte sich in strahlende Dankbarkeit. »Einen solchen Engel kann mir nur der Herrgott geschickt haben. Wie viel bin ich Ihnen schuldig?«

»Der Preis ist auf das Billett gedruckt».

Bekir zahlte schweigend; er fand so rasch keine Worte. So begnügte er sich mit einer tiefen Verneigung.

»Sollten Sie wieder einmal Hilfe brauchen, finden Sie mich um diese Zeit stets im Bahnhofscafé.«

Ehe sich Bekir wieder besann, verlor sich sein Gönner in der Menschenmenge.

Kaum war Bekir in den Zug gestiegen, da begannen die Räder zu rollen, gerade so, als hätte der Lockführer nur auf ihn gewartet. Über den Erfolg, dass er zu denen zählte, die mit dem Zug fahren durften, konnte er sich nicht so recht freuen. Er war viel zu aufgeregt. Die letzten Stunden lasteten wie Blei auf ihm und gönnten ihm keine Entspannung. Inmitten anderer Passagiere stand er auf dem Gang, die Koffer zwischen die Beine geklemmt. Mit der Hand hielt er sich am Fensterrahmen fest und verschaffte sich, indem er die Zunge an den Gaumen presste, etwas Kühle. Diese Methode hatte ihm der Vater einst beigebracht. Das Gesicht, von Staub und Schweiß verschmiert, betupfte er mit einem Taschentuch.

Es war nicht daran zu denken, einen Sitzplatz zu ergattern. Die erste und zweite Klasse konnte man kaum unterscheiden. Schutz suchende Säuglinge hingen an den Brüsten ihrer Mütter und blieben von Mücken und Fliegen nicht verschont. Schwangere Frauen mit ihren Männern und Kindern standen, dicht aneinander gepfercht, zwischen Bündeln von Kleidern, Decken, Teppichen, Strohmatten, Obstkörben, Gemüsekisten, Eierkartons und gackernden Hühnern. Notdürftig hatten die Fahrgäste ihre Habseligkeiten verpackt, als wären sie in letzter Minute vor einer Katastrophe gewarnt worden und hätten in aller Eile die Flucht angetreten.

Obwohl in den Waggons jegliche Verglasung fehlte, herrschte eine unbarmherzige Hitze, die den Reisenden zu schaffen machte. Wie Bekir lechzten alle nach Wasser, und die Verkäufer kamen trotz allem Eifer und Geschick den Rufen der Durstigen kaum hinterher. Wie Artisten balancierten sie auf und über den verstauten Gegenständen.

Vom langen Stehen verspürte Bekir eine Steifheit im Rücken, die ihn zwang, sich auf seine Koffer zu setzen. Drei Tage alte Bartstoppeln, den braunen Gabardine-Anzug völlig zerknittert, das Hemd von Schweiß und Staub verdreckt, konnte er sich selbst nicht ausstehen. Er sehnte sich nach einem Bad, das er als erstes zu Hause genießen wollte.

Dann fiel ihm sein Gönner wieder ein. Wer war dieser Engel? Kannte er ihn gar?

Bekir durchstreifte seine Erinnerungen. Schemenhaft tauchten verblasste Bilder vor seinen Augen auf, die allmählich Gestalt annahmen. Schulkameraden und Jugendfreunde wurden ihm gegenwärtig. Angestrengt suchte er in ihren Gesichtern nach irgendeiner Ähnlichkeit mit dem Mann, dem er am Bahnhof begegnet war. Die platt gedrückte Nase, die schmalen Lippen, die buschigen Augenbrauen, die abstehenden Ohren, der große Kopf auf dem zu kurz geratenen Hals, der an der Brust angewachsen schien - zu seiner Enttäuschung fand er kein passendes Bild. Er ließ seine Lehrer von der ersten bis zur achten Klasse vorüberziehen, die aber aufgrund ihres Alters nicht in Frage kamen. Sein Gönner war höchstens ein paar Jahre älter als er.

Je mehr er forschte, desto weiter entfernte er sich von seinem Ziel. Wie ein Blinder, der in einem Heuhaufen eine Stecknadel sucht, fühlte er sich hilflos, bis er schließlich seine Reise in die Kindheit abbrach und seine Aufmerksamkeit der jüngsten Vergangenheit zuwandte.

Vor acht Jahren hatte er diese Reise in umgekehrter Richtung angetreten. Die mit Tränen gefüllten Augen seiner Frau und seiner Kinder folgten ihm bis heute und beschwerten sein Herz. Doch was hätte er damals Besseres tun sollen? Als die Trockenperiode nicht enden wollte, seine Baumwoll- und Hirsefelder vernichtete, beschloss er wie viele andere Bauern aus seinem Dorf, das Glück in der Fremde zu suchen.

Schon seit seiner Kindheit wollte er selbstständig und unabhängig sein, er hatte sich als Plantagenarbeiter, Taxifahrer, Boxlehrer und Maurer versucht, aber das Glück stand nicht auf seiner Seite. So hatte der Motor seines Taxis bei einem Unfall Totalschaden erlitten, und sein Verlust war dadurch größer als sein Gewinn. Als in Danjuk die Silberminen entdeckt worden waren, hatten viele seiner Landsleute aus dem Dorf Schufu dort ihr Glück versucht. Er jedoch wählte das Ausland in der Hoffnung, dort mehr Geld sparen zu können, um eines Tages den Traum eines eigenen Kolonialwarenladens in seiner Heimat verwirklichen zu können.

Dank eines Schutzengels war Bekir in all den harten Jahren von schlimmen Unfällen unter Tage verschont geblieben. Einige seiner Kollegen verunglückten tödlich oder verletzten sich schwer.

Jetzt, während der Fahrt nach Balamida, wurde ihm erneut bewusst, welchen Gefahren er bei seiner höllischen Arbeit ausgesetzt gewesen war. Darüber, dass er von nun an diese Arbeit nicht mehr verrichten musste, verspürte er wieder einmal große Erleichterung. Langsam fiel seine Niedergeschlagenheit von ihm ab. Seine verkrampften Züge entspannten sich, und er empfand jeden Atemzug als Gottesgabe.

Er ließ seinen Blick durch den vollgepfropften Gang wandern, bis er schließlich am Gesicht des urwüchsigen Burschen haften blieb, der neben ihm eingepfercht saß. Seine lebendigen dunklen Augen, die etwas groben Gesichtszüge und das volle Kraushaar zogen Bekir an, denn sie erinnerten ihn an seinen ältesten Sohn. Auf Fotos hatte er verfolgen können, wie aus dem Jungen, den er zurückgelassen hatte, ein stattlicher junger Mann geworden war. Aus seinem Sakko zog Bekir Zigaretten und ein Feuerzeug hervor und bot seinem Nachbarn die geöffnete Schachtel an.

Dessen Hand wies die Zigarette zurück, doch betrachtete er neugierig das Feuerzeug, als ob er einen derartigen Gegenstand zum ersten Mal erblickte. Bekir registrierte das Verlangen in seinen dunklen Augen und schob ihm lächelnd das Feuerzeug zu. Behutsam betastete der junge Mann die glatten

Metallseiten und drehte es mehrmals um. Er führte den Zündkopf an die Nase und schnupperte. Als er versehentlich den Zünder in Gang setzte, warf er das Feuerzeug entsetzt zu Boden. Bekir schlug mit beiden Händen auf seine Schenkel und lachte aus vollem Herzen.

Der Junge hob den Gegenstand seines Erschreckens vorsichtig auf und sagte verunsichert: »Dieses Ding kennen wir bei uns nicht.«

»Das stimmt«, nickte Bekir, »ich habe es im Ausland gekauft. Möchten Sie es behalten?«

»Nein, nein, vielen Dank«, wehrte der junge Mann ab und gab es Bekir zurück.

Noch eine Frage und eine Antwort, so kamen sie ins Gespräch. Bekirs Nachbar hieß Kalik, war sechzehn Jahre alt, hatte als Baumwollpflücker auf Plantagen gearbeitet. Der junge Mann war nicht ohne Grund stolz auf sich. Sein gepflegtes Aussehen in weißem Hemd, schwarzer Hose und Sandalen verdankte er dem eigenen Geld. Überdies besaß er noch einige Ersparnisse. Für eine Hochzeit mit seiner Angebeteten jedoch reichte das Geld leider nicht. So sah er ein, dass er noch einige Jahre arbeiten musste, bis er das gesamte Dorf zu seiner Heirat einladen konnte.

In diesem Jahr gab es aber keine Verdienstmöglichkeit in seinem Ort. Dennoch war er nicht unzufrieden. Er liebte seine Heimat. Niemals hätte er sie freiwillig verlassen. Doch in letzter Zeit hatten bewaffnete Banden die ganze Gegend unsicher gemacht. Zwar hatte Kaliks Vater die Anwerber zurückgewiesen, die seinen Sohn in Prinz Oksuls Milizdienst pressen wollten, doch ihre massiven Drohungen veranlassten ihn, Schulden zu machen, um Kalik schnellstens nach Balamida zum Onkel zu schicken, bis sich die Lage wieder beruhigt habe.

Bekir hörte mitfühlend zu und dachte, dass er genau so wie Kaliks Vater gehandelt hätte. Er entnahm seinem Sakko Zettel und Stift und notierte seine Adresse. »Ich würde mich über Ihren Besuch in Schufu freuen. Von Balamida aus ist das ein Katzensprung.«

Sorgfältig verwahrte Kalik die Anschrift und seinen Augen sah man ehrliche Freude an. Der Landessitte entsprechend besiegelten sie ihre Freundschaft mit Brot und Salz und teilten ihren Proviant, hart gekochte Eier, Essiggurken, Zwiebeln und Fladenbrot. Anschließend ließ das gleichmäßige Rattern der Räder die gesättigten Freunde rasch eindösen, und bald schwankten ihre Köpfe im Rhythmus der Schwellen hin und her.

Beinahe übergangslos versank die Sonne am Horizont, und die Dunkelheit ließ die Steppe erwachen. Die sengende Tageshitze, die Mensch und Tier gelähmt hatte, wich kühleren Lüften, die wie Seide zart über die Ebene wehten. Schützend wölbte sich die Himmelskuppel, die wie mit funkelnden Brillanten verziert Hügel und Täler vereinte.

Im Eisenbahnwaggon kehrte Ruhe ein, gelegentlich unterbrochen vom Weinen eines Kindes oder vom Schnarchen eines Mitreisenden. Alle fühlten sich von der Qual der Hitze befreit.

Die plötzliche Kühle weckte Bekir. Er schaute auf die Armbanduhr und war zuversichtlich, in weniger als acht Stunden bei seiner Familie zu sein. Das hätte er gerne Kalik mitgeteilt, doch er wollte ihn nicht wecken.

Kurz darauf jedoch schrillte die Dampfpfeife der Lokomotive. Quietschend und ächzend blockierten die Räder, und mit einem gewaltigen Ruck kam der Zug zum Stehen.

Kalik schreckte aus dem Schlaf und wäre zu Boden gefallen, wenn ihn Bekir nicht an den Schultern festgehalten hätte.

Ohrenbetäubender Lärm brach aus, Kinder schrien, Frauen kreischten. Die mitgenommenen Hühner schlugen mit den Flügeln und gackerten aufgeregt, als ob sie gleich geschlachtet werden sollten.

»Um Gottes Willen, was ist denn da passiert?«, rief Kalik ängstlich.

Doch das konnte ihm Bekir auch nicht erklären. Bald durchliefen den Zug in Windeseile die wildesten Gerüchte: ein verirrtes Pferd sei über die Schienen gelaufen; ein Selbstmörder liege auf den Gleisen; die Schienen seien vom Sand zugeweht. Neugierig drängelten sich die Passagiere an den Fenstern, um nach der Ursache zu forschen.

Bekir bahnte sich mühsam einen Weg zum Ausstieg. Doch kaum hatte er die Tür geöffnet, wurde er angebrüllt und von einem Gewehrlauf gewaltsam in den Zug zurückgestoßen.

Schemenhaft hatte er in der Dunkelheit eine Gestalt erkannt. Sofort dachte er an sein Geld und steckte es in seine Schuhe. Dann zwängte er sich zurück durch den Gang, um Kalik zu warnen.

Wie ein Kaninchen vor der Schlange stand Kalik fassungslos vor einem Uniformierten, der seine Habseligkeiten durchkramte. Dieser mochte etwa achtzehn Jahre alt sein, hatte kurzgeschorene Haare und steckte in einem olivgrünen Tarnanzug. Um seinen bulligen Hals trug er eine Kette mit Löwenzähnen, die seinem Imponiergehabe noch mehr Nachdruck verleihen sollte.

»Was spielt sich hier ab?«, rief Bekir aufgebracht.

Sofort ließ der Milizionär von dem Reisesack ab und packte Bekir am Kragen. »Anscheinend bist du ein wichtiger Mann, der keine Zeit hat. Warte nur ab, Freundchen, ich werde dir gleich beibringen, wie man sich Zeit nimmt!«

Langsam, beinahe genüsslich, begann der Kerl, Bekir von Kopf bis Fuß abzutasten. Erlöst fühlte sich Bekir erst, als er ihn nicht zwang, seine Schuhe auszuziehen. Anschließend wurden die Koffer, die er bei seiner Abreise so sorgfältig gepackt hatte, geöffnet und durchwühlt.

Auch die übrigen Mitreisenden blieben nicht verschont. Im ganzen Waggon hatten sich in Windeseile Milizionäre verteilt. Um sich einen Weg zu bahnen, warfen sie alles Gepäck, das ihnen im Weg stand, aus den Fenstern, ohne sich um das herzzerreißende Wehklagen der Besitzer zu scheren.

Erst als sie nichts Verdächtiges oder Wertvolles fanden, stoppten sie die Durchsuchungen. Nun hätte man vermuten können, dass die Schikanen ein Ende fänden und der Zug seine Fahrt fortsetzen konnte. Weit gefehlt! Es folgte eine penible Ausweiskontrolle, die sich über Stunden hinzog. Mehr als hundert Männer, darunter auch Kalik, wurden ausgesondert und zum Verlassen des Zuges gezwungen. Voller Entsetzen schrien die Frauen: »Was wollt Ihr denn von unseren Männern, was haben sie verbrochen? Um Gottes Willen, gebt sie uns zurück!«

Die Freischärler ließen sich nicht beeindrucken. Wie wilde Tiere trieben sie ihre Opfer mit vorgehaltenen Gewehren vor eine hohe Sanddüne, wo sie sich in einer Reihe aufstellen mussten.

Die Morgenröte erhellte die verzerrten Gesichter der Gefangenen. Bekir suchte das Antlitz Kaliks, in dessen Augen er Tränen sah. Obwohl er zu den unbehelligten Männern gehörte, hielt es ihn nun nicht länger im Zug.

»Geh zurück!«, brüllte ihn einer der Antreiber an. Doch Bekir reagierte nicht. Er beschleunigte seine Schritte, bis er vor den Söldnern stand.

»Was habt ihr mit diesen Leuten vor? Wer seid ihr eigentlich, dass ihr euch so etwas herausnehmt?«

»Kennst du deine Brüder nicht mehr?«, fragte ihn der höhnisch grinsende Kerl. »Wir sind Ukuluk, wie du. Das verpflichtet uns, euch vor Bikarek wie denen da zu schützen. Diese Hundesöhne sind aufgestanden, uns Ukuluk zu morden und unsere Leichen den Geiern zum Fraß vorzuwerfen.«

»Wer behauptet denn das?«

»Seine Exzellenz Solok, unser Stammesführer.«

Der alte Erzähler unterbrach sich kurz, um zu husten, und fuhr dann fort:

Aufgebracht rief Bekir: »Das ist eine Lüge! Wir stammen alle aus dem gleichen Geschlecht der Ahab und leben seit Ewigkeiten friedlich miteinander. Wir sind vielfältig verwandt und verschwägert.«

»Halt dein Maul, du Hurensohn! Soll ich dir oder unserem Stammesführer Solok glauben? Mach dass du davonkommst oder ich knall dich ab!«

Bekir ließ sich nicht einschüchtern und stand wie ein fest verwurzelter Baum. Ehe er jedoch ein weiteres Wort hervorbringen konnte, peitschte dumpf detonierend ein Schuss. Zu Tode erschrocken hastete Bekir über den Schotter des Bahndamms, kletterte in den Zug und fand aufatmend Deckung in dessen Inneren.

Einem Hahn gleich plusterte sich draußen der Schütze auf und freute sich über den Erfolg des Warnschusses. Dann spuckte er verächtlich aus und gesellte sich zu seinen Kameraden.

Es vergingen nur wenige Minuten, bis Maschinengewehrsalven die Stille zerrissen und ihr Echo weit über die Steppe grollte. Schrecken und Entsetzen erfassten die restlichen Passagiere. Wie versteinert verharrten die Männer mit bebenden Lippen, ohne ein Wort herauswürgen zu können. Die Frauen warfen sich wehklagend und weinend zu Boden. Mit verstörten Augen starrten die Kinder auf ihre Eltern. Jeder begann um sein Leben zu fürchten. Außer Bekir ahnte niemand, was dort draußen geschah. Keiner rührte sich von seinem Platz. Jeder vermied den Kontakt mit Bekir, der bei fast allen Verdacht und Misstrauen auslöste - war er doch der Einzige, der mit den Freischärlern draußen Verbindung aufgenommen hatte.

Tief erschüttert sank Bekir auf seinen Koffer. Kalte Schauer liefen über seinen Rücken, als er an das entsetzliche Schicksal der Geiseln dachte. Was ist das für eine verdrehte Welt? Wer kann sich denn seine Eltern aussuchen? Hilflose Wut schnürte ihm den Hals zu. Jeder Atemzug fiel ihm schwer, wie beim Erlimmen eines hohen Gipfels. Je mehr er um Luft kämpfte, umso weniger füllte sich seine Lunge. Er riss sich das Sakko vom Leib und schlug mit den Armen um sich. Sein Puls raste. Von der Stirn rann kalter Schweiß.

Viel Zeit verstrich, bis er wieder zur Ruhe kam. Mühsam ordnete er seine Gedanken und nahm seine Umgebung wieder wahr. Er wurde von ratternden Rädern überrascht und noch mehr davon, dass der Zug rückwärts fuhr. Ein bleiches Gesicht tauchte vor ihm auf: der Schaffner. Von ihm erfuhr Bekir, dass der Zug zur Rückkehr nach Julkut gezwungen worden war.

Das Frühjahr war vergangen, der Sommer kam. Der Sommer war vorbei und noch immer hatte Zuku keine Nachricht von ihrem Sohn bekommen. Täglich fragte sie den Postbeamten, dem sie auf der Straße begegnete und kehrte immer wieder enttäuscht zurück. Die Sehnsucht nach ihrem ältesten Sohn Bunduk nagte an ihrer Seele, Stunde für Stunde, und raubte ihr die letzte Kraft und Hoffnung. Während sie tagein tagaus vom frühen Morgen bis zum späten Abend als Baumwollpflückerin schuftete, hatte sie keine Zeit zum Denken, denn der Pächter trieb die Arbeiterinnen wie ein Wachhund zur Arbeit an. Auf seinen Baumwollfeldern herrschte Zucht und Ordnung. Während der Arbeitszeit durfte man nur zweimal kurz zur Toilette gehen, die Mittagspause war nur zwanzig Minuten lang. Jeder, der diese Regeln missachtete, wurde sofort entlassen. Zuku hatte keine Wahl, sie musste arbeiten, denn das Geld, das ihr Mann aus dem Ausland geschickt hatte, reichte nie, um die Familie zu versorgen.

Tagsüber verdrängte sie ihre Traurigkeit, nachts quälten sie böse Gedanken, die wie Blei auf ihrer hageren Brust lasteten. Seit Langem konnte sie keine einzige Nacht mehr ruhig durchschlafen. Zuku vermisste zwei geliebte Menschen, ihren Mann Bekir und ihren Sohn Bunduk. Über den Verbleib der beiden Männer wusste sie noch immer nichts.

Die Sorge um ihren Mann Bekir, der vor einigen Wochen ein Telegramm gesandt hatte, dass er gesund in Julkut angekommen sei, hielt sie wach. Noch immer war er nicht zu Hause eingetroffen.

Bunduk, ihr Sohn, hingegen hatte vor zwei Jahren auf einer Baustelle in Danjuk Arbeit gefunden. Auch ihm galt ihr großer Kummer, denn er war immer ein zuverlässiger Briefschreiber gewesen, wöchentlich erhielt sie einige Zeilen von ihm. Doch seit geraumer Zeit hatte sie nichts mehr von ihrem Ältesten gehört.

Vor Verzweiflung und Einsamkeit führte sie nachts oft Selbstgespräche, die das Wechselbad ihrer Gefühle widerspiegelten: »Bunduk ist bestimmt etwas Schlimmes zugestoßen.« Um sich selbst zu beruhigen, sprach sie kurz darauf mit beschwörender Stimme: »Nein, ihm ist nichts passiert! – Vielleicht ist er in Scharmützel zweier verfeindeter Stämme geraten. – Hat man ihn vielleicht zur Miliz angeworben? – Nein, der Junge ist Pazifist wie sein Vater, nie würde er eine Waffe tragen. – Ist mein Sohn tot? – Nein, das darf nicht sein. Ende des Jahres sollte seine Verlobung mit Adiba stattfinden. Ein hübsches Mädchen. Sie lieben sich so sehr, ein wunderschönes Paar. Ich habe ihm meinen Segen gegeben. – Hat er gar durch einen Blindgänger eine schwere Verletzung erlitten und liegt irgendwo im Krankenhaus, so dass er nicht schreiben kann? – Nein, auch das kann nicht sein, der Talisman, den ich ihm geschenkt habe, muss ihn beschützen. – Bestimmt werden Bunduk und Bekir, meine beiden geliebten Männer, hier eintreffen! Dann feiern wir ein großes Fest. Wir schlachten einen jungen Bullen und das ganze Dorf wird eingeladen. Jedes Kind in Schufu wird ein Päckchen mit Rosinen, Mandeln und Datteln von mir erhalten. Ein einzigartiges Freudenfest, über das die Bauern noch nach Jahren sprechen, soll in unserem Dorf stattfinden. Reichhaltiges Essen soll es ebenso geben, wie Musik und Tanz. Es wird an nichts fehlen. Frauen und Männer werden ihre prächtigen, bunten Kleider tragen, und der Dorfplatz wird überfüllt sein. Wenn mein Sohn und mein Mann zurückkehren, werden wir genug Geld haben, um einen Kolonialwarenladen zu eröffnen. Es bleibt bestimmt noch etwas übrig, um alle Dorfbewohner zur Feier des Tages zu verköstigen.«

Durch die Entdeckung der Silberminen entstand ein Bauboom, der Danjuk innerhalb kurzer Zeit zur zweitgrößten Metropole Karakands machte, gleich nach der Hauptstadt Julkut. Ein richtiges Handelszentrum mit erstklassigen Hotels, eleganten Restaurants und Nachtclubs. In den Hochhäusern der Banken wurden internationale Geschäfte abgewickelt. Mit ihren Wasservorräten war die Stadt eine Oase mitten in der Steppe. Wie Pilze wuchsen die Häuser aus dem Boden. Viele Bauern suchten dort ihr Glück, in den Minen oder im Baugewerbe.

Auf den entfernten Berggipfeln blieb der Schnee das ganze Jahr über liegen. Zahlreiche grüne Parkanlagen mit Tamarisken, Palmen und den seltenen Abanusbäumen ließ der König in Danjuk anlegen. Rosen und Jasmin lockten ebenso wie Brunnen und Kaskaden. Auch die alte Stadtmauer hielt man regelmäßig instand. Seine Exzellenz wollte, dass die Stadt durch ihre Parkanlagen und Gärten zur schönsten des Landes würde. Vor dem Krieg hat sie viele Touristen angezogen. Honig und Joghurt sollten später einmal hier fließen, das hatte König Tahna stets verkündet.

Der alte Erzähler hielt kurz inne, schien einen Moment nachzudenken, dann nahm er den Faden wieder auf.

An jenem regnerischen Vormittag ruhte auf der Baustelle eines Bürohochhauses in Danjuk die Arbeit. Zukus ältester Sohn Bunduk und seine elf Kollegen hatten sich nicht vom schlechten Wetter aufhalten lassen und waren, wie immer pünktlich, um sechs Uhr früh auf der Baustelle erschienen. Täglich mussten sie die schweren Zementsäcke, Eisenstangen und Steine in die höheren Stockwerke tragen. Es gab wenige Maschinen, die die Arbeit erleichtern konnten. Sehr primitiv ging es zu. Auf dünnen Brettern standen sie in einer Höhe von fünfzig bis siebzig Metern und oft kam es zu tödlichen Unfällen. Einige Kollegen von Bunduk waren verunglückt, doch das durfte ihn nicht abschrecken, denn er musste froh sein, eine Arbeit gefunden zu haben.

In der Kreisstadt Balamida gab es viele Arbeitslose, deshalb beschoß er, nach Danjuk zu gehen, und nahm die tausend Kilometer in Kauf. Er wollte einige Jahre arbeiten, genug Geld für Adiba sparen und dann heiraten, dann würde er sein Dorf nie wieder verlassen müssen. Bunduk war sehr bodenständig, trotz aller Gefahr stets eine Frohnatur und bei seinen Kollegen sehr beliebt. Er lachte viel und sang sehr gern. Alle zwölf Arbeiter standen im Frühling ihres Lebens.

Eine Stunde war bereits vergangen, doch der Polier kam nicht. Das machte den Bauarbeitern Sorge. Ohne seine Anweisungen durften sie nicht beginnen. Aber ein Tag Ausfall bedeutete für die Tagelöhner auch, kein Geld zu verdienen. Bunduk und seine Kollegen wussten nicht, wie sie sich die Zeit vertreiben sollten. Einer schlug vor, erst einmal zu frühstücken und danach zu entscheiden, wie es weitergehe, vielleicht komme der Polier schon bald. Im fünften Stock fanden sie einen sauberen Platz, dort hockten sie im Kreis, einer schnitt seine Wassermelone auf, ein anderer holte Schafskäse hervor, ein Dritter Fladenbrot und Oliven, ein weiterer Tomaten, und mit gutem Appetit genossen sie das Mahl. Fleisch oder Fisch hatte sich keiner geleistet, denn vom Mund wollten sie sich alles absparen, um nach ein paar Jahren mit etwas Geld heimzukehren.

Später hörten sie an der Straße, die an der Vorderfront des Hauses vorbeiführte, Schüsse fallen. Sie sahen Menschen, die hastig vorübereilten, um Deckung zu suchen und viele Autos, die davonrasten. Wer fliehen konnte, schien zu fliehen. Innerhalb kürzester Zeit sah die Straße gespenstisch leer aus. Bunduk und seinen Kollegen kroch die Angst in die Knochen. Minuten später, als sie das Poltern der Stiefel auf den Treppen des Neubaus hörten, rannte jeder in eine andere Ecke, um sich zu verstecken. Bunduk fand eine dunkle Nische, in der er sich zu verbergen suchte. Die Gedanken jagten ihm durch den Kopf. Vom Krieg hatte er bisher nicht viel mitbekommen, doch die Milizionäre waren bereits überall gefürchtet. Er wollte mit diesen Kämpfen nichts zu tun haben. ›Jeder, der mich kennt, weiß, dass ich ein fleißiger, friedvoller Mensch bin. Meine Freunde sind Ukuluk und Bikarek und ich habe mich nie in die Politik eingemischt. Keiner wird mir hier etwas Böses tun.‹

Die Milizen suchten in jedem Winkel. Sie fanden schließlich Bunduk und seine Kollegen, keinem gelang es, ihnen zu entrinnen. Bevor Bunduk überhaupt ein Wort sagen konnte, versetzte ihm ein junger Uniformierter einen Stoss mit dem Gewehrkolben in den Bauch. Alle Arbeiter mussten ihre Kleidung ausziehen. Nackt wurden sie die Treppe hinuntergejagt, auf einen Lastwagen verladen und abtransportiert.

Das Polizeipräsidium in Balamida war eines der höchsten Ämter der Kreisstadt. Jeder, der dort eine Formalität zu erledigen hatte, musste viel Zeit mitbringen. Für einen kleinen Stempel benötigte man manchmal mehrere Tage. Dort ging es nicht der Reihe nach, sondern danach, ob man gute Beziehungen hatte oder sich am besten vordrängeln konnte.

Zuku war nun zum dritten Mal dort hingefahren. Sie hatte sich frei genommen und verlor jedes Mal einen Tageslohn. Obwohl ihr Dorf Schufu nicht weit von Balamida entfernt lag, erschien ihr jede Fahrt wegen des Krieges wie eine Weltreise. Heute hatte sie sich geschworen, nicht noch einmal nach Hause zurück zu kehren, ohne mit dem Polizeipräsidenten gesprochen zu haben. Lieber wollte sie stundenlang auf dem Flur warten.

»Es hat keinen Zweck, hier zu bleiben, der Herr Polizeipräsident ist sehr beschäftigt«, sagte der Amtsdiener zu ihr.

Aber Zuku ließ sich nicht abwimmeln. »Schicken Sie Ihren Mann, Frauen haben in Ämtern sowieso nichts zu suchen!«

»Schon lange habe ich weder von meinem Mann, noch von meinem ältesten Sohn ein Lebenszeichen erhalten«, sagte sie mit trotziger Stimme. Da packte der Amtsdiener Zuku am Arm und schob sie nach draußen auf die Straße, denn es war kurz vor zwölf und der Beamte wollte Mittagspause machen. Zuku jedoch ließ sich nicht einschüchtern. Sie wartete beharrlich draußen vor dem Eingang des großen Gebäudes. Mit erhobenem Haupt stand sie dort wie eine Löwin, die um ihre Brut kämpft. Fremde Menschen eilten vorbei, ohne Notiz von ihr zu nehmen. Nach einiger Zeit erschien der Polizeipräsident, begleitet von zwei Leibwächtern. Ein Wagen mit Chauffeur bog langsam um die Ecke und fuhr auf den Eingang zu. Kaum hatte sie angehalten, lief Zuku zur Limousine und stellte sich entschlossen vor die Wagentür. »Bitte, Herr Präsident, ich möchte Sie nur eine Minute stören.«

Verblüfft blieb der stehen und richtete seinen Blick auf Zuku.

»Seit einem halben Jahr habe ich weder von meinem Mann noch von meinem Erstgeborenen, der in Danjuk arbeitet, Nachricht erhalten. Ich bitte Sie um Ihre Hilfe!«

»Im Karakand-Krieg sind bis jetzt über zehntausend Menschen gestorben, fünfzigtausend verletzt und eine halbe Million Flüchtlinge und Obdachlose geworden. Und dann soll ich Ihren Mann und Ihren Sohn finden? Machen Sie eine Vermisstenanzeige und lassen Sie Ihre Adresse hier«, sagte er mürrisch. »Falls ich etwas erfahre, werde ich Sie benachrichtigen.«

Der Polizeipräsident schob sie zur Seite, stieg in sein Auto und fuhr davon.

Ein Vierteljahr später erhielt Zuku einen Brief von der Behörde.

Im Kuvert lag lediglich der Ausschnitt einer Tageszeitung. In wenigen Zeilen wurde berichtet, dass am fünfzehnten April im Jahr des Grauens auf einem Gelände in der Nähe einer Hochhausbaustelle in Danjuk zwölf Leichen von jungen Männern in einem Massengrab gefunden wurden.

Mit einem tiefen Seufzer schloss der Alte den Bericht:

Das war die hasserfüllte und blindwütige Reaktion der Bikarek auf das Massaker am Bahndamm.

Zweite Pforte

Am späten Nachmittag traf der Zug im Zentralbahnhof ein. Ein gepanzertes Fahrzeug versperrte das Hauptportal. Uniformierte junge Leute patrouillierten durch die Halle. Alle Schalter waren geschlossen. Der Zugverkehr lag brach und der Bahnhof war fast menschenleer. Einige Krüppel lungerten noch auf den Treppen herum. Streunende Hunde und Katzen schlichen auf der Suche nach Essensresten umher. Verbissen kämpften sie um die Knochen, die sie aus dem Abfall zerrten.

Mit ihrem wenigen verbliebenen Gepäck verließen die Reisenden den Zug. Teilnahmslos strebten sie dem Ausgang zu. Ohne Eile, denn niemand erwartete sie.

Bekir stand wie gerädert mit seinen Koffern an den Gleisen. Mit dem Handrücken wischte er über seine müden Augen, strich über das zerknitterte Sakko, das jedoch nicht zu glätten war. Er kämmte sein zerzaustes Haar und warf einen Blick auf seine Armbanduhr. Fünf nach vier. Längst wäre er jetzt bei seiner Familie gewesen. Gebadet, rasiert, frisch gekleidet säße er zwischen seinen Angehörigen und Freunden an einer üppig gedeckten Tafel. Stattdessen hatte es ihn wieder nach Julkut verschlagen, wo er keine Menschenseele kannte. Seine letzte Hoffnung war der feine Herr, der ihm in letzter Minute die Fahrkarte nach Balamida besorgt hatte. Immerhin hatte er Bekir angeboten, ihm bei eventuellen Schwierigkeiten zu helfen.

Keuchend, nach Luft schnappend, schleppte Bekir sein Gepäck in Richtung Bahnhofscafé. Dort angekommen, freute er sich, dass es trotz des gegenwärtigen Notstandes geöffnet hatte.

Der große Saal, mit kaltem Neonlicht beleuchtet, war fast leer; die in vielen Jahren von Tabakschwaden verräucherten Wände und Decken schrien förmlich nach Renovierung. An einem Ecktisch neben dem Tresen hatten sich sechs Männer in legerer Joggingkleidung um einen Radiokasten versammelt. Mit gespitzten Ohren lauschten sie den neuesten Meldungen des Tages.

Bekir wählte einen Tisch in der Nähe der Runde und nahm Platz, ohne Aufmerksamkeit zu erregen. Er bestellte eine große Portion Kaffee. Hunger verspürte er nicht. Das heiße Getränk belebte seinen Körper und regte seinen Geist an. Beinahe behaglich inhalierte er den Rauch einer Zigarette und ließ seinen Blick über die Gesichter der sechs Männer streifen. Vergeblich suchte er nach seinem Gönner. Alle waren noch sehr jung.

Trotz des starken Kaffees übermannte ihn die Müdigkeit. Nach wenigen Minuten schreckte ihn sein eigenes Schnarchen auf. Doch bald schon fiel ihm der Kopf wieder auf die Brust. Im Traum verfolgten ihn Banditen, die versuchten, sein Gepäck zu stehlen. Aus dem Unterbewusstsein umfasste er schützend die Griffe seiner Koffer.

Die jungen Burschen drehten das Radio auf volle Lautstärke, und wieder wurde Bekir aus dem Schlaf gerissen. Eigentlich wäre er gern aufgestanden, um sich nach einem bequemen Bett umzusehen, möglichst in einer preiswerten Pension. Er verwarf jedoch diesen Gedanken und zog es vor, beharrlich zu warten.

Der Kellner begann, die Stühle verkehrt herum auf die Tische zu stellen. Doch als ein neuer Gast das Lokal betrat, hielt er inne, begrüßte den Neuankömmling untertänig und kehrte mit dem Besen hinter die Bar zurück. Die jungen Leute sprangen auf und empfingen den Mann mit tiefer Verbeugung. Rasch schalteten sie das Radio aus und rückten zusammen, um ihm Platz zu machen. Mit erhobener Hand und gönnerhaftem Lächeln erwiderte er ihren Gruß.

Bekirs müde Augen erhellten sich sofort, als er den Herrn erblickte. Prüfend musterte er ihn von Kopf bis Fuß. Er trug weiße Lackschuhe, einen schneeweißen Leinenanzug und eine blaue Krawatte, die eine Perle zierte. An den Fingern glänzten zahlreiche Goldringe, die ihm kaum gestatteten, die Hand zu schließen. Das Gesicht war glatt rasiert, das krause

Haar kurz geschnitten. Der übergroße Kopf schien beinahe mit der Brust verwachsen.

Bekir erkannte seinen Gönner, doch zögerte er, ihn anzusprechen. Auch der feine Herr erinnerte sich offensichtlich, schritt aber wie ein Feldherr an Bekir vorbei und gesellte sich zu der Runde junger Männer.

Der Kellner eilte sofort an den Tisch, verneigte sich mehrfach und fragte: »Was wünschen Sie zu trinken, Herr Garon?«

»Ein Glas Jasmintee und Soda, und für meine Freunde eine Flasche Branntwein. - Was gibt es Neues?«, fragte Garon beiläufig. Einer der sechs Burschen reichte ihm eine Liste, die er minutenlang sorgfältig prüfte. »Keine schlechte Ausbeute«, bemerkte er, »die Leute sollen sich wie immer morgen um 17 Uhr hier einfinden.«

»Das habe ich ihnen schon gesagt, Herr.«

Jetzt wandte sich Garon an den Nachbartisch und bat Bekir, herüber zu kommen. Der erhob sich erleichtert und steuerte sofort den Tisch an. Nachdem Garon ihm die jungen Männer vorgestellt hatte, sagte er mit Nachdruck: »Die sechs sind alle vom Stamme der Ukuluk.« Und vertraulich fügte er, an die Männer gewandt, hinzu: »Das ist Bekir, einer von uns.«

Verdutzt erkundigte sich Bekir: »Herr, das Ganze ist mir ein Rätsel. Gestern abend sind wir uns erstmalig im Bahnhof begegnet. Sie haben mir geholfen, ohne dass ich wusste, wer Sie sind. Heute aber sprechen Sie mich mit meinem Namen an.«

»Das stimmt«, bestätigte Garon kopfnickend. »Kaum hatten deine Füße den Julkuter Hafen betreten, wusste ich schon, wer du bist und woher du kommst. Es ist meine heilige Pflicht, meinen Stammesbrüdern Schutz zu gewähren.«

»Das hört sich gut an«, unterbrach Bekir verärgert, »aber wenn Sie so gut informiert sind, dann wussten Sie auch, dass mein Zug überfallen wird. Gerade noch bin ich dem Tod von der Schippe gesprungen.«

»Ich war mir sicher, dass dir nichts passieren konnte, denn der Anschlag galt den Bikarek - und wie ich sehe, ist ja alles mit dir in Ordnung. Es ist ausgesprochenes Pech, dass du zu ungünstigster Zeit in die Heimat zurückgekehrt bist. Dieser Kriegszustand kann noch Wochen, Monate, vielleicht sogar ein Jahr anhalten. So lange sitzen wir Ukuluk in einem Boot und müssen an einem Strang ziehen. Wie schon versprochen, bin ich bereit, dir zu helfen. Im Gegenzug erwarte ich, dass du uns dein Vertrauen schenkst.«

Erst jetzt begriff Bekir, dass er mit der Fahrkarte geködert worden war, und er ahnte ein schmutziges Geschäft. So kam eiskalt seine Antwort: »Vielen Dank, ich ziehe es vor, mir selbst zu helfen. Ich werde niemals in eurem Boot sitzen; es trieft von unschuldig vergossenem Blut und die Strände stinken nach Verwesung.« Er zögerte nicht lange, stand auf und rief den Kellner.

Bekirs Worte trafen Garon wie Peitschenschläge. Mit einer solchen Entwicklung hatte er nicht gerechnet. Nur mühsam gelang es ihm, sich zu beherrschen. Äußerlich ruhig ergriff er die Hand Bekirs und zog ihn auf den Stuhl zurück.

»Du hast ja keine Ahnung, was in Karakand vorgeht. Wir haben gegen die Bikarek keinen Krieg angezettelt. Obwohl sie weniger als die Hälfte der Bevölkerung ausmachen, besitzen sie die Silberminen und die wichtigsten Ressourcen unseres Landes. Beinahe die gesamte Wirtschaft wird von ihnen kontrolliert. Wie du an dir selbst siehst, sind dagegen viele Ukuluk gezwungen zu emigrieren, um ihre Familien ernähren zu können. Schau dir die Jungs hier an. Seit Jahren sind sie ohne Lehrstelle und ohne Einkommen. Sie sind keine Ausnahmen. Während deines Aufenthaltes im Ausland hat sich in ganz Karakand, auch hier in Julkut, vieles geändert. Es gibt eine unsichtbare Mauer, die den Westen vom Osten trennt. Im westlichen Sektor leben vorwiegend Ukuluk, im Ostteil die Bikarek. Dort sind die Straßen gepflegt und rahmen die großzügigen Wohnviertel und Parks ein. Unser Stadtteil dagegen ist ärmlich und schmutzig. Wochenlang erfolgt keine Müllabfuhr. Im Grunde genommen liegt eine moderne Stadt neben einer heruntergekommenen Ansiedlung. Aus dem Stadthaushalt fließt nur ein ganz geringer Anteil in den Westen. An unseren Schulen fehlen Lehrer und Unterrichtsbücher. Unsere Krankenhäuser sind ebenfalls unterversorgt und leiden unter Personal- und Medikamentenmangel.

Die Bikarek haben uns nie als gleichgestellte Mitbürger gesehen, sondern stets nur als Menschen zweiter Klasse. Wir müssen für sie die Drecksarbeit erledigen, während sie selbst die wichtigen Stellen in der Verwaltung innehaben. Das musste über kurz oder lang zu Unruhen führen. Der Funke, der den Bürgerkrieg entfachte, ist der Tod von König Tahna. Seine Ermordung schieben die Bikarek uns in die Schuhe und behaupten, er sei von seiner Exzellenz Solok inszeniert worden. Seitdem eskaliert die Gewalt. Die Bikarek scheuen nicht davor zurück, uns nieder zu knüppeln, und greifen zu den Waffen. Viele Ukuluk-Dörfer gingen in Flammen auf. Die Zahl unserer Opfer ist nicht bekannt. Wir wollen nicht, dass das Königshaus der Bikarek noch vier weitere Jahre an der Regierung bleibt. Entschieden und ohne Zögern tut Seine Exzellenz Solok alles, was dem Wohl unseres Stammes dient.«

Bekir erwiderte daraufhin: »Seit eh und je haben sich die Königshäuser im fünfjährigen Rhythmus abgewechselt, was ist daran nun falsch?«

»Was du am Bahndamm erlebt hast, ist geringfügig im Vergleich zu dem, was die Bikarek an Grausamkeiten angerichtet haben. Prinz Oksuls Milizionäre sind für ihre Brutalität und Rücksichtslosigkeit berüchtigt. Sollen wir uns wie Lämmer abschlachten lassen? Das kann doch nicht deine Meinung sein, Bekir!«

»Von Kindesbeinen an, Herr, hat mir mein Vater eingebläut, mich von der Politik fernzuhalten. Das hat mir bis heute nicht geschadet und daran werde ich mit vierzig auch nichts mehr ändern.«

»Unsinn!«, widersprach Garon barsch. Dann bemühte er sich, seiner Stimme einen freundlicheren Ton zu verleihen. »Unsere Vorväter haben in einer ganz anderen Zeit gelebt. Unter ihren Regenten waren Ukuluk und Bikarek gleichberechtigt. Den Königen war es zu verdanken, dass unsere Väter keine Diskriminierung erdulden mussten. Damals lebten die Ukuluk und Bikarek friedlich in bescheidenem Wohlstand nebeneinander. Erst die Übernahme der Regierungsgewalt durch den, wie alle Ukuluk wissen, despotischen König Tahna brachte die harmonische Balance zum Kippen. Er säte Hass und Zwietracht unter den Stämmen, denn die von ihm vorgeschlagenen Reformen waren ein reines Lippenbekenntnis. Auch seine Tochter Sunbula, die neue Regentin der Bikarek, will mit ihrem Bruder Oksul Blutrache an unserem Volk üben. Nun hat das zum Bürgerkrieg geführt und keiner kann den Folgen entgehen. Unser Kronprinz Defrin ist weich wie ein Kissen und man kann ihn von einem Stuhl auf den anderen rücken. Deshalb brauchen wir Seine Exzellenz Solok, denn nur er ist mutig genug, den Bikarek die Stirn zu bieten. Man erzählt von ihm, dass er schon als Kind im Zoo die Hand durch die Gitter streckte, um das Haupt der wilden Tiere zu streicheln. Deshalb ist es ihm auch gelungen, das Stadtpalais in seine Gewalt zu bringen. Das ist der erste Schritt, ein großer Sieg, auf den wir alle stolz sein können.

Und jeder einzelne von uns muss seinen Beitrag leisten. Schau dir diese jungen Männer an. Das sind Vorbilder. Sie haben sich freiwillig gemeldet, um die Interessen unserer Brüder und Schwestern zu verteidigen. Deine größte Sorge aber ist es, so schnell wie möglich zu deiner Familie zu kommen. Solange jedoch der momentane Zustand anhält, bin ich sicher, dass keine Verkehrsverbindung nach Balamida möglich ist. Ob du willst oder nicht, du bist von den politischen Geschehnissen betroffen. Deshalb musst auch du etwas tun, wenn du bald nach Hause kommen willst.«

»Was meinen Sie damit?«, unterbrach Bekir unwirsch. »Ich mag kein Versteckspiel.«

»Wie wäre es, wenn du dich für einige Wochen zum Militärdienst verpflichten würdest?«

»Um Gottes Willen«, wehrte Bekir ab, »das Militär verabscheue ich am allermeisten. Ich werde niemals Soldat sein, nichts auf der Welt könnte mich dazu bewegen!«

Garon bemerkte, dass er zu rasch auf eine Entscheidung gedrängt hatte. Geschickt wechselte er das Thema und ging zu Belanglosem über.

Eine Weile noch saß die Runde zusammen, ehe man sich verabschiedete. Garon drückte seine Visitenkarte in Bekirs Hand und sagte in versöhnlichem Ton: »Wenn du mich brauchst, Bruder, bin ich meistens tagsüber unter dieser Adresse zu erreichen. Zu deiner Sicherheit rate ich dir dringend, dir eine Unterkunft im Westteil zu suchen. Bei deinen Brüdern und Schwestern bist du am besten aufgehoben.«

Als Bekir das Kaffeehaus verließ, standen die Zeiger der Bahnhofsuhr auf fünf nach acht. Er ärgerte sich, so viel Zeit vertrödelt zu haben, ohne dass sich an seiner Lage etwas geändert hatte. Längst schon hätte er seine Familie über die Verspätung verständigen müssen.

Eilig suchte er nach einem Postamt, das er gegenüber dem Bahnhof auch rasch fand. Das heruntergekommene dreistöckige Gebäude bot einen jämmerlichen Anblick. Die einstmals weißen Fassadensteine waren vom Ruß und Dreck der Jahre geschwärzt. Trotzdem blieben die vielen Risse im Mauerwerk erkennbar.

Vor dem Schalter standen nur drei Leute. Aus einem Fach griff Bekir ein Telegrammblatt, und hastig formulierte er: ›Liebe Zuku. Bin in Julkut gut angekommen. Keine Zugverbindung. Sobald möglich, sofortige Anreise. Bin bei guter Gesundheit. Es umarmt Euch Euer Bekir.‹

Er brachte dieses Telegramm auf den Weg und verließ die Post. Nächtliche Dunkelheit empfing ihn auf der Straße. Wenige Laternen verbreiteten spärliches Licht. Einige Werbetafeln flimmerten vor sich hin und fanden bei den einzelnen Passanten kaum Aufmerksamkeit.

Abgeschlagen und müde wandte sich Bekir stadteinwärts. Bald darauf bog er in eine Nebenstraße ein. Die rote Leuchtreklame »Hotel Malika« zog ihn an. ›Hoffentlich finde ich hier eine Unterkunft, damit ich morgen einen kurzen Weg zum Bahnhof habe‹, dachte er.

Da er so viel Unrat in der Stadt gesehen hatte, überraschte ihn die Reinlichkeit des Treppenaufgangs. Sogar einen Fahrstuhl gab es, nur funktionierte er nicht, als Bekir ihn benutzen wollte. So musste er seine beiden schweren Koffer achtzehn Stufen hinauf schleifen.

Eine kleine füllige Frau empfing ihn mit freundlichem Lächeln. Erleichtert war er erst, als er hörte, dass es noch ein freies Zimmer gab. Die Schlafstube war geräumig und geschmackvoll im englischen Kolonialstil eingerichtet. Das Bett strahlte in schneeweißer Bequemlichkeit und von der Decke summte leise ein Ventilator, der angenehme Kühle spendete.

Bekir beglückwünschte sich, dieses Hotel gefunden zu haben, wobei er nicht einmal nach dem Preis gefragt hatte. »Das ist ja auch egal, es ist ja nur für eine Nacht«, sagte er zu sich selbst.

Er öffnete die Armaturen im Bad und lauschte dem plätschernden warmen Wasser, das sich in die Wanne ergoss. Darauf hatte er sich tagelang gefreut. Über eine halbe Stunde lang genoss er das wohltemperierte Wasser und den Duft aufsteigender Badeessenzen. Er fühlte sich wie neugeboren, alle Müdigkeit fiel von ihm ab und die Strapazen der letzten Tage wichen von ihm.

Nach dem Bad bekam er Hunger und bestellte sich einen Imbiss aufs Zimmer. Zwanzig Minuten später brachte ein junges Mädchen das Essen.

Bekir war von ihrer Schönheit wie geblendet. Entzückt betrachtete er die geheimnisvollen Augen, den zarten Teint ihres dunklen Gesichts. Sie sah ihn an und jeder Winkel ihres Gesichtes lächelte.

Bekir griff nach seinem Portemonnaie und machte einen Schritt auf sie zu. Sanft drückte er einen großen Geldschein in ihre Hand. Sie zögerte einen Augenblick und ließ dann den Schein in der Falte ihres Kleides verschwinden.

Hundertmal suchte er ihre Augen und hundertmal fand sie die seinen. Behutsam nahm er ihre Hand in seine und begann ihre Finger liebevoll zu streicheln. Sie ließ ihn gewähren. Er berührte ihre Hände mit den Lippen. Dann zog er sie mit einem energischen Griff auf sein Bett.

Unter dem gedämpften Licht schimmerte die Schönheit ihres Körpers. Er lernte ihre Haut und ihren Mund kennen. Mit allen seinen Sinnen liebte er sie fast eine ganze Stunde lang.

Kurz nach Mitternacht stand das Mädchen auf, zog ihr weißes Kleid wieder an und ging hinaus. Stolz und entspannt schlief Bekir gleich darauf zufrieden ein.

Als er am nächsten Tag erwachte, war es bereits später Vormittag. Rasch packte er seine Sachen ein und wollte ohne Frühstück aufbrechen. Während er die Rechnung bezahlte, erkundigte er sich nach den Zügen nach Balamida. Die Empfangsdame beruhigte ihn, er brauche sich nicht zu beeilen.

Wenn heute überhaupt Züge führen, wäre die Abfahrtszeit nach Balamida wie immer siebzehn Uhr.

Obwohl Bekir demnach noch genug Zeit hatte, blieb er unruhig. Er verzichtete auf ein Frühstück und nahm im Stehen rasch einen Kaffee. Dann machte er sich auf den Weg zum Bahnhof.

In der Halle sah es noch immer aus wie am gestrigen Abend. Einige Passagiere saßen auf ihren Koffern vor dem Schalter und warteten.

Bekir erkundigte sich höflich nach der Öffnungszeit des Schalters.

»Woher soll man es wissen«, antwortete einer ungeduldig.

Enttäuscht schloss sich Bekir der Reihe an. Er rauchte eine Zigarette nach der anderen, doch nichts geschah.

Gegen vierzehn Uhr endlich tauchte ein Mann mit blauer Mütze auf, eine Trillerpfeife baumelte an seiner Brust. Die Augen der Wartenden richteten sich sofort auf ihn. Doch ehe die Leute einen Ton von den Lippen bringen konnten, sagte er entschieden: »Herrschaften, es tut mir leid, heute fahren keine Züge.«

»Verdammt noch mal«, rief Bekir, »wenn das so weitergeht, wächst bald Gras auf den Schienen.«

Der Schaffner nahm keine Notiz davon.

»Gibt es wenigstens einen Autobus nach Balamida?«

»Gewiss verkehrt einer. Es ist nur die Frage, ob Sie auch ankommen. Ich würde Ihnen dringend abraten, es sei denn, Sie sind lebensmüde. Gedulden Sie sich. Wenn Sie Glück haben, gibt es morgen einen Waffenstillstand, und alles ist wieder beim Alten.«

Die Wartenden harrten noch eine Weile aus, bis sich schließlich die Reihe langsam auflöste. Missmutig fasste Bekir sein Gepäck und machte sich wieder auf die Suche nach einer Unterkunft. Eine weitere Übernachtung im «Malika« konnte er sich nicht leisten.

Er hatte Glück und fand bald eine einfache Pension am Rande des Bahnhofsviertels. Das Zimmer, das man ihm zuwies, glich einer Abstellkammer. Durch das winzige Fenster drang nur spärliches Sonnenlicht. Das schmale Bett, das einer Pritsche ähnelte, ließ schon im Voraus seinen Rücken schmerzen. Ein wackliger Tisch und ein Bambusstuhl vollendeten die Einrichtung.

Diese Umgebung bedrückte Bekir und weckte in ihm Erinnerungen an seine Kindheit.

Als er gerade zwölf Jahre alt war, erlitt sein Vater, der bis dahin gut verdient hatte, einen tödlichen Unfall und hinterließ eine elfköpfige Familie ohne Einkommen. So wurde Bekir, der Älteste, mit zwölf Jahren zum Haupternährer. Er verließ die Schule, um sich als Arbeiter auf einer Baumwollplantage zu verdingen. Die Mutter nähte und wusch für die Nachbarschaft. Die Familie musste ihr Haus verkaufen und zur Untermiete wohnen, das Leben wurde ärmlich und beengt.

Bekir hatte einen zehn Kilometer langen Weg zur Arbeit, den er täglich zu Fuß zurücklegte, um das Fahrgeld für den Bus zu sparen. Der Verwalter schätzte sehr bald seine Zuverlässigkeit und Geschicklichkeit, und bereits nach einem Jahr erhielt er eine Lohnerhöhung. Den Mehrverdienst steuerte er für seine vier Geschwister bei, die ihre Schulausbildung fortsetzten. Durch seine Heirat mit Zuku und die Gründung einer eigenen Familie hatte er gehofft, die Last auf seinen Schultern zu verringern und ein sorgenfreieres Leben beginnen zu können.

Nun saß er hier im kleinen Zimmerchen der Pension und fühlte sich von seinen Gedanken gefangen. Nach einer Weile raffte er sich auf, um nicht den Rest des Tages grübelnd in dieser ärmlichen Kammer zu verbringen und beschloss, trotz Garons Warnung den Ostteil der Stadt zu besuchen.

Auf seinem Spaziergang musste Bekir erkennen, wie sehr sich die Stadt während seiner langjährigen Abwesenheit verändert hatte. Gepflegte Straßen, gesäumt von breiten Trottoirs, moderne Cafés und Restaurants, großzügige Plätze mit Palmen- und Tamariskenanlagen erstaunten sein Auge. Selbst die Luft erschien ihm frisch und rein. Ampeln und Zebrastreifen regelten den Verkehr. Passanten, Autofahrer und Pferdekutscher benahmen sich gesittet und hielten die Verkehrsregeln ein.

Immer wieder entdeckte er neue Sehenswürdigkeiten. Vor einem Hochhaus blieb er eine Zeit lang stehen. Derartig großflächige Glasfenster und Marmorfassaden hatte er in Karakand noch nie gesehen. Luxusboutiquen, Souvenir- und Teppichläden, die sich wie Schmuckkästchen aneinander reihten, verzauberten ihn und lockten mit ihren Auslagen. Ein Schachbrett mit kunstvoll in Malachit gearbeiteten Figuren zog seine Blicke an. Fasziniert betrachtete er das Meisterwerk und konnte seine Augen nicht davon abwenden. Als der Verkäufer ihn ansprach, wagte Bekir aber nicht, nach dem Preis zu fragen, sondern drehte sich auf dem Absatz um und setzte seinen Stadtbummel fort.

So wanderte er die Straßen auf und ab und entdeckte bei genauerem Betrachten, dass da und dort ein ausgeplündertes und zertrümmertes Geschäft das idyllische Bild entstellte. Vor vielen Gebäuden standen junge Männer von Oksuls Miliz mit umgehängten Maschinenpistolen. Polizeistreifen patrouillierten entlang des Boulevards und lösten in Bekir Beklemmung aus. Er zwang sich, diese hässlichen Eindrücke zu übersehen und strebte zurück zu den schönen Geschäften. Gerne hätte er ein schickes Kleid für seine Frau, für seinen Sohn ein Paar schöne Schuhe und für sich das herrliche Schachspiel gekauft, doch wollte er seine Ersparnisse nicht antasten.

In einer vornehmen Konditorei gönnte er sich einen Kaffee und etwas Dattelgebäck. Diese köstliche Süßigkeit hatte er all die Jahre in der Fremde entbehren müssen. Der vertraute heimatliche Geschmack zerging ihm auf der Zunge.

Während er in Gedanken versunken an seinem Tisch saß, vergingen Minuten und Stunden. Schließlich bemerkte Bekir, dass er der letzte Gast war und ließ sich die Rechnung bringen.

Draußen suchte er nach einer preiswerten Sammelkalesche, doch er fand keine. So winkte er einem vorbeifahrenden Taxi, um in die Pension zurückzugelangen.

Nach fünfzehnminütiger Fahrt hielt der Taxifahrer plötzlich am Straßenrand an. Vor ihnen stand eine Schlange wartender Fahrzeuge.

Bekir vermutete einen Verkehrsunfall, doch der Chauffeur bemerkte zähneknirschend: »Um Gottes Willen! Da wartet nichts Gutes auf uns!« Er zögerte noch kurz, riss dann das Steuer nach links und gab Vollgas.

Der Motor jaulte auf und der Wagen raste auf eine Straßensperre zu, die von einem Jeep gebildet wurde. Geschickt umkurvte der Fahrer das Hindernis.

Prompt knallten Schüsse. Das Heckfenster zersplitterte. Bekir warf sich hinter die Vordersitze und brüllte: »Halten Sie sofort an, sonst bringen Sie uns beide um!«

Unbeirrt suchte der Taxifahrer sein Heil in der Flucht. Nachdem er etwa zwei Kilometer in halsbrecherischem Tempo zurückgelegt hatte, erkundigte er sich, ob sein Fahrgast unversehrt geblieben sei.

Bekir reagierte mit heftigen Vorwürfen, die der Mann jedoch energisch zurückwies. »Sie haben offensichtlich keine Ahnung, welcher Gefahr wir soeben entgangen sind. Wenn die Bikarek-Miliz meinen Ausweis in die Hand bekommen hätte, wäre ich auf der Stelle gelyncht worden. Das ist nicht das erste Mal, dass hier im Osten derartige Sperren errichtet werden. Von uns Ukuluk sind schon viele massakriert worden. Die Bikarek üben heute wieder einmal Blutrache wegen der Entführung eines hochrangigen Stammesmitgliedes. Bis jetzt habe ich bei solchen Auseinandersetzungen Glück gehabt. Doch nun ist Schluss, ich bleibe im Osten, auch wenn ich mit meiner Familie verhungern muss.«

Rasch ließ Bekir die zurückliegenden Ereignisse Revue passieren. Er atmete auf, als der Wagen vor der Pension anhielt. Er zahlte und versäumte nicht, ein gutes Trinkgeld zu geben. Im Zimmer angekommen, verschloss er hastig die Tür und überprüfte sorgfältig die Verriegelung. Dann zog er Schuhe und Sakko aus und warf sich, ohne sich zu waschen, auf das schmale Bett, das knarrend und quietschend protestierte.

Bald schlief Bekir ein. Doch von Albträumen gequält und von Mücken zerstochen, schreckte er schon nach kurzer Zeit wieder hoch. Schweißgebadet und mit zitternden Fingern knipste er das Licht an und schaute sich um. Aber einen Milizionär, der ihm nach dem Leben trachtete, sah er nicht.

Bekir erhob sich und vergewisserte sich erneut, dass die Tür verschlossen war. Dann goss er fast eine ganze Flasche Wasser in sich hinein und rauchte gierig eine Zigarette. An Schlaf war nun nicht mehr zu denken. Er warf sich zurück auf das Bett, wo er sich hin- und herwälzte. Doch die ersehnte Ruhe blieb aus.

Verzweifelt überlegte er: ›Bringt mich der Zug morgen nach Balamida?‹, und dachte voll Sehnsucht an Zuku, seine Frau, und Merdin, seinen Jüngsten. ›Sollte morgen kein Waffenstillstand sein, bin ich hier festgenagelt.‹

Wieder und wieder überdachte er seine Lage, suchte nach einem Ausweg und geriet dabei immer tiefer in ein Labyrinth der Hoffnungslosigkeit.

Der alte Erzähler machte eine Pause. Ich hörte, wie er etwas auf den Tisch stellte, dann ein leichtes Zischen, gefolgt vom Gluckern einer Flüssigkeit. Ein intensiver Ingwerduft strömte in meine Nase. Er fragte mich: »Möchten Sie sich mit einem Tee erfrischen?« Da erst merkte ich, wie durstig ich war und stimmte freudig zu. Der Alte reichte mir eine warme Tasse, die ich dankend entgegennahm. Der Tee schmeckte süß nach Honig und Ingwer. Er selbst trank einen Schluck, um seinen Hals anzufeuchten und fuhr dann fort:

Nach den Trauerfeierlichkeiten zog sich Sunbula in ihre Gemächer zurück. Sie wollte mit ihrer Trauer allein sein. Ihre engen Freunde bat sie, von Besuchen abzusehen. Nur der Großmutter vermochte sie den Zugang nicht zu verbieten.

Während der Abwesenheit von Sunbula ließ sich ihr Bruder Oksul von den Stammesältesten groß feiern. Rhetorisch geschult, schauspielerisch begabt, in seiner Erscheinung äußerst attraktiv, schwang er vom Thron seines Vaters aus eine hitzige Rede. Der Audienzsaal der Sommerresidenz mit kostbaren Gobelins, schimmerndem Marmor und glänzenden Spiegeln war die beeindruckende Kulisse.

»Ehrwürdige Stammesälteste, geehrte Herren! Im Namen meiner Familie möchte ich einige Worte an Sie richten. Ich habe einen Plan entwickelt, der die entstandene Krise im Land beenden soll. Sie, meine Herren, und wir haben die Ermordung meines Vaters mit Entsetzen und tiefer Trauer aufgenommen. Trotz der Tumulte ist es uns gelungen, den König in Ehren und Würde zu begraben. Ihnen, meine Herren, möchte ich meinen besonderen Dank sagen. Ohne Ihre tatkräftige Hilfe wäre uns dies nicht gelungen. Ich habe großes Verständnis dafür, dass viele unseres Stammes aufgebracht, ja gedemütigt und niedergeschlagen sind. Auch ich bin wie Sie der Überzeugung, dass Solok hinter dem Mord an meinem Vater, unserem König, steckt. Denn kaum war der König tot, beging Solok einen Staatsstreich und brachte das Stadtpalais in seine Gewalt. Es ist nur eine Frage der Zeit, bis wir den Mörder richten. Halbherzig nur hat Kronprinz Defrin uns sein Beileid bekundet. An der Trauerfeier nahm er teil, aber es ist nicht genug. Ich befürchte, dass er mit Solok unter einer Decke steckt, um die Macht an sich zu reißen. Wie Sie wissen, meine Herren, gibt es Gerüchte über eine schwere Krankheit von Kronprinz Defrin. Die Ärzte haben ihm nur noch wenige Jahre zu leben gegeben. Deshalb liegt es nahe, zu vermuten, dass bereits der Staatsstreich mit seiner Zustimmung durchgeführt wurde. Leider haben wir dafür keine Beweise. Wollte er vielleicht auf diese Weise früher auf den Thron gelangen?

Nun ist unser ganzes Land in Aufruhr. Teile unseres Stammes greifen blindwütig zu den Waffen. Rachsüchtig und brutal fallen sie über Dörfer und Stadtteile der Ukuluk her. Sie schonen weder Frauen noch Kinder. Wir können nicht mehr zusehen, wie noch mehr Blut vergossen wird. Unsere Armee muss sofort eingreifen, um die Silberminen für uns zu sichern und Solok aus dem Stadtpalais zu vertreiben. Die Schuldigen müssen hart bestraft werden. Was wir brauchen, sind junge, gut ausgebildete, disziplinierte Soldaten.

Wie Sie wissen, hat sich ein Teil unserer Armee auf die Seite Soloks geschlagen, in der Hoffnung auf mehr Sold und Privilegien. Nur mit einem gut gerüsteten Heer können wir den Feind für jetzt und immer vernichten. Um Soloks Flügel zu brechen, bedarf es bester Vorbereitung. Damit meine ich: neue Waffen müssen gekauft werden. Doch die Staatskasse ist leer. Eine Aufrüstung ist nur unter größten persönlichen Opfern möglich. So bitte ich Sie, dafür Sorge zu tragen, dass unsere Kaufleute einen beachtlichen Anteil beisteuern. Doch ob reich oder arm – jeder muss seinen Beitrag leisten.

Mein Plan ist ein Blitzschlag auf das von Solok eroberte Stadtpalais und auf seine Waffendepots, natürlich unter größtmöglicher Schonung der Bevölkerung. Wir wollen das

Vertrauen der Ukuluk zurückgewinnen. Ich wünsche keinen Bürgerkrieg und keine Teilung des Landes – das sind die vorläufigen Ziele Soloks. Wir dulden kein zweites Königreich, das führt zu unserem Untergang. Die Grenze bleibt wie zuvor: 2000 km von Osten nach Westen, 1500 km Nord-Süd-Richtung.

Wie früher muss die Krone alle fünf Jahre gewechselt werden. Und wir, die Bikarek, hatten sie nicht einmal ein Jahr. Wir haben noch vier Jahre zu regieren, daran wird nicht gerüttelt!

Nun bitte ich Sie, verehrte Stammesälteste, um Ihren erfahrenen Rat, und wenn Sie mit mir im Einklang sind, erwarte ich Ihre Zustimmung und Unterstützung.«

Tosender Beifall brach los. Die begeisterte Stammesversammlung stand auf und hob die Hände einstimmig.

Kaum ebbte der Beifall ab, da stürzten zahlreiche, in seidene bunte Gewänder gekleidete Pagen in den Saal und reichten erlesene Speisen und Getränke.

Bevor er die Anwesenden aus dem Audienzsaal entließ, trug Oksul mit pathetischer Stimme ein Gedicht vor:

»Ehre dem Eroberer, der das Land seines Stammes mehrt,
Ruhm dem Großen, der es für seinen Stamm rein hält,
Würde dem Klugen, der es für seinen Stamm regiert.
Lob dem Kämpfer, der es mit seinem Leben verteidigt.«

Berauscht von seinem Erfolg spazierte Oksul mit stolzgeschwellter Brust durch die Menge. Tief in seinem Inneren jedoch nagte ein großer Zweifel. Um den Beschluss rechtskräftig werden zu lassen, war die Zustimmung der Thronerbin Sunbula erforderlich. Oksul kannte die Einstellung seiner Schwester. So machte er die Großmutter mit seinem Plan vertraut und hoffte auf ihren Einfluss.

Wie ein Schmuckkästchen, von hohen Mauern umschlossen, zwischen Gärten und Parkanlagen, verbarg sich das Sommerschloss von König Tahna. Sunbulas Privatgemächer bestanden aus vier großzügigen Räumen, unterteilt von Marmorsäulen.

Ein Lichthofrondell mit Palmen, Rosen und Jasminsträuchern bepflanzt, gewährte Zugang in alle Kemenaten.

Sunbula schlief auf einem weichen Diwan der Pavillonterrasse. Blumen und Früchte schmückten die Wände und verstärkten den Eindruck von Kühle und Fruchtbarkeit des Wassers, das aus zahlreichen Brunnen plätscherte.

König Tahna hatte die Freuden des Lebens geliebt. Bald nach der Thronbesteigung ließ er nicht nur das Areal seiner Residenz in riesige Park- und Gartenanlagen verwandeln, sondern auch das gesamte Stadtgebiet, gleich einem Garten Eden.

Jagd und Krieg hatte er zutiefst verabscheut. Astronomie, Astrologie sowie Philosophie waren seine Leidenschaften gewesen. Allen Religionen begegnete er mit Toleranz, ohne sich in seiner eigenen Weltanschauung beeinflussen zu lassen.

Während Sunbula nun tagsüber in den Gärten weilte, tauchten viele Erinnerungen aus alten Zeiten auf. Als sechsjähriges Mädchen war sie auf Vaters Rücken geritten. Als Zwölfjährige erlebte sie mit ihm ihre erste Seereise auf der väterlichen Jacht. Die Siebzehnjährige hatte Reitturniere unter ihrer Schirmherrschaft eröffnen dürfen.

›Ach Vater, ich liebte dich über alles. Aber du warst zu gut für diese Welt, denn du wolltest das Schlechte im Menschen nicht sehen. Du konntest nicht erfassen, was dein Statthalter hinter deinem Rücken schmiedete. Abend für Abend sehe ich dich noch, wie du zu Mutter gingst. Mit einem liebevollen Lächeln legtest du zärtlich deinen Arm um ihre Schulter und erkundigtest dich nach ihrem Befinden. Dann, mit leisen Schritten, kamst du zu uns Kindern, um dich von unserem friedlichen Schlaf zu überzeugen.

Ich weiß, ich war dein Liebling. Für Politik interessierte sich keines deiner Kinder, außer mir, der Ältesten.

Schon mit acht Jahren durfte ich auf deinem Schoß den Privataudienzen zuhören. So lernte ich, das Schwierige nicht zu scheuen und die Gefühle durch Denken zu besiegen.‹

Der alte Erzähler nahm einen langen Schluck aus seiner Tasse, bevor er mit sehr leiser Stimme fortfuhr:

›Nein Vater, nicht weil Solok hässliche Augen hatte, stieß er mich ab. Im Gegenteil, schön sind sie, doch jedes Mal, wenn sein Blick einem anderen begegnete, schweiften seine Augen sofort ab. Als wollte er irgendetwas verbergen, voller Furcht, seine Absichten könnten durchschaut werden. Mit seiner melodischen Stimme und seiner Gabe zum Erzählen zog er dich in seinen Bann. Trotz meiner Warnungen hörtest du nicht auf mich. In kürzester Zeit avancierte Solok zu deinem Statthalter. Wie eine Zecke nistete er sich bei uns ein und du hast ihm blind vertraut.

Schon lange sprach er davon, die Ausbeutungsrechte unserer Silberminen an das Nachbarland Sandrun zu verkaufen, aber du warst immer dagegen und wolltest sie deinem Volk erhalten.

Jetzt bin ich mir sicher, das Geld, mit dem der Nachbarstaat ihn lockte, machte ihn zum Verräter. Wie wünsche ich mir heute, du hättest auf mich gehört.‹

In den Gärten suchte Sunbula Trost. Sie lauschte dem Rauschen der Kaskaden, dem Zwitschern der Vögel, dem Summen der Bienen. Die bunten Farben der Schmetterlinge beschwingten ihre Sinne. Betörender Duft der Rosen erquickte ihre Seele.

›Das Wasser spendet Kühle, die Vögel Gesang, die Rosen Duft, die Bienen Honig, die Schmetterlinge Farbe. Mein Vater ist tot. Oder lebt er doch? Gleich den Vögeln, den Bienen, den Schmetterlingen, den Rosen, dem Wasser?‹

Von weitem vernahm Sunbula knirschenden Kies, ohne dass das Geräusch in ihr Bewusstsein drang. Es wurde lauter. Dunja, ihre Großmutter, stand plötzlich vor ihr.

Die beiden Frauen umarmten sich freundlich. Sunbula nahm die Großmutter beim Arm und bat sie höflich, auf der Bank Platz zu nehmen. Die Großmutter ließ sich nieder, die Handtasche behielt sie auf dem Schoß.

Es war noch früh am Vormittag, die Luft war frisch und die Sonne angenehm warm. Von Mittag bis Abend war es in den Gärten sehr heiß und menschenleer.

»Kindchen«, eröffnete sie das Gespräch, »du hast ja ganz verquollene Augen. Du weinst zuviel, mein Herz.«

»Ach, Großmutter, die Trauer braucht Zeit.«

»Ich mache mir große Sorgen«, meinte Dunja und ergriff die Hand Sunbulas. Ihre Stimme klang ernst. »Du siehst blass aus – das ist kein Leben für eine junge Frau. Seit Tagen isst du kaum, ziehst dich völlig zurück, empfängst keine Besucher. Du musst dich einfach aufraffen und etwas Zerstreuung suchen.«

»Du hast ja recht«, stimmte Sunbula zu, »ich sollte nicht zur Eremitin werden. Aber die Stille und die Natur helfen, meinen Schmerz zu lindern, das war schon damals nach Mutters Tod so.«

»Ja, ja, mein Kind, als eure Mutter starb, war ich untröstlich. Es gibt nichts Schlimmeres für eine Mutter, als wenn sie ihre Tochter zu Grabe tragen muss.«

Tröstend fasste Dunja ihre Enkelin am Arm. »Trotzdem habe ich meine Verpflichtungen nicht vernachlässigt. Das Leben musste weitergehen.«

Langsam löste Sunbula sich von ihr und betrachtete die Großmutter genauer. Sie war festlich gekleidet. Dunja trug einen kostbaren Halsschmuck. Reihen von Brillanten, Rubinen, Perlen und Smaragden, unterbrochen von feinstem farbigem Email, reihten sich um ihren Hals. Ihr Gesicht war raffiniert geschminkt und das Haar in einem natürlichen Braun getönt. Nur ihr kostbares schwarzes Seidengewand zeigte sie noch in Familientrauer. Trotz ihrer fünfundachtzig Jahre war die alte Dame rüstig und lebhaft.

Von Kindesbeinen an war ihr beigebracht worden, schön zu sein. Diese Gewohnheit bewahrte sie bis ins hohe Alter. Man sollte sich und anderen gefallen. Ihre hohe Stellung verlangte stets ihr gutes Beispiel.

»Sicher wunderst du dich, warum ich schon am frühen Morgen beinahe in Abendrobe erscheine«, zwinkerte sie schelmisch ihrer Enkelin zu. »Genau heute, vor sechzig Jahren, habe ich deinen Großvater geheiratet. Es ist schon so lange her, doch ich meine, es sei gestern gewesen.«

»Oh je, ich habe euren Hochzeitstag vergessen.« Sunbula umarmte ihre Großmutter: »Dir und Großvater wünsche ich noch viele gemeinsame, glückliche Jahre.«

»Ach Liebchen, ich danke dir. Es ist verständlich, wenn du in so traurigen Zeiten nicht an einen Hochzeitstag denkst. Ich hätte den Tag auch vergessen, wenn sich Großvater nicht erinnert hätte.

Aber eigentlich bin ich gekommen, um dir etwas Wichtiges zu sagen: Es ist deine Pflicht, dich sehen zu lassen, denn das Volk wartet auf dich, die Thronfolgerin. Du kannst dich einfach nicht länger zurückziehen. Dein Bruder tut alles, was er kann. Seit dem Tod eures Vaters vertritt er dich so gut es geht. Er arbeitet viele Stunden täglich, um dir den Weg zur Thronbesteigung zu ebnen. Mein liebes Kind, ihr müsst zusammenhalten und in diesen schwierigen Zeiten keinen Streit beginnen. Die Würdenträger des Landes haben ein kluges Papier erarbeitet und deinem Bruder vorgelegt. Ich möchte es dir zur Kenntnis bringen.« Mit diesen Worten öffnete Dunja ihre Handtasche und reichte Sunbula das Dokument.

Während die junge Frau das Schreiben las, verfinsterte sich ihr Gesicht zusehends und mit vibrierender Stimme rief sie: »Ja, ja, mein Bruder braucht junge Soldaten. Frisches Blut fürs Vaterland. Seit dem Tod meines Vaters ist genug Blut vergossen worden. Witwen und Waisen sind hinterblieben. Muss das Volk noch mehr Opfer bringen? Reicht das nicht? Ich wünsche keine Blutrache!«

»Nein, mein Kind, es geht nicht um Blutrache, es geht um mehr. Die Einheit des Königreiches ist in Gefahr. Auch dein Bruder ist gegen Blutvergießen. Sein Ziel ist es, durch einen gezielten Blitzangriff das Stadtpalais zurück zu erobern und die Bevölkerung zu schonen. Er will den entstandenen Bürgerkrieg beenden, die Einheit unseres Landes und den Frieden wiederherstellen. Das Volk soll wieder in Wohlstand leben. Solok ist ein Mörder. An seinen Händen klebt nicht nur das Blut deines Vaters, sondern auch das Blut von hunderten unschuldiger Menschen. Wenn er das ganze Land regiert, wird er es zugrunde richten.«

In der Stimme des alten Mannes hörte ich ein leichtes Zittern. Er hielt einen Moment inne, atmete hörbar ein und fuhr dann mit seiner Erzählung fort:

»Das siehst du sicher richtig, Großmutter«, erwiderte Sunbula beherrscht. »Aber was geschieht, wenn mein Bruder seine

Ziele verfehlt? Noch mehr Zivilisten werden sterben und der Hass der Ukuluk wird sich steigern.«

Ungeduldig entgegnete Dunja: »Nur wenn dein Bruder eine gute und wohl aufgerüstete Armee zur Verfügung hat, kann er Solok demoralisieren und besiegen. Aber er benötigt deine Unterstützung. Nun musst du deine Entscheidung treffen. Es ist schlimm, dass dein Vater zum Opfer wurde. Doch du hast die Pflicht, die Einheit zu wahren. Wir Bikarek haben fünf Jahre zu regieren. Und betrachte Kronprinz Defrin, er hat die Ukuluk nicht zum Frieden gerufen. Seine Männer töten und plündern weiter. Du musst handeln, um die Silbervorkommen bei der Stadt Danjuk in unserem Besitz zu erhalten und das Volk vor dem Abgrund zu retten. Du weißt, dass Solok die Silberminen an fremde Länder verschleudern will. Wir dürfen nicht lange zögern. Unsere zwei Feinde heißen Solok und Defrin. Du musst Flagge zeigen und verhindern, dass das Geld unserer Kaufleute in die Kasse Soloks fließt. Viele reiche Ukuluk unterstützen ihn bereits. Im Falle eines Sieges über das ganze Land Karakand hat er seinem Stamm großen Reichtum versprochen.« Sie fasste ihre Enkelin fordernd an den Schultern und schaute ihr bittend in die Augen. »Willst du mir beim Tode deines Vaters versprechen, unbedingt zu deinem Bruder zu halten?«

»Lass mir das Papier hier, Großmutter, in einigen Tagen werde ich mich entscheiden«, erwiderte Sunbula.

Kaum war die Großmutter außer Sicht, begann Sunbula das Schreiben erneut zu lesen. Mit jeder Zeile verfinsterten sich ihre Gesichtszüge mehr, bis sie das Schriftstück schließlich zornig zerriss. Sie war außer sich vor Wut, denn sie fühlte sich von ihrem Bruder missbraucht. Viel mehr aber ärgerte sie sich noch über die Erkenntnis, dass sie selbst Verantwortung für das Geschehene trug, weil sie sich nach dem Tod des Vaters so lange Zeit zurückgezogen und ihrem Bruder die Geschicke des Landes überlassen hatte.

Die Trauer hatte sich wie ein Schleier über ihre Augen gelegt und alle Bilder der Wirklichkeit verzerrt. Jetzt plötzlich wurde ihr der goldene Käfig bewusst, in dem sie wochenlang gelebt hatte und aus dessen Schutz sie nun ausbrechen musste, um das Blutvergießen zu beenden.

In der gleichen Nacht noch rief Sunbula Faruk, den Berater ihres Vaters, in ihre Gemächer. Sie hatte stets großes Vertrauen zu ihm, obwohl auch er sich anfangs von Solok hatte täuschen lassen.

Schonungslos berichtete Faruk ihr von den jüngsten Ereignissen im Lande. Mit Entsetzen erfuhr Sunbula von einem Massaker am Bahndamm zwischen Julkut und Balamida, bei dem in den vergangenen Tagen über hundert Zivilisten, alles Männer vom Stamm der Bikarek, kaltblütig aus der Eisenbahn gezerrt und niedergeschossen worden waren. Seitdem war jede Verkehrsverbindung zwischen der Hauptstadt Julkut und Balamida auf ungewisse Zeit unterbrochen.

Gestern dann hatten die aufgebrachten Bikarek Blutrache geübt und in der Stadt Danjuk, die hauptsächlich von Bikarek bewohnt und durch die Silberminen zur Blüte gekommen war, mehr als zweihundert Gäste einer Ukuluk-Hochzeit niedergemetzelt: Männer, Frauen und Kinder.

Sunbula beauftragte Faruk, für die nächsten Tage eine Versammlung des Rates von Karakand einzuberufen: Ukuluk und Bikarek. Dabei erschien es Sunbula günstig, dass Oksul gerade durch das Land reiste, um junge Bikarek für seinen Krieg anzuwerben.

Dritte Pforte

Der alte Erzähler nahm mich an der Hand und führte mich weg von unserem bequemen Platz. Wir liefen einige Minuten blind bis zu einer Tür, hinter der sich ein anderer Raum befinden musste. Dort bot er mir einen Diwan an, auf dem wir beide uns vorsichtig niederließen.
Es folgte eine kurze Pause und ich merkte, dass mein Begleiter seine Gedanken sammeln musste. Voller Spannung auf den Verlauf der Geschichte saß ich in meiner Ecke und lauschte ihm, als er fortfuhr:
»Sicherlich wollen Sie wissen, was mit Bekir in Julkut geschah.«

Eine ganze Woche verstrich, ohne dass sich an Bekirs Lage etwas änderte. Nutzlos und eintönig vergingen die Tage. Er schlug die Zeit tot, indem er zwischen Pension, Postamt und Bahnhof pendelte. Doch der Zugverkehr lag weiterhin brach.

Seine einzige Abwechslung bestand aus Spaziergängen im Westteil der Stadt. Gelegentlich gönnte er sich einen Mokka in einem Kaffeehaus oder nahm eine warme Mahlzeit in einem preiswerten Gasthaus ein, doch er wollte die Ersparnisse aus harter Arbeit in der Fremde nicht vergeuden, sonst wäre sein Traum vom eigenen Kolonialwarengeschäft in seinem Heimatdorf verflogen.

Das Warten zermürbte seine Nerven. Die Langeweile machte ihn verdrießlich. Schon als Kind hatte ihn der Vater auf die Felder mitgenommen und an harte Arbeit gewöhnt; Müßiggang hatte er nie gelernt.

Die Hoffnung auf einen Zug erschien Bekir mit jedem Tag sinnloser. So entschloss er sich schließlich, trotz aller Warnungen mit dem Autobus zu fahren. Am selben Nachmittag noch besorgte er Reiseproviant und Fahrkarte nach Balamida. Er fühlte sich wie erlöst, nur noch eine Nacht in der scheußlichen Kammer verbringen zu müssen.

Zwei Stunden vor seiner Abreise, früh am nächsten Morgen, verließ er die Pension. Wie ein Sträfling, der seine Strafe verbüßt hat, pfiff er unternehmungslustig vor sich hin, ging beschwingt dem Busbahnhof entgegen und erfreute sich an der kühlen Morgenluft. Sein Weg führte an Obst-, Gemüse-, Fisch-, Zigaretten- und Zeitungsständen vorbei. Am Obststand kaufte er ein Pfund Maulbeeren. Genüsslich sog er den vertrauten süß-herben Duft ein. Dann erblickte er den blauen Bus, der gerade einparkte, und beschleunigte seine Schritte, um sich einen guten Platz zu sichern.

Er wählte einen Sitz in einer der hinteren Reihen gleich neben der Tür, die ihm im Notfall einen Fluchtweg bot. So glaubte er, auf unliebsame Überraschungen vorbereitet zu sein. Auch hatte er ein Messer mit einem Riemen an seine Wade geschnallt.

Der nur halb besetzte Bus startete pünktlich. Das überraschte Bekir sehr, weil er von früher wusste, wie chaotisch der öffentliche Verkehr in seiner Heimat lief.

Als er sich umsah, fiel ihm auf, dass nur Männer an diesem abenteuerlichen Unternehmen teilnahmen. ›Recht so‹, dachte er, ›Frauen und Kinder können hierbei nur eine Belastung sein.‹ Wenn er an die Zugfahrt vergangene Woche zurückdachte, sträubten sich ihm noch immer die Haare.

Im Vergleich dazu versprach dies hier eine Luxusfahrt zu werden. Das Fahrzeug war nicht neu, doch in gutem Zustand. Der Motor lief leise, die Sitze waren gut gepolstert, kein Fenster klemmte. Selbst die Belüftung funktionierte einwandfrei.

Bekir versuchte, mit einem vor ihm sitzenden Mitreisenden ein Gespräch anzuknüpfen, um etwas über den Verlauf zurückliegender Fahrten zu erfahren. Doch der Mann schüttelte nur den Kopf und schlief weiter.

Während der Bus durch die Außenbezirke von Julkut fuhr, jaulte aus dem Lautsprecher ein alter Schlager, der sich fortwährend wiederholte. Eine Weile ertrug Bekir das Gedröhne, doch ehe ihm die Ohren schmerzten, bat er den Fahrer, das Gerät abzuschalten. Für ein paar Minuten kehrte Ruhe ein, bis das Getöse von vorne anfing.

Bekir gab auf und widmete seine Aufmerksamkeit der Landschaft. Maulbeerbäume, Hanfplantagen und Hagebuttensträucher glänzten im Morgentau wie frisch gewaschen.

Gegen Mittag hielt der Bus in einem kleinen Bergdorf, das an einem Pass lag. Aus dem Fenster blickend, erlebte Bekir ein merkwürdiges Schauspiel.

Vermummte Männer mit Maultieren standen neben der Straße. Der Busfahrer und einige Passagiere stiegen sofort aus. Die Vermummten begrüßten sie freundlich. In Windeseile wurden schwere Kisten aus dem Kofferraum gezogen und auf die Rücken der Mulis umgeladen. Im Gegenzug wurden gefüllte Säcke im Bus verstaut. Dann besiegelte man das Geschäft mit Handschlag.

Als alle Reisenden sich wieder im Bus befanden, wurde die Fahrt fortgesetzt. Doch schon eine knappe Minute später bremste der Fahrer und begann zu wenden.

»Um Gottes Willen, was ist passiert?«, rief Bekir aufgeregt.

»Unsere Freunde haben uns vor Minen gewarnt«, antwortete der Busfahrer gelassen, »ich muss Sie nach Julkut zurückfahren.«

Als Bekir das Wort Julkut hörte, blieb ihm beinahe die Luft weg. Die große Freude, heute Nacht bei seiner Familie zu sein, zerplatzte wie eine Seifenblase. Rasch fasste er einen Entschluss, zog die beiden Koffer, die er unter dem Sitz verstaut hatte, hervor, stand auf und rief dem Fahrer zu: »Halten Sie bitte sofort an, ich möchte hier aussteigen. Nach Julkut fahre ich auf keinen Fall zurück!«

»Meinetwegen«, brummte der Fahrer kopfschüttelnd und bremste so abrupt, dass die Reifen quietschten. Durch den Ruck wurden einige Reisende gegen die Lehnen der Vordersitze geworfen.

Kurz darauf stand Bekir allein auf der Straße, nur einige hundert Meter vom Passdorf entfernt. Unter der sengenden Mittagssonne schleppte er sein schweres Gepäck über die schlaglochübersäte Straße. Seine Arme schienen immer länger zu werden.

Als er den Dorfplatz erreicht hatte, stellte er seine Koffer erleichtert ab. Im Schatten eines Maulbeerbaumes standen ein Tisch und Stühle, die zu einem kleinen Kaffeehaus gehörten. Aufatmend ließ sich Bekir in einen der Sitze fallen. Von den Bergen her wehte eine angenehme Brise, die seinen erhitzten Körper erfrischte.

Der Wirt, ein älterer Mann mit Glatze, hatte ihn schon hinter den Moskitofenstern beobachtet. Nun schlurfte er heran, um nach seinen Wünschen zu fragen.

Bekir löschte seinen Durst mit einem kühlen Wasser und einem Anistee, der seine Lebensgeister wiedererweckte. Fürs erste mit dem Erreichten zufrieden, ließ er seine Blicke über die hohen Bergrücken schweifen, die sommers wie winters mit Schnee bedeckt waren und in der Sonne silbrig glitzerten. Er war stolz auf seinen Entschluss, mit dem er das Heft des Handelns wieder in die Hand genommen hatte. Zuversicht durchzog ihn, wenn er an seine nächsten Schritte dachte. Sicher warteten Schwierigkeiten, Strapazen und etliche Hindernisse auf ihn. Doch das konnte seinen Mut nicht im Geringsten beeinträchtigen.

Als der Wirt ein zweites Glas Tee servierte, fragte Bekir nach einer Übernachtungsmöglichkeit.

Der Wirt betrachtete ihn recht ungeniert von Kopf bis Fuß, und als die Musterung zu seiner Zufriedenheit ausgefallen war, zog er sich einen Stuhl heran, auf dem er sich ächzend niederließ. »Wo soll denn die Reise in diesen schrecklichen Zeiten hingehen, mein Herr?«

»Ich bin entschlossen, zu Fuß in meine Heimatstadt Balamida zu gelangen, mag es so lange dauern, wie es will!«

Verblüfft streckte der Alte seine knorrigen Arme gen Himmel und rief: »Das sind ja mehr als dreihundert Kilometer! Ich habe noch von keinem gehört, der einen solchen Marsch durch die Berge, Schluchten und Steppen dort überstanden hätte. Die Straße können Sie nicht benutzen, denn sie ist vermint. Ich gebe Ihnen einen guten Rat, mein Herr: Ruhen Sie sich eine Nacht aus - das können Sie bei mir. Und morgen kehren Sie nach Julkut zurück. Hier bei uns sind Sie nämlich keineswegs sicher, denn beinahe jede Nacht finden irgendwelche Scharmützel statt. Am liebsten würde ich mit meiner Familie fliehen, doch die Angst vor Plünderungen hält uns hier fest. Sie sehen ja selbst ...«

Mit weit ausholender Geste wies er in die Runde, und Bekir erkannte erschrocken einige ausgebrannte Höfe.

»Ich danke Ihnen für Ihre gutgemeinten Ratschläge, doch von meiner Absicht lasse ich mich nicht abbringen. Dankbar wäre ich allerdings, wenn Sie mir einen Rucksack, Zelt, Kompass und Kartenmaterial verschaffen könnten, gleichgültig, was es kostet. Und noch eine Bitte: Darf ich einen Teil meiner Habe bei Ihnen lassen?«

Der Wirt reagierte nicht. Die Aussicht auf ein gutes Geschäft veranlasste ihn dann aber doch, die Beschaffung der Ausrüstung zu versprechen.

Es dauerte einen ganzen Tag, bis die von Bekir gewünschten Sachen eingetroffen waren. Nun hielt ihn nichts mehr. Mit allem Notwendigen versehen, schulterte er den Rucksack am frühen Morgen des nächsten Tages und trat seinen weiten Marsch an.

Als er in der Dämmerung auf den Dorfplatz trat, ließ ihn die kühle Morgenstunde frösteln. Er war froh, Wollpullover und Wollstrümpfe angezogen zu haben. Bedauernd dachte er an die teuren Kleidungsstücke, die er sich in der Fremde für seine Familie vom Munde abgespart hatte und die er nun zurücklassen musste. Er war keineswegs sicher, dass der Wirt ein ehrlicher Mann war und ihm sein Gepäck unangetastet zurückgeben würde.

Die Wanderstiefel waren bequem und saßen gut. Dagegen drückte der Rucksack. Doch nachdem Bekir die Tragriemen seinem Körper besser angepasst hatte, gewöhnte er sich rasch an die Last.

Der Höhenweg, der kurz hinter dem Dorf begann, war schmal. Zu einer Seite säumte eine steile Bergwand den Pfad, auf der anderen fiel der Hang abrupt in die Tiefe. Bekir war gezwungen, vorsichtig einen Schritt vor den anderen zu setzen.

Es verging eine gute Stunde, dann erreichte er ein Plateau. Er hielt dort einige Minuten an und blickte auf das Passdorf hinab, das unter ihm schemenhaft im Morgennebel zurückgeblieben war. Die wallenden grauen Schleier wirkten auf ihn wie ein Ungeheuer, das umherzog, um die Gegend zu verschlucken.

Allmählich breitete sich die Morgenröte über den Horizont. Nur kurz kämpften die Sonnenstrahlen gegen die grauen Schleier, dann hatten sie gesiegt.

Bekirs Augen bot sich ein grandioses Schauspiel. Der majestätische Himmel wölbte sich in zartem Violett über Berg und Tal, ergoss sich rostrot über die Schluchten und Bergwände. Seine Gedanken eilten voraus zu Frau und Kindern und er fragte sich, wann er sie endlich in seine Arme schließen könnte.

Mit neuem Elan setzte er seinen Marsch fort. Es galt jetzt, einen Höhenunterschied von über fünfhundert Metern zu überwinden, bevor er an die nächste Rast denken konnte. Doch zäh, wie Bekir war, überanstrengte ihn der Anstieg nicht.

Auf der Bergkuppe angelangt, dehnte sich zu seinen Füßen eine weite Ebene aus, die ihn zum Abstieg zwang. Er entnahm dem Rucksack die einzige verfügbare Karte und orientierte sich. Der alte Kompass war mehr sturmerprobt als genau. Bekir prüfte die Marschrichtung und entdeckte am Horizont die Landstraße als ein schmales, helles Band.

Der Abstieg dauerte fast zwei Stunden. Bekir gelangte in eine fruchtbare, aber völlig verwilderte Ebene. Er passierte einen halb zerstörten Bauernhof, der einen gespenstischen Anblick bot. Gern hätte er aus der Hofzisterne seine Wasserflasche nachgefüllt, doch in letzter Sekunde verwarf er den Einfall, da er fürchtete, das Wasser könne vergiftet sein.

Die Landstraße, eine entfernte, aber doch gut erkennbare Leitlinie, begleitete ihn in einiger Entfernung. Er hatte sich vorgenommen, Menschen zu meiden, aber es begegnete ihm sowieso niemand.

Am dritten Marschtag veränderte sich die Landschaft von neuem. Wälder und Felder zu beiden Seiten wichen zurück und zwangen den einsamen Bekir in die Öde. Eine Geröllwüste erstreckte sich bis an den Horizont, den eine zerklüftete Bergkette bildete.

Der Wanderer musste nun über grobe Kiesel und Gesteinsbrocken stolpern, wobei seine weichen Halbstiefel ramponiert wurden. Seine Füße begannen zu schmerzen, die ersten Blasen hatten sich gebildet.

Einen freien Marschtritt erlaubte das verkarstete, versteinerte Gelände nicht. Die mittägliche Sonnenglut versengte die Erde und ließ den Schweiß brennend in Bekirs Augen fließen. Nur ganz langsam rückten die Berge näher, die das flimmernde Plateau begrenzten.

Der alte Wirt im Passdorf hatte ihn vor dem gewaltigen Einschnitt gewarnt, der diese Geröllebene teilte: knapp fünfzig Meter breit, stürzte er über schroffe Vorsprünge mehr als tausend Meter weit in die Tiefe und schnitt das Land über hunderte von Kilometern in zwei Teile.

Schon von weitem hatte Bekir die Pfeiler der Brücke erkannt, die ihn über diese Schlucht führen sollte. Sein Fußweg würde dort auf die verminte Landstraße treffen und es gab nur diesen einen Weg, um auf die andere Seite zu gelangen, denn ein Umgehen der Schlucht war ebenso unmöglich wie das Durchklettern. Doch als er sich ihr bis auf wenige Schritte genähert hatte, stand er vor dem Einschnitt der wildzerklüfteten, fast senkrecht abfallenden Erdrinne und starrte fassungslos auf die Reste des Bauwerks, mit dem Menschen in friedlicherer Zeit den Abgrund passierbar gemacht hatten. Die alte Holzbrücke reckte ihre Pfeiler wie Arme anklagend gen Himmel. Sie beklagte den zerstörerischen Wahnsinn des Krieges, ohne einen gerechten Richter zu finden.

Bekir brach zusammen wie die Brücke zuvor. Er verfluchte Gott und die törichten Menschen, riss vertrocknete Grashalme aus der verdorrten Erde, warf Steine und weinte.

Das polternde Rollen eines abrutschenden Gesteinsbrockens riss Bekir wieder in die Gegenwart. Mit dem Handrücken wischte er die Tränen ab und wusste nun, dass ihm nichts anderes übrig blieb, als nach Julkut zurückzukehren. Er musste Garon um Hilfe bitten - und der musste ihm einfach helfen!

Faruk sprach eine kurze Begrüßung vor der Versammlung, gedachte des verstorbenen Königs Tahna und kündigte ehrerbietig die Rede der jungen Thronerbin an.

Inmitten der Stammesältesten wirkte Sunbula wie eine zarte, duftige Blüte.

Sie übernahm den Vorsitz der Versammlung, dabei wählte sie bewusst einen Fauteuil inmitten der Würdenträger statt des Throns, der die Macht des Königs durch seine erhobene Stellung am Ende des Audienzsaales unterstrich. Deutlich konnte sie die Verwirrung in den Gesichtern der Ratsmitglieder lesen.

Sunbula blickte in die Runde, unter ihren langen Wimpern streiften ihre smaragdgrünen Augen einen Anwesenden nach dem anderen. Von den geladenen Stammesmitgliedern waren fast alle Bikarek erschienen, viele Stühle der Ukuluk hingegen blieben leer. Sunbula hatte das erwartet, die Völker waren gegeneinander so misstrauisch, dass sie nicht einmal dem Königshaus Vertrauen schenken konnten. Dennoch war sie froh, dass mehr als die Hälfte der Vertreter der Ukuluk sich trotz des wachsenden Hasses eingefunden hatten.

Ein warmer Glanz ging von Sunbula aus und alle Blicke richteten sich auf sie. Ganz still war es im Saal, da erhob sich Sunbula und dankte mit leiser, klarer Stimme, die ihr rhetorisches Geschick verstärkte, den Stammesältesten für ihre Anwesenheit.

»Meine Herren, ich habe Sie hierher gebeten, damit wir gemeinsam aus dieser finsteren Zeit herausfinden.

Sie selbst wissen, welche Grausamkeiten täglich in unserem Land toben. Wir müssen das Chaos beenden und einen gangbaren Weg finden, der möglichst alle zufrieden stellt. Sollte der Bürgerkrieg fortgesetzt werden, führt das unausweichlich in den Untergang unseres Volkes. Andere Länder werden davon profitieren und sind am Ende die schadenfrohen Gewinner.

In wenigen Monaten wird unsere Wirtschaft gelähmt sein. Nichts wird mehr laufen. Land- und Seewege werden blockiert sein. Tausende von Menschen werden ihre Lebensgrundlage verlieren, durch Vertreibung, Arbeitslosigkeit und Zerstörung. Das Korn auf den Feldern wird verfaulen, Reis und Baumwolle werden verkommen, weil unsere Bauern sich, aus Angst vor Überfällen, nicht trauen werden, ihre Ernte einzubringen. Sollte der Zustand länger andauern und sich noch verschlimmern, stünde eine Hungersnot kurz bevor.

Was mich am meisten beunruhigt ist, dass – wie Sie wissen – der Bürgerkrieg inzwischen die bis jetzt verschonte Stadt Danjuk und ihre ertragreichen Silberminen erreicht hat. Nur, wenn wir jetzt eingreifen und diesen Konflikt friedlich beenden, ist unsere einzige Geldeinnahmequelle gesichert.

Der wirtschaftliche Zusammenbruch nach dem Krieg erscheint unausweichlich. Jede Stunde, um die sich dieser Krieg verlängert, kostet Geld und Menschenleben. Nur Frieden ist der Garant unseres Wohlstandes. Es liegt in unser aller Verantwortung, dafür zu sorgen, dass Friede einkehrt. Wir müssen wie früher wieder in friedlicher Einigkeit mit den Ukuluk zusammenleben.

Meine Herren, ich appelliere an Sie, denn jeder Silberling, den wir in Waffenkäufe investieren werden, kostet mindestens ein Menschenleben. Was wird aus all unseren Werkstätten, Äckern und Ländereien, wenn wir keine Hände finden, die sie bearbeiten? Darum bitte ich Sie inständig, weder Solok noch Oksul jegliche finanzielle Hilfe zu gewähren.

Sie wissen, dass ich genügend persönliche Gründe hätte, Solok zu hassen.

Ich liebe Oksul, meinen Bruder und kann seine Wut und Verbitterung gut verstehen, doch er lässt sich durch seine Gefühle zu falschen Handlungen treiben.

Jetzt aber muss ich über Erkenntnisse verfügen, die mir vor allem mein Vater ein Leben lang vermittelt hat, nämlich meine Gefühle durch Denken zu besiegen.

Ich stimme nicht mit meinem Bruder überein, dass die Eroberung des Stadtpalais der richtige Weg ist.

Wir brauchen keine neue Miliz, wir haben bereits eine Armee, ihre Aufgabe besteht darin, den Frieden im Lande zu erhalten.

Diesen Konflikt wollen wir politisch lösen und nicht militärisch. Ich bin sicher, dass auch Kronprinz Defrin im Grunde seines Herzens diese Lösung billigt.

Dazu, meine Herren, erwarte ich Ihre Zustimmung.«

Der alte Erzähler hielt kurz inne und holte Atem. Mit bewegter Stimme erzählte er rasch weiter:

»Solok sowie die anderen Offiziere und Soldaten, die ihm geholfen haben, diesen blutigen Staatsstreich zu organisieren und durchzuführen, sollen einen fairen Prozess erhalten. Ohne Ausnahme. Die Schuldigen müssen bestraft werden. Ich versichere Ihnen, meine Herren, dass ich nicht zimperlich mit ihnen umgehen werde.«

Zustimmenden Applaus erntete Sunbula von den Stammesältesten. Sie waren überrascht und beeindruckt von ihrer Entschlossenheit. Sie hatten solche klaren, eindringlichen Worte nicht von dieser so jungen und sanft wirkenden Frau erwartetet. Sie sprach frei, ohne auf ein Papier zu schauen. Ihre Rhetorik und die Kraft der Worte, die aus ihrem Mund sprudelten, verschafften ihr Bewunderung und Ehrfurcht.

Bereits bei ihrem ersten Auftritt, das konnte Sunbula in den Gesichtern erkennen, zog sie die Anwesenden in ihren Bann.

In der Geschichte des Landes Karakand hatte es einige Königinnen gegeben, die klug und gerecht das Land regiert hatten. Sie waren Sunbulas Vorbilder, und sie wusste sehr wohl, dass sie selbst nur dann eine solche Autorität erlangen konnte, wenn es ihr gelänge, das Vertrauen beider Stämme zu gewinnen.

Nachdem der Applaus abgeebbt war, fuhr Sunbula fort:

»Auch wir Bikarek haben Fehler begangen, vor und während der Amtszeit meines Vaters. König Tahna hat versucht, ein Gleichgewicht zwischen den beiden Stämmen herzustellen, ganz besonders in Bezug auf Reichtum und Armut. Es gibt Pläne, die die wirtschaftliche und soziale Lage der Ukuluk verbessern sollen. Aber innerhalb eines Jahres konnte er keine Wunder vollbringen. Ich werde sein Erbe fortsetzen. Es wird für mich nicht leicht sein, die Versäumnisse vieler Jahre wieder gut zu machen. Ich brauche Zeit und Ihre Unterstützung, meine Herren.

Die Ursache dieses Bürgerkrieges ist – und das wissen auch Sie, meine Herren – keinesfalls die Ermordung meines Vaters. Nein, dies war lediglich der Funken, der das jahrelang bei den Ukuluk angestaute Pulverfass schließlich zur Explosion brachte. Warum sich die Massen der Ukuluk hinter Solok gestellt haben, hat seine Gründe. Es ist nicht, weil sie ihn mögen, sondern weil er aus ihrem Stamm kommt und ihnen versprochen hat, ihre vernachlässigten Gebiete zur Blüte zu bringen und den Wohlstand für alle Ukuluk in Kürze wiederherzustellen.

Sie alle wissen, dass unsere Stämme vor der Entdeckung der Silberminen in bescheidenen Verhältnissen friedlich miteinander lebten, der soziale Unterschied war gering. Wir Bikarek stellten den Finanzmarkt und den Großhandel, auch die gesamte Infrastruktur lag in Bikarek-Händen. Die Ukuluk hingegen waren Bauern, Handwerker und Tagelöhner.

Auch Ihnen, meine Herren, ist klar, dass dadurch bei den Bikarek ein Vorsprung an Wissen und Fachkräften entstanden war, so dass unser Stamm die Verwaltung der Silberminen gleich nach ihrer Entdeckung an sich riss. Dadurch entstand eine noch größere Abhängigkeit der Ukuluk von den Bikarek, die als Arbeiter in den Minen beschäftigt wurden. Der Silberboom machte die Kluft zwischen Armen und Reichen offensichtlicher.

Wen wundert es, dass dadurch Hass und Neid bei den Ukuluk entstand?

Das ist die einzige Ursache, meine Herren, für diesen Bürgerkrieg!

Deshalb plädiere ich dafür, werte Anwesende, dass wir, die wir hier versammelt sind und die Verantwortung für unsere Stämme tragen, gemeinsam überlegen, wie wir aus dieser Sackgasse herauskommen. Wir dürfen keine Zeit verlieren und wir müssen die Bedürfnisse der Ukuluk in jedem Fall mit berücksichtigen.

Einige Vorschläge möchte ich Ihnen sofort unterbreiten:

An erster Stelle steht eine sofortige Beendigung des Blutvergießens.

Zweitens sind die Wiederherstellung der territorialen Einheit und die Rückkehr der Flüchtlinge in ihre Gebiete zu veranlassen. Wir wollen die nationale Identität für unser Land Karakand wiedererlangen.

Drittens muss der Anbau von Rauschgift und der Handel damit bekämpft werden.

Die Bauern im Ukuluk-Gebiet sollen wieder traditionell Baumwolle anpflanzen und können dabei mit staatlicher Hilfe rechnen. Da die Drogengelder stets in den Waffenhandel geflossen sind, besteht hier eine große Gefahr, dass der Krieg endlos fortgeführt wird.

Viertens müssen wir einen Weg finden, die Ukuluk am Gewinn der Silberminen zu beteiligen, denn die Minen gehören dem ganzen Land Karakand und dieses Land gehört uns allen, Ukuluk und Bikarek.

Der Ausschuss, der von meinem Vater eingesetzt wurde, um einen Plan zur Verbesserung der Lage der Ukuluk zu erstellen, soll seine Arbeit fortsetzen. Vor allem an Bildung darf nicht gespart werden, damit alle Kinder unseres Landes die Chance haben, sich zu Fachkräften auszubilden.

Fünftens plane ich die Einführung einer Steuer von den reichen Kaufleuten, deren Ertrag in einen Fonds fließt. Dieser Fonds erfüllt mehrere Aspekte: den Armen unserer beiden Völker können daraus günstige Kredite für Bildung und die Verbesserung ihres Lebensstandards zur Verfügung gestellt werden. Des Weiteren werden daraus soziale Einrichtungen, wie Krankenhäuser oder Heime, Schulen und neue Straßen in unserer Hauptstadt Julkut und in den vernachlässigten Gebieten gebaut. Darüber hinaus fördert der Fonds alle Projekte, in die Mitglieder beider Stämme gemeinsam eingebunden sind, und die so zur Völkerverständigung beitragen. Dies ist ganz besonders für die Jugendlichen und Kinder unserer Völker wichtig, denn sie tragen die Verantwortung für die gemeinsame Zukunft.

Als Thronerbin von Karakand ist es meine Aufgabe, unser Volk in eine glückliche Zukunft zu führen. Für mich ist dies der einzige Weg dazu. Ich bitte Sie deshalb, mir Ihr Vertrauen auszusprechen, wenn Sie mit mir übereinstimmen.
Sollten Sie anderer Meinung sein, werde ich die Konsequenzen tragen und von meinem Erbe zurücktreten. Denn eine kriegerische Lösung kann und werde ich für dieses Land nicht vertreten.«

Der Applaus ließ nicht auf sich warten, aber er war doch

deutlich zurückhaltender als der erste. Sunbula war nicht überrascht, denn sie wusste, dass ein Teil der Stammesältesten den Plänen ihres Bruders Oksul weiterhin vertrauten und auf Blutrache schworen.

Sunbula sah den Palastschreiber mehrere Wortmeldungen notieren.

»Durchlaucht!«, begann als erster Barakat, einer der Stammesältesten der Bikarek. »Bereits Prinz Oksul hat mit Soloks Handlangern mehrfach verhandelt. Es kam zu keinen positiven Ergebnissen. Wir müssen also in jedem Fall die rebellischen Ukuluk in Form eines Blitzkrieges zur Aufgabe des Stadtpalais zwingen.«

Er wandte sich den Vertretern der Ukuluk zu, denen trotz ihres Widerstandes gegen Solok die Ablehnung dieses Vorschlages anzusehen war.

Sogleich erhob sich Wahid, der Älteste der Ukuluk, von seinem Stuhl:

»Wir sind hierher gekommen, um die Interessen des Kronprinzen der Ukuluk zu vertreten. Prinz Defrin ist unser legitimer Herrscher. Mit ihm müssen die Verhandlungen geführt werden. Er unterstützt, dass die Krone wie eh und je fünf Jahre lang dem Königshaus der Bikarek zusteht. Jedoch fordert er eine Verbesserung des Lebensstandards der Ukuluk und eine friedliche Lösung für unser Land.

Wären wir hier erschienen, wenn wir den Krieg als Lösung unserer Probleme ansähen? In diesem Fall hätten auch wir zu den Waffen gegriffen, allerdings zu denen, mit denen Solok kämpft – gegen die Bikarek!

Wir sind sehr erleichtert, dass Ihre Durchlaucht die Dinge so klar erkennt und sieht, dass eine Vergeltung nur wie das Öl die Flammen höher lodern ließe.«

Verärgert rief Barakat ihm wild gestikulierend zu: »Jede weitere Verhandlung ist Unsinn! Solok hat gezeigt, welch eine Bestie er ist. Er hält sich an keine Regeln. Hat er nicht als allererster das Vertrauen unseres geliebten Königs gebrochen und ihn hinterhältig gemeuchelt? Tahnas Blut darf nicht umsonst geflossen sein! Das ganze Land ist von Solok bedroht! Sollen wir alle warten, bis er uns wie die Schafe geschlachtet hat? Wir haben das Recht zur Verteidigung! Durchlaucht, ich wünsche, dass Sie die Kaufleute zur Finanzierung der Aufrüstung verpflichten.«

Beherrscht erhob sich Sunbula aus ihrem Fauteuil:

»Genug, meine Herren. Ich kann Ihre Aufregung verstehen, aber ich will keine Vergeltung. Diese ist auch nicht im Sinne meines Vaters Tahna. Meine eigene Position habe ich Ihnen dargelegt. Wir kommen jetzt zur Abstimmung.«

Am gleichen Abend noch wurde Sunbula von den Stammesältesten mehrheitlich gewählt und – obwohl die vierzig Tage der Trauerzeit noch nicht verstrichen waren – ohne große Zeremonie in ihr Amt eingeführt.

Der Blinde beugte sich in seinem Sessel vor, ich konnte seinen Atem spüren. Mit sehr leiser Stimme erzählte er so eindringlich weiter, dass mir eine Gänsehaut über den Rücken lief.

Mulana, Tochter der Venus, der Sonne, des Windes und des Regens
Einer Blumensaat gleich
Nahm Dich die Erde in ihrem Schoss auf.
Als die Zeit kam, dass Deine Knospen erblühten
Ein Bouquet von süßem Duft
Und erotisierenden Farben
Hast Du Felder, Täler, Hügel und Wiesen durchflutet.
An jenem Sonntagvormittag, als ich Dich im Café
Zum ersten Mal sah,
War ich von Deiner Schönheit verzaubert.
In Deine Augen und Deine Stimme habe ich mich sofort verliebt.
Wie sehr wünschte ich mir, die ganze Welt
Mit Dir zu durchwandern.
Bis wir aus Wonne beide müde würden
Und unsere Herzen von Freude erfüllt wären.
Unser Glück aber, Mulana,
blieb leider von kurzer Dauer.
Die Stiefel der Soldaten haben es zertreten
Und im Keim erstickt.
Gleich einem jungen Vogel,

Der bei seinem ersten Flug erschossen
Auf die Erde fiel.
Ich wachte auf und weinte.
Mulana, meine Geliebte,
Tochter der Venus, der Sonne, des Windes und des Regens.

Das waren Akims Gedanken, als er in den Autobus stieg und in sein Dorf fuhr.

Der Medizinstudent schien an diesem Tag um Jahre gealtert. Wut, Trauer, Hilflosigkeit und Verzweiflung mischten sich auf seinem jungen Gesicht, und verzerrten es zur Miene eines Greises.

Mit tiefer, warmer Stimme berichtete mir der blinde alte Mann diese Geschichte. Inzwischen sei Akim ein angesehener Arzt, aber diese traurige Geschichte trage er noch immer mit sich herum.

Nach diesem schrecklichen Ereignis an einem so schönen Sonntagvormittag suchte Akim Trost bei seinem Vater, einem Bauern aus Fandak, nur zwanzig Kilometer von Julkut entfernt. In harter, mühsamer Arbeit beackerte dieser eine kleine Parzelle für Mais und Baumwolle, so dass er seiner Familie ein bescheidenes Leben und dem ältesten Sohn ein Studium ermöglichen konnte.

Jene Nacht wollte Akim nicht allein im Studentenwohnheim in Julkut verbringen, er erreichte am späten Abend das väterliche Haus. Zu dieser Stunde schliefen Mutter und Kinder bereits, Nefrun jedoch war ein Nachtschwärmer und das erste Geräusch, das er am Hoftor hörte, lockte ihn zur Tür. Er erkannte den Sohn nicht sofort, denn er erwartete ihn erst in den Semesterferien. So kurz vor dem Examen hatte Akim nur noch wenig Zeit heimzukehren. Nefrun war schockiert über Akims Aussehen und wusste sofort, dass seinem Sohn etwas Schlimmes widerfahren sein musste. Mit offenen Armen empfing er ihn und drückte ihn fest an seine Brust.

Akim löste sich aus der tröstlichen Umarmung, schaute seinen Vater mit traurigem Blick an und sagte mit gebrochener Stimme: »Vater, wir dürfen keine Bikarek in unserem

Dorf dulden. Wenn sie kommen, um auf dem Dach unseres Hofes einen militärischen Stützpunkt zu errichten, wie sie das in vielen Dörfern tun, musst du das unbedingt verhindern!«

»Was ist passiert, mein Sohn?«, fragte Nefrun mitfühlend. »Komm erst einmal herein. Du siehst sehr schlecht aus, du musst dich ausruhen!«

»Hör mir bitte zu, Vater, wir haben nicht viel Zeit.« Akim versuchte, seine Gedanken zu ordnen. »Unser Dorf darf nicht am Krieg beteiligt sein«, sagte er.

»Ach, mein Sohn, weißt du«, versuchte Nefrun ihn zu beruhigen, »wir Bauern besitzen keine Waffen. Ich selber auch nicht. Nun sag mir, wie kann ich denn meinen Hof vor den Ukuluk verteidigen? Ohne die Hilfe von Prinz Oksuls Miliz sind wir verloren. Die Soldaten der Bikarek sind unsere Stammesbrüder!«, sagte Nefrun mit überzeugter Stimme.

»Nein, nein! Meine Brüder sind sie nicht!«, erwiderte der Medizinstudent und gestikulierte dabei ablehnend. »Heute Vormittag haben sie ein junges Mädchen erschossen, Vater. Nicht einmal zwanzig Jahre war sie alt! Sie war unschuldig, Vater! Sie hat ihnen nichts getan! Heute Vormittag habe ich alles mit eigenen Augen gesehen, diese schreckliche und grausame Hinrichtung erlebt.« Und während er das sagte, versuchte er, seine Tränen zu unterdrücken.

Tröstend griff der Vater nach Akims Hand und sagte: »Weine, mein Junge, weine nur. Tränen reinigen die Seele.«

»Mulana war unschuldig, Vater. Heute Vormittag habe ich sie kennen gelernt. Sie hat ihnen nichts getan!« Nefrun drückte mitfühlend die Hand seines Sohnes und hörte ihm aufmerksam zu.

> *Die Stimme meines Chronisten klang sehr einfühlsam in meinen Ohren. Ich war froh, dass er mir die Augen verbunden hatte, denn auch ich fühlte die Tränen in mir aufsteigen.*

»Glaub mir Vater, Mulanas Seele war so rein, sie konnte der Miliz nichts tun. Sie war unschuldig.«

Es war nach vielen Kriegswochen der erste Tag, an dem die Geschäftsleute in Julkut ihre Läden wieder öffneten. Taxifahrer hielten Ausschau nach Kunden, während die Müllmänner endlich die mannshohen Berge von Unrat wegräumten. In Postämtern und Banken wurde wieder gearbeitet, der Flughafen öffnete und Wasser und Stromversorgung funktionierten. Das Leben in den Straßen der Stadt nahm fast alltägliche Formen an. Tausende Julkuter Bürger hatten ihre Häuser verlassen, um Einkäufe zu machen, denn die Vorratskammern der Familien waren leer. Manche liehen sich Geld, einige Frauen hatten sogar ihren Schmuck verkauft, um Lebensmittel ergattern zu können. Im Stadtzentrum herrschte dichtes Gedränge, wer genug Geld besaß, hamsterte so viel er konnte. Immer wieder wurden Hände über die Theke gestreckt: ›Ich bin jetzt dran!‹ Ebenso oft hörte man die Antwort ›Ausverkauft!‹ denn auch die Lager der Lebensmittelgeschäfte waren während der Dauer des Krieges kaum gefüllt worden und nun, wo jeder Vorsorge treffen wollte, waren sie schnell wie leer gefegt.

Akim, der Medizinstudent, hatte den Campus der Universität verlassen, auch er wollte an diesem Sonntagvormittag in der Stadt einige Einkäufe machen. Im Straßencafé auf dem Platz des Stadtpalais mit seinen sieben goldenen Kuppeln beschloss Akim, sich ein wenig auszuruhen und das lange vermisste, muntere Treiben zu genießen. In den vergangenen Wochen hatte er sich in der Universität eingesperrt gefühlt, wie ein Vogel. Und während er nun seinen Kaffee trank, überlegte er, ob das Geld wohl für ein paar Romane reichte, die er gerne noch lesen wollte.

Just in diesem Augenblick betrat ein bildhübsches junges Mädchen das Café und nahm gemeinsam mit ihren drei Freundinnen am Nachbartisch Platz. Sie allein fiel Akim sofort auf, denn ihre schwarz-blauen Augen und die sinnlichen Lippen in ihrem braunen, schmalen Gesicht ließen ihn nicht mehr los. Ihre Blicke trafen sich und blieben aneinander haften, wie von Magneten angezogen. Das Mädchen lächelte ihn an. Akim fasste Mut und sprach sie an, ob er wohl neben ihr sitzen dürfe. Das Mädchen nickte zustimmend. Als der Kellner kam, bot Akim an, sie einzuladen. Zögernd bestellte sie ein Glas Tamariskensaft. Er nahm eine weitere Tasse Kaffee. Die beiden flirteten eine Weile mit den Augen und fühlten einander so vertraut, als würden sie sich schon eine Ewigkeit kennen. Akim erfuhr von ihr, dass sie Mulana hieß, aus Westjulkut stammte und das Gymnasium beenden wolle, bevor sie an der gleichen Universität wie er zu studieren begann. Auch Mulana stellte ihm eine Frage nach der anderen, um ihn kennen zu lernen. Akim fühlte sich so wohl in ihrer Gesellschaft, dass er es selbst kaum fassen konnte.

Mulanas Freundinnen hatten sich bereits auf den Heimweg gemacht, so konnten die beiden ungestört reden. Zwei Stunden vergingen wie im Flug. Die Verliebten tauschten ihre Adressen und verabredeten ein Wiedersehen in den nächsten Tagen. Während sie sich verabschiedeten und das Café verlassen wollten, kreisten bewaffnete Milizen den Platz vor dem Stadtpalais ein und riegelten sämtliche Zugänge dorthin ab. Hunderte von halbstarken Jugendlichen, mit Stiefeln und Stahlhelmen, bis an die Zähne bewaffnet mit Handgranaten, Maschinengewehren und Patronengürteln, die Blicke von Hass und Wut gezeichnet, strömten auf die Passanten zu. Der Kreis schloss sich. »Beeilt euch«, schrie einer der Anführer. »Wir dürfen ihnen keine Zeit lassen, um Hilfe zu holen.« Das Geräusch der Stiefel auf dem Pflaster wurde lauter, Gewehre näherten sich, auch das Café am Stadtpalais wurde gestürmt. Panische Angst breitete sich aus. Mulanas zarter Körper zitterte wie ein Vogel. Akim legte sofort schützend seinen Arm um ihre Schultern und sagte beinahe flüsternd: »Du brauchst keine Angst haben, Mulana, siehst du, die Soldaten tragen braune Uniform. Sie sind Bikarek, sie werden uns nichts tun.«

Da wurde Mulana von einem Milizionär angepackt. »Lass sie los!«, schrie Akim voller Wut. »Sie ist meine Schwester und Bikarek wie ich!«

»Das werden wir gleich feststellen!«, herrschte der Uniformierte ihn an. »Was halte ich in der Hand?« Und ungeduldig schaute er auf seine Hand, während er auf eine Antwort wartete. Das Mädchen schaute den Milizionär verunsichert an. Jedes Kind wusste, dass er in der Hand eine Tomate zeigte. Was also wollte er von ihr wissen? »Barma«, antwortete sie zögernd und sehr leise. Irgendwie war ihr dabei unbehaglich. »Noch einmal, was ist das? Sprich lauter!« Der Mann beugte sich hinunter, um besser hören zu können. »Barma«, antwortete sie, diesmal kaum lauter als zuvor.

»Ich wusste es doch! Du kommst mit!« Der Uniformierte zerrte Mulana nach draußen, wo vor einer Hauswand bereits eine Traube verzweifelter Menschen versammelt worden war. Keiner von ihnen wusste, was hier gerade geschah. Der Mann schubste das junge Mädchen achtlos zu den anderen und kehrte dann zu Akim zurück. Schroff richtete er seine Frage nun an ihn. »Barama«, antwortete der.

»Gut, du kannst gehen!«, war der knappe Kommentar der Uniformierten.

»Ich gehe nur mit meiner Schwester!«

»Entscheide schnell«, herrschte ihn der Milizionär an. »Entweder du haust ab oder du wirst auch an die Wand gestellt.«.

Akim blickte entsetzt zu seinem Mädchen. Dabei spürte er drohend die Mündung des Gewehrs auf seiner Brust. Akim überkam die blanke Angst, überstürzt lief er davon. Er konnte sich nicht erklären, warum die Miliz Mulana erschießen wollte. Hatte sie nicht auch die Tomate in seiner Hand erkannt? Erst später begriff er: Es gab zwei Möglichkeiten, ›Tomate‹ auszusprechen. Im Dialekt der Ukuluk sagte man ›Barma‹, die Bikarek sprachen von ›Barama‹! Das fehlende ›A‹ war Mulana zum Verhängnis geworden. Dieser Trick der Miliz brachte Hunderten von Ukukluk an diesem Tag den Tod.

Blind vor Trauer und Wut irrte Akim durch die Straßen, bis er an einer Haltestelle den letzten Bus nach Fandak erreichte. Während der ganzen Fahrt lief vor seinen Augen immer wieder die Szene im Café ab. Gedanken und Vorwürfe wirbelten durch seinen Kopf. Warum musste Mulana sterben? Warum hatte er sie nicht gerettet? Feige hatte er sein Mädchen ihrem Schicksal überlassen. Er war ihrer nicht wert, sonst wäre er an ihrer Stelle gestorben! In seiner Seele stieg langsam ein Gedicht für die verlorene Liebe auf.

Während Akim die Stadt verließ, ging ein stundenlanges Bombardement auf das Stadtpalais und viele Wohnhäuser nieder. Das Zentrum von Julkut sah aus, als sei es von einem Erdbeben heimgesucht worden. Unzählige Bikarek und Ukuluk fanden in den Trümmern den Tod. Erst später wurde klar, warum Oksul diesen Angriff durchführte.

Die Worte des alten Erzählers klangen merkwürdig heiser und ich hatte den Eindruck, dass ihn dieses schreckliche Ereignis besonders bewegte. Ein tiefes Schluchzen schien sich seiner Brust zu entringen. Nach einer Pause fand er seine Stimme wieder
„Bereits vor zweihundert Jahren hatten wir hier im Zentrum vom Julkut ein Blutbad. Damals aber sind Ukuluk und Bikarek gemeinsam ermordet worden, weil sie sich gegen den Besatzer erhoben, denn das Nachbarland Sandrun wollte unser Land erobern. Jeder Krieg ist schlimm, aber der schlimmste von allen ist der Bruderkrieg, weil Freunde, Verwandte und Nachbarn plötzlich zu Feinden werden.
Alle Karakander, alt und jung, kennen die Geschichte unseres Landes fast auswendig. Nur so wird sich etwas derart Furchtbares nicht wiederholen.
Doch nun wollen Sie wissen, wie es dem jungen Medizinstudenten erging."

Akim saß mit seinem Vater in der Küche und sah Mulanas Gesicht blutüberströmt vor sich. Tränen bedeckten seine Augen und er weinte um Mulana und um sich. Sein Herz war gebrochen. Zum ersten Mal hatte er die Grausamkeit des Krieges erlebt. Sein Vater Nefrun umarmte ihn und drückte ihn fest an seine Brust. Akims Weinen ging allmählich in ein Schluchzen über und es verrannen einige Minuten des Schweigens. Nefrun reichte dem Sohn ein Taschentuch, um seine Tränen zu trocknen und sagte mit mitfühlender Stimme zu Akim: »Ich hasse den Krieg, genau wie du, mein Sohn. Es ist furchtbar, ein so junges Mädchen zu erschießen. Ich werde nie begreifen, wie Menschen solche Verbrechen verüben können. Aber nicht alle sind so. In unserem Dorf zum Beispiel gab es mutige Bauern, die gegen den Krieg protestierten. Leider zu wenige. Als Verräter und Schwächlinge wurden sie beschimpft. Und manche von ihnen sitzen wohl noch heute im Gefängnis. Man weiß nicht, ob sie leben oder starben. Wir kleinen Leute können nichts gegen den Krieg tun. Die Großen haben Geld und Waffen. Wir aber besitzen nichts.«

Akim hatte sich inzwischen etwas beruhigt und widersprach dem Vater: »Ich bin anderer Meinung. Jeder kann etwas gegen den Krieg tun. Man muss nur mutig sein. Wäre ich selbst heute nicht wie ein Feigling davon gerannt, hätte ich Mulana vielleicht retten können.«

Heftig fiel ihm sein Vater ins Wort: »Akim, das ist nicht wahr. Du trägst keine Schuld an Mulanas Tod. Gar nichts hättest du erreicht, wärst du zu ihr gegangen. Ebenso wie dein Mädchen hätten die Soldaten auch dich erschossen und damit wäre keinem geholfen. Zwei Elternpaare hätten ihr Liebstes verloren. Gegen diesen blindwütigen Hass kommst du mit Vernunft nicht an.«

»Man braucht Zivilcourage, Vater«, hielt Akim ihm entgegen. »Lass uns zu unserem Stammesältesten Barakat gehen, er wohnt wenige Dörfer von hier entfernt. Er muss wissen, dass wir diesen Krieg nicht wollen, gegen unsere Stammesbrüder und Nachbarn. Es gibt nur Gerüchte, dass die Ukuluk unseren König Tahna ermordet haben. Beweise haben wir nicht. Wir werden ihm sagen, dass der Krieg das falsche Mittel ist, die Wahrheit zu finden. Der richtige Mörder muss gesucht und schwer bestraft werden. Durch den Krieg ernten wir nur Hass. Viele junge Männer hat unser Dorf durch die Kämpfe bereits verloren. Die Ernte ist zerstört und die meisten haben kein Geld und keine Arbeit mehr. Wir sagen ihm, Vater, dass wir wie früher in Frieden mit allen Karakandern leben wollen. Sie sollen endlich die Blockade aufheben, damit wir wieder zu ihnen und sie wieder zu uns kommen. In Julkut, in der Universität, haben wir oft mit Kommilitonen diskutiert und waren meistens einig, dass die Thronfolgerin Sunbula sich für den Frieden einsetzen wird. Nur bisher konnte sie sich noch nicht gegen ihren Bruder, Prinz Oksul, behaupten. Er hält die Fäden in der Hand und hetzt durch seine rhetorische Begabung die Jugendlichen auf. So gewinnt er immer neue Milizionäre für sich. Viele andere Studenten halten ihn für einen Verbrecher, an dessen Fingern unschuldiges Blut klebt. Auf Sunbula haben wir große Hoffnung gesetzt. Lass uns bald gehen, Vater, es bleibt nicht viel Zeit.«

Nefrun hatte schweigend zugehört. Nachdem Akim endete, blickte er ihn lange an, dann sagte er: »Du wirst hier bleiben, mein Sohn, ich gehe. Es reicht, wenn einem von uns etwas zustößt. Ich bin alt, du aber bist noch jung. Morgen früh werde ich zu Barakat gehen. Auch wenn ich keine große Hoffnung habe, dass sich etwas ändert. Ich gehe, weil ich großen Respekt vor deiner Courage habe und um dir, mein Sohn, einen Gefallen zu tun.«

Der alte Erzähler holte tief Atem und nahm dann den Faden wieder auf.

Fast ein halbes Jahr lang erhielt die Familie keine Nachricht über Nefruns Verbleib. Doch obwohl die Verzweiflung groß war, gab seine Frau die Hoffnung nicht auf, dass ihr Mann eines Tages wieder heimkehren würde.

Akim litt unter Schuldgefühlen, seinen Vater ins Verderben geschickt zu haben. Innerhalb kurzer Zeit hatte er zwei geliebte Menschen verloren. Ihm war klar geworden, dass es nicht in seiner Macht gestanden hatte, Mulanas Tod zu verhindern, aber seinen Vater hätte er nicht zu Barakat schicken sollen. Jeder im Dorf wusste, dass Barakat ein gefährlicher Wildhund war, unberechenbar und gewalttätig.

Die Mutter jedoch tröstete ihren Sohn, indem sie sagte: »Es liegt alles in Gottes Hand, mein Sohn, du kannst nichts dafür. Viele Menschen sind in unserem Dorf durch Anschläge umgekommen. Vater ist nie etwas passiert. Gib die Hoffnung nicht auf. Dein Vater lebt, er kommt, da bin ich zuversichtlich. Dann werden wir einen Ochsen schlachten und das Dorf zu einem großen Fest einladen.«

Akim teilte keinesfalls den Optimismus seiner Mutter. Wie so viele Medizinstudenten stimmte ihn der tägliche Umgang mit Krankheit und Tod traurig und pessimistisch.

Nachdem Nefrun vermisst wurde, übernahm Akim als der älteste Sohn die Rolle des Vaters. Sein Studium musste ohnehin ruhen, denn die Professoren hatten wegen der Freischärler Angst, zum Campus zu kommen. Die Universität blieb geschlossen.

Die jüngeren Geschwister führten mit der Mutter die Arbeiten des Hofes fort, so gut sie es vom Vater gelernt hatten.

Akim kam die Idee, einen der Räume im Haus in eine

Arztpraxis umzuwandeln. Er hatte bereits viel Erfahrung gesammelt und im Dorf gab es keinen Arzt. So begann er, die ersten Patienten zu behandeln. Durch diese Arbeit konnte er die Familie gut unterstützen, die Bauern entlohnten ihn mit Naturalien, mal bekam er ein Huhn, einen Laib Brot, Eier, Gemüse, Fleisch und Obst.

Das Dorf Fandak blieb monatelang von den Angriffen der Ukuluk verschont. Zwei Tage jedoch nach Beginn des neuen Jahres überfielen blindwütige Ukuluk den Ort. Sie schonten weder Kinder noch Frauen, verbrannten Häuser und Tiere, raubten alles, was ihnen in die Finger kam. Wer nicht mehr fliehen konnte, fiel dem barbarischen Treiben zum Opfer. Akims Familie hatte Glück. Alle verließen in letzter Minute den Hof, wurden aber dabei getrennt. Akims Mutter fand mit den Geschwistern Unterschlupf bei einer Großtante östlich von Julkut. Er selbst entkam zu Verwandten in den Norden von Karakand. Zu Fuß, auf einem Maultier und als Anhalter machte er viele Umwege, bis er nach einer drei Wochen dauernden Odyssee das Dorf seines Onkels erreichte. Mehrmals konnte er dem Tod knapp entrinnen, bis er endlich den kleinen, unversehrten Bauernhof erreichte. Die Frau seines Onkels erkannte den Neffen nicht, sondern hielt ihn für einen Vagabunden, denn sein Aussehen hatte sich stark verändert. Seine Haare waren verfilzt, Hemd und Hosen zerrissen, die Schuhsohlen durchlöchert. Das einzige Hab und Gut, das er mit sich führte, waren sein Stethoskop und sein Blutdruckmessgerät. Solche Instrumente waren sehr teuer und Akim hütete sie wie seinen Augapfel. An seiner tiefen Stimme erkannte die Tante ihn schließlich und hieß ihn herzlich willkommen. Sie ließ ihn ein und gab ihm einen großen Krug kühles Wasser, das er in hastigen Zügen trank. Der junge Mann hatte großen Durst und Hunger. Daher führte sie ihn in die Küche und ließ ihn essen. Geduldig wartete die Tante ab, bis er sich gestärkt hatte, dann hörte sie mitfühlend zu, welche schrecklichen Dramen sich in Fandak abgespielt hatten.

Als Akim endete, nahm sie seine Hand und sagte: »Ich habe ein große Überraschung für dich. Rate, wer bei uns ist!«

»Wer?«, fragte Akim müde, aber neugierig.

»Dein Vater ist hier!«, antwortete die Tante freudig.

»Durch unsere guten Beziehungen konnte er aus dem Gefängnis freikommen. Seit ein paar Tagen ist er bei uns und erholt sich. Morgen wollte er heimkehren!«

Akim war fassungslos, dann strahlte er vor Freude, sprang auf und rief ungeduldig: »Wo ist er? Ich muss ihn sofort sehen!«

»Er geht gerade spazieren, muss aber bald zurückkehren.«

Nach einer Viertel Stunde sah Akim seinen Vater von weitem kommen. Rasch lief er zur Tür hinaus und rannte ihm freudig entgegen. Vater und Sohn fielen sich in die Arme und küssten sich unter Tränen.

»Verzeih mir«, sagte Akim mit leiser Stimme.

»Was meinst du?«, fragte Nefrun.

»Es war meine Schuld, dass sie dich ins Gefängnis gesteckt haben!«

»Keiner von uns hat Schuld! Erinnerst du dich, was ich dir an jenem Abend sagte? Die Schuldigen sitzen woanders. Sie haben Geld und Macht. Sie meinen, ihnen stehe es zu, über das Leben anderer zu entscheiden. Doch vielleicht ändert sich das eines Tages. Hebe deinen Kopf Akim, ich möchte dein Gesicht sehen. Bist du noch immer so traurig, mein Sohn?«

Dann drückte er fest Akims Hand und sie liefen nebeneinander her zum Hof des Onkels. Nefrun war glücklich, seinen Sohn wiedergefunden zu haben. Er schaute mit den Augen eines Kindes, das den azurblauen Himmel bewundert. Er betrachtete die Baumwollfelder, die Palmen und Tamarisken. Und für einige Augenblicke vergaß er die Tortur, die er im Gefängnis erlebt hatte. Er atmete den frischen Abendwind, den die Steppe verströmte, in vollen Zügen ein. Die Sonne hatte sich hinter dem Horizont versteckt und die Temperaturen waren angenehm abgekühlt.

Als sie nur noch wenige Schritte vom Haus entfernt waren, hielt Nefrun an und fragte seinen Sohn: »Was gibt's neues in Fandak? Hat der Krieg etwas nachgelassen?«

Akims Gesicht verfinsterte sich und er antwortete leise: »Nein, es ist alles nur noch viel schlimmer geworden.« Und er berichtete, was geschehen war. »Ich sehe keinen Ausweg, Vater. Weißt du noch, dass ich dir in jener Nacht sagte, dass unsere Nachbarn, die Ukuluk, uns nichts antun würden? Ich habe mich geirrt. Sie haben unser ganzes Dorf zerstört. Auch unser Hof wurde niedergebrannt und viele unserer Nachbarn ermordet. Mutter und Geschwister konnten zum Glück rechtzeitig entkommen.«

Traurigkeit überfiel Nefrun. Sein Hof, der Generation über Generation in der Familie vererbt worden war, die Möbel, die er Stück für Stück selbst gezimmert hatte, alles lag in Trümmern und Asche. Schweigend blieb er stehen. Doch dass seine Frau und die Kinder am Leben blieben, gab ihm Mut, denn nach einer Weile fragte er: »Haben die verfeindeten Stammesführer miteinander gesprochen und Angebote der Versöhnung gezeigt? Du weißt ja, auf beiden Seiten ist viel Blut geflossen!«

»Es ging alles so schnell«, sagte Akim. »Der Angriff fand in der Nacht statt. Wir wurden von Donnergrollen geweckt und versteckten uns im Keller. Als es ruhiger wurde, nahmen wir, was wir greifen konnten und verließen in Panik unser Haus. Du hattest damals Recht, Vater. Gegen den Krieg können die kleinen Leute nichts tun.«

Nefrun schaute seinen Sohn mit ernsten Augen an. »Ja, ich weiß, dass ich das damals sagte, Akim, heute aber denke ich anders. Seit ich im Gefängnis gewesen bin, wurde mir nach und nach immer klarer, warum wir gegen den Krieg nichts machen konnten. Die Menschen haben sich bewaffnet, auf beiden Seiten. Und mit jedem Schuss, der abgefeuert wurde, ist der Hass aufeinander gewachsen. Die Stammesführer haben alle belogen. Es gibt etwas, was wir kleinen Leute tun können. Wir müssen Mut haben und aufeinander zugehen. Vor allem müssen wir verzeihen können. Denn ohne Versöhnung gibt es keinen Frieden! Die Schuld auf den anderen zu schieben, ist keine Lösung. Wenn wir so handeln, sind wir nur zu faul und zu feige, Verantwortung zu übernehmen.«

Nefrun hielt inne. Dann sagte er zu Akim: »Du trauerst noch immer stark um deine Mulana, nicht wahr, mein Sohn? Ich sehe in deinen Augen, wie sehr ihr Tod dich verletzt hat. Sobald die Straßen nach Julkut befahrbar sind, besuche Mulanas Familie. Lerne sie kennen, ihre Adresse hat sie dir doch gegeben. Sag ihren Eltern, dass du die letzten Stunden, bevor sie starb, mit ihr im Café verbracht hast. Erzähle ihnen, dass ihre Tochter Mulana an jenem Sonntagvormittag sehr glücklich war.«

Nefrun ging einige Schritte weiter und unter dem Maulbeerbaum setzte er sich auf eine Holzbank. Akim folgte dem Vater und setzte sich neben ihn.

Wieder einmal hatte Sunbula einen langen Arbeitstag hinter sich. Auf dem Weg zu ihren Gemächern hatte sie Oksul mit einer Eskorte in den Palast zurückkehren sehen, obwohl er erst am Vortag aufgebrochen war. Es hatte sie überrascht, ihn so bald wieder anzutreffen. Auf ihre Begrüßung reagierte er nicht. Oksul war abwesend und eine Kälte ging von ihm aus, die ihr Unbehagen verursachte.

Der Abend kam, die Sonne hatte sich vom Tag verabschiedet, in der Luft aber zitterte die Wärme. Über Gärten, Hügeln und Bucht schwebte eine unendliche Ruhe, eine Wolke aus süßem Duft von Jasmin und Lilien umhüllte das ganze Areal des Sommerpalais. Die Idylle, die sie umgab, erschien ihr jedoch trügerisch.

Obwohl sie erschöpft und müde war, konnte sie sich nicht entspannen.

Fünfundzwanzig Sommer zählte Sunbula, und sie trug die Verantwortung für ein Land, das der Krieg entzweite. Die Krone war ihr zwar schon in die Wiege gelegt worden, aber es war eine Herausforderung, sie anzunehmen. Als sie begonnen hatte zu laufen und die ersten Worte zu formen, hatte ihr Vater, König Tahna, seine Tochter auf diesem ihr vorbestimmten Wege geführt.

Die klügsten und weisesten Gelehrten des Landes nahmen Sunbula in ihre Obhut. Zur Freude des Königs hatte sich seine Tochter als neugierige, gelehrige und dennoch kritische Schülerin erwiesen. Mit sechs Jahren schon hatte sie ein Rätsel gelöst, das vielen Erwachsenen große Schwierigkeiten bereitete.

»Morgens geht er auf vier, mittags auf zwei und abends auf drei! – Wer ist das?«, lautete damals die Frage ihres Philosophielehrers. Sunbula hatte nicht lange überlegt und dann gerufen: »Der Mensch! Als Kind krabbelt er, als Erwachsener läuft er aufrecht und am Lebensabend benutzt er einen Stock zum Gehen.«

Zu ihrem zwölften Geburtstag wünschte sie sich einen Esel als Geschenk. Das verursachte einen Aufruhr im ganzen Palast. »Schämt sie sich nicht, im Königshaus einen Esel zu halten, ein so plumpes, störrisches Tier, wo sie doch die edelsten Hengste und Stuten des Landes bekommen könnte?«

Aber ihr starker Wille und ihre Ausdauer setzten sich schließlich durch. Sie nannte ihn Shaban und er war viele Jahre ihr Lieblingshaustier.

Jetzt wo sie, auf der Pavillonterrasse stehend, den funkelnden Sternenhimmel betrachtete, tauchte ihr vierbeiniger Gefährte wieder vor ihrem geistigen Auge auf. Die Erinnerung an seine Geduld und seine Beharrlichkeit gaben ihr auch dieses Mal Mut.

In diesen schwierigen Zeiten musste sie, wenn sie das Land retten wollte, wie Shaban sein.

Kurz bevor Sunbula sich zur Nachtruhe in ihre Gemächer zurückziehen wollte, hörte sie ein Klopfen an der Tür. Ein Höfling überbrachte ihr eine Botschaft von Faruk.

Sie begann, die Zeilen zu lesen:

›Durchlaucht, erlauben Sie mir, Ihnen zu so später Stunde die letzten Entwicklungen des blutigen Krieges zu erörtern. Ihr Bruder Oksul hat heute ein immenses Blutbad im Zentrum von Julkut angerichtet. Das gesamte Stadtzentrum, die prächtigen Parkanlagen, die alte Stadtmauer mit ihren sieben Türmen, das Palais und viele Wohnhäuser wurden restlos verwüstet. Mehr als sechshundert Ukuluk, überwiegend Zivilisten, wurden unter den Trümmern begraben. Oksuls Angriff erfolgte plötzlich und ohne Absprache mit den Generälen.

Offenbar wollte er Solok fangen und das Stadtpalais zurückerobern. Der ganze Angriff misslang, denn das Glück stand auf Soloks Seite. Dieser hatte mit seiner Familie samt dem jahrhundertealten Kronschatz das Palais bereits verlassen, bevor Oksul mit dem Bombardement begann.

Daraufhin lud Oksul voller Wut noch schwerere Schuld auf sich. Er befahl seiner Miliz, unzählige wehrlose Ukuluk im Stadtzentrum blutrünstig zu erschießen.

Meine Angst, Durchlaucht, ist, dass jene Ukuluk, die bis jetzt ihrem Kronzprinzen Defrin die Treue gehalten haben und eine friedliche Lösung suchten, zu Solok überlaufen werden, weil sie in ihm ihren Retter sehen. Genau das, was Sie gefürchtet haben, ist heute Wirklichkeit geworden.

Sie müssen Ihrem Bruder sofort Einhalt gebieten, bevor er noch weiteres Unheil heraufbeschwört!

Ihr treuer Diener Faruk‹

Der blinde Chronist hielt inne. Ich hörte an seinem Atem, dass er genauso aufgeregt war wie ich, als ob er zum ersten Mal diese Geschichte hören würde. Es dauerte einen Moment, bevor ich hörte, wie es weiterging.

Außer sich vor Wut warf Sunbula die Nachricht ihres Beraters auf den Diwan. Dabei ärgerte sie sich vor allem über sich selbst. Sie hatte es eigentlich besser gewusst, aber aus Rücksicht auf den Wunsch ihrer Großmutter hatte sie gezögert und Oksul walten lassen.

Blitzartig erinnerte sie sich an eine ihrer ersten öffentlichen Audienzen als Königin, in denen sie das Volk empfing, um sich ihrer Sorgen und Nöte anzunehmen.

Es war vor wenigen Wochen, als ein verzweifelter Vater vor sie trat, der unter den vielen Wartenden Einlass gefunden hatte. Er warf sich vor ihr zu Boden und stand erst nach mehrmaliger Aufforderung auf, wobei er unterwürfig die Augen senkte:

»Durchlaucht, meine Tochter Pantju besitzt eine kleine Schänke in der Stadt. Sie hatte viel zu tun an jenem Tag, an dem die Katastrophe geschah. Der Abend dämmerte bereits, als sie mit dem Aufräumen begann. Da betraten zwei Bewaffnete die Kneipe. Sie drängten die noch verbliebenen Gäste vom Tresen weg und wollten sofort bedient werden. Meine Tochter gebot Feierabend, gewährte ihnen jedoch noch, auf ein Glas zu bleiben. Sie schenkte ihnen ein, nahm den Besen und fegte den Boden. Nach kurzer Zeit verlangte der eine noch ein Glas. Das verweigerte Pantju. Die beiden Bewaffneten verwiesen auf ihre Wichtigkeit als Prinz Oksuls Milizen. Das imponierte meiner Tochter nicht. Schon lange wusste sie, dass die Miliz die ganze Stadt terrorisiert, wie die Raben stiehlt und niemals ihre Zeche bezahlt.

Daraufhin wurden beide handgreiflich und belästigten meine Tochter unsittlich. Die übrigen Gäste waren mittlerweile ängstlich geflüchtet.

Pantju überlegte blitzschnell, was zu tun sei und erinnerte sich an eine Pistole, die sie vor Wochen gekauft hatte.

Die Kerle wurden immer dreister und ließen sich auch von der Waffe nicht schrecken.

Ich habe zu Hause unruhig auf sie gewartet. Dann bin ich zur Schänke geeilt.

Als ich den Raum betrat, sah ich zwei Milizen blutüberströmt auf dem Boden liegen, dazwischen meine Tochter, halbnackt. Eine Kugel hatte sie verletzt. So rasch wie möglich schleppte ich sie zum nächsten Krankenhaus.

Gott sei Dank, sie hat überlebt. Aber gestern hat man sie verhaftet.

Durchlaucht, ich flehe Sie an, bitte helfen Sie uns. Meine Ehre habe ich verloren. Seit Tagen traue ich mich nicht, mein Gesicht irgendwo zu zeigen. Es geht das Gerücht um, sie sei vergewaltigt worden. Das ist für mich Strafe genug. Ich bitte um ihre Begnadigung. Acht hungrige Münder warten auf sie.«

Entsetzt hatte Sunbula damals den Worten des alten Mannes gelauscht und jetzt erinnerte sie sich wieder mit Grauen daran. Sofort hatte sie Pantju begnadigt. Aber mit Rücksicht auf ihre Großmutter ließ sie Oksul und seine Miliz ungestraft.

Sunbula konnte nicht schlafen. Obwohl es spät in der Nacht war, wusste sie, dass sie nun eine Entscheidung treffen musste.

Sie zog sich den seidenen Morgenrock an und ging noch einmal hinaus zum Pavillon.

In diesem Garten hatten sie als Kinder immer gespielt.

»Lebte unsere Mutter noch, wäre Oksul zu ihr gegangen«, sprach sie zu sich selbst. »Wie einst, als wir Kinder waren. Ich sehe ihn noch weinend zu ihr laufen, um sich zu beklagen, ich hätte seine Soldaten verhaftet und seine Zitadelle besetzt. Mutter bittet mich jedoch um Nachsicht. ›Er ist doch dein jüngerer Bruder. Habe Geduld mit ihm und spiele weiter.‹ Wieder gewinne ich, und wieder läuft Oksul zur Mutter!

Soll ich dieses verlogene Spiel heute noch fortsetzen?

Wir sind vom gleichen Blut, doch trennen uns Welten.

Wie oft habe ich Klagen über seine Männer gehört. Sie plündern Häuser, machen Männer nieder, vergewaltigen Frauen, stechen Ziegen und Schafe ab und verbrennen die Ernte auf den Feldern!

Dulden wollte ich das nicht.

Ich sprach mit ihm und nahm Partei für die Betroffenen. Vorwurfsvoll antwortete er: ›Auf welcher Seite stehst du eigentlich? Du hast den Weg des Feindes beschritten. Ich zweifle daran, ob du noch die Tochter des Königs bist. Der Krieg verlangt eben seine Opfer.‹

Oksul sprach nicht von Morden und Schlachten. Er nannte es ›Opfer‹. Morden und Schlachten sind dem Mörder und Schlächter unbekannt. Er verteidigte seine Männer und ihre Verbrechen.

Es war verantwortungslos von mir, ihn so lange walten zu lassen.

Bevor er nun noch mehr Schaden anrichtet, muss ich eingreifen. Dabei muss ich damit rechnen, dass ich mir viele Feinde mache.«

Sunbula eilte in ihre Gemächer zurück, ging an ihr Stehpult und verfasste ein Schreiben. Sie verschloss es sorgfältig mit ihrem Königssiegel und ließ es noch in der gleichen Nacht überbringen.

Vierte Pforte

Nie wieder habe ich solch einen faszinierenden Menschen wie den alten Erzähler aus Karakand getroffen. Nie wieder einen Menschen, der sich an seine vergangene Geschichte so klar erinnerte und obendrein noch derart zu fesseln wusste. Er beherrschte seinen Beruf ausgezeichnet, so dass er nach jeder Pforte der Vergangenheit meine Spannung und Neugierde noch weiter steigerte. Er fesselte mich an seine Lippen und ließ mich tatsächlich mit dem Herzen sehen, denn meine Augen blieben während seiner Erzählung verbunden. Voller Vertrauen folgte ich seinen Schritten, ohne die geringste Angst, zu stolpern. Ich fühlte mich sicher von diesem Blinden geführt. Eine Erfahrung, die ich weder vor noch nach dieser Begegnung gemacht habe.
Während er erzählte, kam mir plötzlich ein Gedanke: Hatte er als Blinder den Krieg mitgemacht? Und wenn ja, welche Aufgabe hatte er dabei inne? Ich überlegte noch, ob es höflich sei, ihm diese Fragen zu stellen. Und als ob der blinde Erzähler meine Gedanken gelesen hätte, unterbrach er den Fluss seiner Worte.
Mir schien, als blicke er mir intensiv in die Augen. Dann sagte er mit leiser Stimme: »Ja, ich habe den Krieg leider sehr intensiv erlebt. Und welche Rolle ich damals hatte, wollen Sie wissen? Erst am Ende unserer gemeinsamen Wanderung durch die Vergangenheit möchte ich Ihnen das verraten, wenn Sie einverstanden sind.«

Dann hörte ich, wie er einem Ritual gleich, heißen Tee in meinen und in seinen Becher schenkte. Wir tranken beide einen Schluck, bevor er den Faden wieder aufnahm.

Das Hauptquartier der aufständischen Ukuluk befand sich in einem der ärmsten Viertel des Westteils von Julkut. Dort hatten sie eine leer stehende Büroetage in einem Hochhaus besetzt, von der aus sie ihre Geschäfte führten und neue Milizionäre anwarben. Mit ihrer Parole »Lieber tot als arm!«, gewannen sie vor allem die Herzen der Jugendlichen, die in Strömen zu ihnen kamen.

Auch Bekir stieg am Vormittag jenes Tages im August die vielen Stufen bis zum 6. Stock hinauf. Schon an der Tür wurde er von zwei uniformierten Jugendlichen durchsucht, die nicht ohne Stolz ihre Maschinengewehre trugen. Danach wiesen sie ihn ins Wartezimmer. Über eine Stunde musste er sich gedulden, ehe er ins Büro durfte, einen großzügigen Raum, eingerichtet mit Mahagonischreibtisch, Kristalllüstern, bequemen Ledersesseln und einem lautlosen Ventilator - diese Ausstattung nahm er jedoch kaum wahr. Er war zu aufgeregt und ordnete die Worte, die er Garon sagen wollte.

»Herzlich willkommen, Bruder, nehmen Sie doch Platz«, begrüßte ihn dieser.

Bekir rückte einen Sessel zurecht und setzte sich.

Währenddessen musterte Garon ihn von Kopf bis Fuß. Ganz erstaunt stellte er fest, dass es keinen Vergleich gab zwischen dem Mann, der vor ihm saß, und dem, den er erst vor kurzer Zeit im Bahnhof kennen gelernt hatte.

Bekirs markantes Gesicht war damals frisch rasiert, die Haare gut geschnitten. Er hatte bei ihrer ersten Begegnung einen sauberen, beigen Leinenanzug und blitzblank geputzte braune Schuhe getragen. Die Kleidung unterstrich seine breiten Schultern und den muskulösen, durchtrainierten Körper. Dieser war Garon besonders aufgefallen.

Heute war davon nur wenig übrig geblieben. Ringe unter den Augen und ein kummervoller Blick ließen ihn in seinem verknitterten und verschmutzten Anzug noch ungepflegter wirken.

In Garon weckte die gebrochene Erscheinung mit einem Schlag unangenehme Erinnerungen, die er stets verdrängte und hinter sich lassen wollte:

Nachdem er als junger Offizier von seinen ehemaligen Spielkameraden, den Bikarekjungen aus der Nachbarschaft, aufs heftigste geschlagen und gedemütigt worden war, schien sein Leben am Ende zu sein. Da die Beschwerde seiner Mutter bei den Generälen kein Gehör fand, drohten Scham und Schande sie beide umzubringen.

Ihnen blieb nur noch die Flucht. So verließ Nergess mit ihrem Sohn dessen Geburtsort und das über Generationen gepflegte Anwesen und zog mit dem gesamten Mobiliar in die Hauptstadt Julkut. Der junge Offizier gab aus Enttäuschung seine ehrenvolle militärische Laufbahn auf und beschloss, die ihm widerfahrene Ungerechtigkeit zu rächen.

Freiwillig meldete er sich für zwei Jahre bei Soloks Milizionären. Dort fand er endlich ein Ventil für seine Wut und konnte die Hilflosigkeit in Taten umsetzen. Durch Geschick und Ehrgeiz avancierte er innerhalb kurzer Zeit zum Rekrutierungsdirektor.

Ein Räuspern seines Besuchers holte Garon in die Gegenwart zurück, und er schüttelte die unangenehmen Gedanken ab.

»Was möchten Sie trinken, Tee oder Kaffee?«, eröffnete er das Gespräch.

Bekir zögerte kurz und bat um Kaffee. Der Landessitte entsprechend tranken sie zunächst drei Tassen Kaffee und plauderten über belanglose Dinge. Danach erst trug Bekir sein Anliegen vor.

»Sie haben mir so freundlich Ihre Hilfe angeboten, die ich jetzt gerne in Anspruch nehmen möchte. Sehen Sie einen Weg, wie ich mit meiner Familie zusammenkommen kann? Ich wäre Ihnen mein ganzes Leben dankbar, wenn Sie meine Bitte erfüllen könnten.«

»Wenn das in meiner Macht stünde, hätte ich dir deinen Wunsch längst erfüllt. Leider Gottes haben wir Krieg - wie oft muss ich dir das noch sagen. Selbst unser Führer Solok könnte für dich nichts tun.«

»Sie sind aber doch ein einflussreicher Herr mit weitreichenden Beziehungen. Kennen Sie niemanden, der mich mit seinem Privatwagen zu meinem Dorf bringen könnte?«

»Wer würde schon wegen dir sein Leben aufs Spiel setzen!«, sagte Garon verärgert.

»Was soll ich denn nur tun?«

»Meine Meinung hast du im Bahnhofscafé bereits gehört.«

»Und ich habe Ihnen meine Ansicht dazu ebenfalls dargelegt«, entgegnete Bekir entschieden.

Daraufhin erhob sich Garon abrupt. »Weiterhin alles Gute in Julkut.«

»Ach, Herr Garon, streiten wollen wir doch nicht.«

Garon zog die Augenbrauen hoch und setzte sich wieder hinter seinen Schreibtisch. »Ich hätte dir ja gern geholfen, glaub mir das.« Seine Stimme klang mitfühlend.

»Wie lange wird dieser Zustand denn noch andauern?«

»Wenn ich der liebe Gott wäre, wüsste ich alles im voraus«, erwiderte Garon und blickte zur Decke. »Ich kann dich nur beruhigen. Für uns stehen die Chancen gar nicht schlecht. Unsere tapferen Männer kämpfen heldenhaft und unbeirrt. Ich bin sicher, wir werden den Krieg gewinnen. Nicht von heute auf morgen, aber bald. Entscheidend ist, wer die besten Waffen besitzt. Viele unserer Kaufleute haben großzügig gespendet. Was uns jedoch noch fehlt, sind mutige, erfahrene Männer, die unsere jugendlichen Kämpfer führen können und dafür sorgen, dass unnötiges Blutvergießen und Plünderungen unterbleiben.«

Garon holte aus der Schublade eine Landkarte und breitete sie auf der Schreibtischplatte aus. Mit einem Bleistift zeigte er auf einen Punkt. »Schau mal her«, sagte er.

Bekir rückte näher und richtete seine Aufmerksamkeit auf die Karte.

»Da liegt Balamida. Nur zwanzig Kilometer östlich davon dein Dorf Schufu. Um den Stadtkern von Balamida herum sind unsere Ukuluk-Dörfer verstreut. Erkennst du das?«

Bekir nickte.

»Den gesamten Norden haben die Bikarek eingekesselt. Wir planen einen Blitzschlag, um einen Keil in die feindlichen Linien zu treiben. So bahnen wir uns einen Nachschubweg bis nach Danjuk und sichern die Versorgung unserer Brüder mit Waffen, Munition, Medikamenten und Lebensmitteln. Außerdem haben wir so bereits einen Zugang zu sämtlichen Bodenschätzen und damit zum Reichtum Karakands, so dass wir Ukuluk nach dem Sieg unser Land wieder zu Wohlstand bringen können. Wenn du dich an dieser Mission beteiligst, besteht eine gute Chance für dich, recht bald bei deiner Familie zu sein. Das ist die einzige Möglichkeit, die ich zurzeit für dich sehe.«

Wütend sprang Bekir auf. »Ich kann nicht auf Menschen schießen!« Dabei schlug er wuchtig mit der Faust auf seinen Oberschenkel. »Verstehen Sie doch, Herr Garon, das geht einfach gegen mein Gewissen.«

»Das brauchst du gar nicht«, lenkte Garon beruhigend ein, »es gibt ganz andere Aufgaben, die du mit gutem Gewissen ausführen kannst.«

Bekir blickte ihn überrascht an.

Garon fuhr fort: »Du wirst zunächst eine vierwöchige intensive Ausbildung absolvieren. So erhältst du eine militärische Grundausbildung. Wo deine Fähigkeiten sich zeigen, wirst du eingesetzt. Das mag bei der Magazinverwaltung, dem Sanitätswesen oder im Fahrdienst sein. Wenn du dich rasch entscheidest, brauchst du nicht die Zeit in Julkut totzuschlagen, sondern du dienst einer Sache, die uns allen von Nutzen ist. Und du besserst deine Kasse auf.« Zufrieden nahm Garon wahr, wie es in Bekir zu arbeiten begann. »Du musst dich ja nicht sofort entscheiden«, fügte er rasch hinzu und holte ein Papier aus der Schublade. »Denk darüber nach und nimm diesen Mustervertrag mit.« Bei diesen Worten erhob er sich und drückte Bekir die Hand.

Am frühen Abend schloss sich Bekir in sein kleines schäbiges Zimmer ein. Er traute sich um diese Uhrzeit nicht mehr auf die Straße, weil in den letzten Nächten ständig geschossen worden war und Sanitätsfahrzeuge mit heulenden Sirenen durch die Straßen rasten. An die quälende Hitze und die Mückenstiche hatte er sich zwischenzeitlich wieder gewöhnt. Doch die mörderische Geräuschkulisse ließ seinen Körper erzittern und raubte ihm den Schlaf.

In Julkut erschienen drei Zeitungen, zwei große Boulevard-Blätter und ein kleines, unabhängiges Blatt. Doch letzteres war verboten und wurde, wie er gehört hatte, nur heimlich in wenigen Kneipen und Cafés unter der Theke verkauft.

Bekir breitete die zwei Zeitungen, die er unterwegs gekauft hatte, auf dem Bett aus und blätterte darin. Auf der ersten Seite wurde über die Vereidigung der neuen Regentin Sunbula, aus dem Hause der Bikarek, berichtet. Zum ersten Mal sah er die Tochter von König Tahna auf einem Foto. Das bildhübsche Portrait faszinierte ihn, und der Artikel stellte sie wie eine Heilige dar. Zu seiner Enttäuschung druckte die andere Zeitung ein schlechtes Bild von ihr ab und beschrieb sie obendrein als Schlampe, sogar das Wort Hure kam mehrfach vor. Er war im Zwiespalt, dennoch riss er sich das schöne Bildnis aus der Zeitung und steckte es in sein Portemonnaie.

Noch immer konnte er sich auch hier kein klares Bild von den Vorgängen auf den Straßen machen. Er wusste nicht, wer das Feuer jeweils eröffnete und wer die Fäden zog. Bekir musste seine Informationen den beiden Boulevard-Blättern entnehmen, deren Widersprüchlichkeiten ihn aber nur noch mehr verwirrten.

Eine Schlagzeile behauptete: »Blutrünstige Ukuluk überfallen Schulbus - Busfahrer und dreißig Schüler getötet.« Doch die Ukuluk-Zeitung dementierte: »Bikarek benutzen Schüler als Schutzschild. Waffen und Munition im Bus versteckt. Von unseren Brüdern entdeckt, eröffnet Bikarek-Miliz das Feuer.«

Vor ein paar Tagen war im Westteil der Stadt in einem Kino eine Bombe explodiert. Auch dazu hatte es unterschiedliche Kommentare gegeben: »Bikarek verüben feige Vergeltung. 39 Tote und 28 Verletzte unter unseren Leuten.« Die Bikarek-Zeitung hingegen berichtete: »Ukuluk - Mörder und Barbaren. Attentäter zünden Bombe in Kino. Eigene Leute getötet, um den Hass zu schüren.«

Bekir warf die Zeitungen in den Papierkorb und schritt in seinem Zimmer auf und ab wie ein Löwe im Käfig. Als seine Füße müde wurden, setzte er sich auf die Pritsche und rauchte eine Zigarette. Er verfluchte und verwünschte alle Beteiligten. »Von mir aus sollen beide Stämme sich die Schädel einschlagen und verrecken«, zürnte er vor sich hin. »Wenn ich noch lange in Julkut festgehalten werde, weiß ich nicht, von was ich leben soll. Meine Ersparnisse darf ich nicht noch mehr antasten.«

Er dachte an Garons Angebot. Obwohl es ihm verlockend erschien, sträubten sich bei diesem Gedanken seine Haare. Einmal für die Miliz geworben, war es mehr als schwierig, wieder aus dem Vertrag entlassen zu werden. Ein Gedanke fuhr ihm durch den Kopf. »Ich könnte versuchen, den Waffendienst als Chance zu nutzen, um nach Balamida zu gelangen. Ja, ich werde eine Möglichkeit finden, um in der Nähe von Balamida zu desertieren.« Kaum hatte er dies gedacht, verwarf er den ganzen Plan wieder. Warum sollte er sich freiwillig in eine solche Situation begeben? Hatte er nicht seinem Vater geschworen, keine Waffe in die Hand zu nehmen, selbst wenn er hungern müsste?

So betete er inbrünstig darum, dass die Straßenkämpfe am nächsten Morgen beendet wären.

Doch die Kämpfe hielten trotz seiner Gebete ununterbrochen über eine Woche lang an. Bombenangriffe zwangen ihn und andere Pensionsgäste, in den Keller zu fliehen. Dort gesellten sich Ratten und Ungeziefer zu ihnen, die die Nacht unerträglich machten.

Am Morgen des nächsten Tages erfuhr er, dass Prinz Oksuls Miliz das prachtvolle Stadtpalais mit seinen sieben Türmen durch massives Bombardement in ein Trümmerfeld verwandelt hatte. Über sechshundert Ukuluk mussten dabei ihr Leben lassen.

Wie in einem Alptraum betrachtete Bekir das Ausmaß der Zerstörungen.

Trotz der immer gefährlicher werdenden Lage in der von Heckenschützen belagerten Stadt behielt er sein Ziel im Auge, eine Arbeit zu finden, und lief sich die Füße wund. Überall stieß er auf Ablehnung. Selbst als Straßenkehrer oder Tellerwäscher wollte ihn niemand einstellen. Um jede offene Stelle hatten sich bereits mehr als zwanzig andere beworben. Trotzdem bemühte er sich fast zwei Wochen lang, ehe er endgültig aufgab.

Er saß nun schon mehr als einen Monat in Julkut fest, ohne dass sich seine Lage gebessert hatte. Jeden Tag versank er ein Stückchen mehr im Morast der Hoffnungslosigkeit. Die Telegramme an seine Frau blieben ohne Antwort. Eine einzige Zeile hätte genügt, ihn etwas aufzurichten. Hätte nicht die Verantwortung für Frau und Kinder auf seinen Schultern gelegen, er wäre längst mit dem Schiff in sein Gastland zurückgekehrt.

Inzwischen war ihm klar, dass der Bürgerkrieg nicht von heute auf morgen zu beenden war. Straßen, Schienen und Wege nach Balamida waren blockiert und würden dies noch auf lange Zeit bleiben. An ein Wunder glaubte er nicht mehr.

Erschrocken stellte er eines Nachmittags bei einem Kassensturz fest, dass er in den Wochen seines Aufenthaltes in Julkut bereits ein halbes Jahresgehalt vergeudet hatte. Letzten Endes hatte er sein Geld nicht auf der Straße gefunden oder im Spielkasino gewonnen. Er konnte nicht länger in der Stadt bleiben.

Sorgfältig faltete er die Geldscheine und steckte sie zurück ins Portemonnaie. Er schob es in die Innentasche seines Sakkos und knöpfte es zu. Dann strich er von außen über die Jacke und war beruhigt, dass sein Geld am richtigen Platz verstaut war.

Im selben Moment fiel ihm etwas ein. Abrupt erhob er sich aus dem Bambusstuhl und lief zu seinen Koffern, die er unter dem Bett versteckt hatte. Er bückte sich, zog sie hervor und öffnete die Schlösser. Mit der Hand durchwühlte er den Inhalt und seufzte erleichtert, als er sein Notizbuch fand.

Das Notizbuch in der Hand setzte er sich auf den Fußboden und streckte die Beine aus. Dann begann er jede einzelne Eintragung zu studieren. Immer wieder stieß er im Durcheinander von Notizen, Einkaufszetteln und Gedächtnisstützen auf die Adressen von Freunden, Verwandten und Bekannten. Manche waren deutlich zu lesen, andere schon verblasst. Es machte ihm Mühe, die vollständigen Anschriften zu entziffern, doch nahm er sich beharrlich Zeit dazu. Fast eine Stunde vertiefte er sich in die Arbeit, ohne an eine bestimmte Adresse zu denken. Dann stieß er auf Mehdi Birham, wohnhaft in Julkut, Färbergasse 5.

Zunächst sagte ihm der Name nichts. Lange überlegte er, in welcher Verbindung er zu ihm stand, doch es wollte ihm einfach nicht einfallen. Alle anderen Namen waren ihm sofort geläufig gewesen. »Wer aber ist Mehdi Birham?«, murmelte er vor sich hin. »Wie ist der bloß in mein Notizbuch gelangt?« Je länger er darüber nachdachte, desto mehr entfernte er sich von seinem Ziel, eine Erinnerung zu erzwingen. Genau in dem Augenblick, als er beschloss, aufzugeben, tauchte vor seinem inneren Auge ein junger Mann mit auffallend lustigen Augen, krausen, braunen Haaren, gut geschnittenen Gesichtszügen und einem schelmischen Grübchen auf. Diese Momentaufnahme brachte die verschüttete Erinnerung zurück.

Mehdi Birham stammte wie Bekir aus dem Dorf Schufu, war aber Bikarek. Sie besuchten die gleiche Schule, saßen auf der gleichen Bank und wohnten in derselben Gasse. Lange waren sie gute Freunde, bis sich ihre Wege trennten. Bekir musste die Schule verlassen, um seinem Vater auf den Baumwollfeldern zur Hand zu gehen. Mehdi Birham dagegen hatte vermögende Eltern, die ihm Gymnasium und Studium ermöglichen konnten. Vor zwölf Jahren hatten sie sich in Schufu zuletzt gesehen. Mehdi berichtete damals, er sei seit drei Jahren im Schuldienst in Julkut tätig. Falls Bekirs Weg nach Julkut führen sollte, müsse er ihn unbedingt besuchen.

Bekir strahlte über das ganze Gesicht, als hätte er einen Schatz gefunden. Sofort beschloss er den Jugendfreund aufzusuchen. Warum bin ich nicht früher auf diese Adresse gestoßen? Was hätte ich an Geld und Gram sparen können. Sicher wird er mich aus dieser Mausefalle befreien. Er betete, dass die Anschrift sich nicht geändert hatte. Seine Armbanduhr zeigte die elfte Stunde. Gott sei Dank, sagte sich Bekir, ich habe noch genügend Zeit bis zur Sperrstunde um 18 Uhr, um Mehdi zu finden.

Bekir erhob sich, zog seine Schuhe an und verließ die Pension. Er hatte Glück und erwischte gleich eine Pferdedroschke. Nur kurz handelte er um den Preis und stieg ein.

Eine knappe Stunde später stand er vor dem Haus Färbergasse 5. Das dreistöckige, noch aus der Kolonialzeit stammende Bauwerk, früher ein schönes und vornehmes Gebäude, machte einen heruntergekommenen Eindruck. Als Bekir die Treppe hinaufstieg, überflutete ihn ein entsetzlicher Kloakengestank, der ihm beinahe den Atem raubte. Er wunderte sich, dass ein gut verdienender Lehrer in einer solchen Kaschemme hauste. Bei jeder Stufe, die er hinter sich ließ, wuchs die Aufregung und Spannung auf ein Wiedersehen nach zwölf Jahren. Mit Herzklopfen blieb er in jeder Etage eine Weile stehen und prüfte sorgfältig die Namensschilder. Doch auch im dritten Stock suchte er vergeblich.

Verschwitzt landete er wieder im Erdgeschoss und drückte wahllos eine Klingel. Die Tür öffnete sich und eine alte Frau in Kittelschütze stand ihm gegenüber. Auf ihre Frage, was er wünsche, äußerte er sein Anliegen und hoffte, dass sie ihm weiterhelfen könne.

Doch die Frau hatte von Mehdi Birham nie gehört, oder behauptete dies zumindest. Dann schlug sie ihm die Tür vor der Nase zu.

Enttäuscht und niedergeschlagen verließ Bekir das Haus. Auch sein Gang zum Einwohnermeldeamt am nächsten Tag war ergebnislos. Dort vermutete man, dass Mehdi mit Familie und Schwiegereltern die Wohnung verlassen hatte, nachdem die Unruhen ausgebrochen waren. Seine neue Adresse war nicht bekannt.

Ratlos kehrte Bekir in sein schäbiges Pensionszimmer zurück. Seine letzte Hoffnung auf Hilfe war zerstoben. Was sollte er nun machen? Er wusste sich keinen Rat mehr. Er hatte alles versucht, um nach Balamida zu gelangen. War denn nichts in seiner Heimat mehr beim Alten? Waren denn alle Menschen verrückt geworden?

Schluchzend warf sich Bekir auf das Bett und verbarg den Kopf in den Armen. Er dachte an den armen Kalik, der aus dem Zug gezogen und erschossen worden war. Nur weil er einem anderen Stamm angehörte! Vielleicht lebte auch Mehdi Birham nicht mehr, wer konnte das in Zeiten wie diesen schon wissen?

Niedergeschlagen warf er einen Blick auf seine Armbanduhr. Es war kurz vor zwölf. Er fühlte sich so müde, als hätte er seit Jahren kein Auge mehr zugemacht. Vielleicht sollte er den Rest des Tages einfach verschlafen, vielleicht würde ihm ja im Traum eine Lösung einfallen.

Als er sein Sakko auszog, um es über die Lehne des Bambusstuhls zu hängen, fiel ein zerknittertes Stück Papier heraus. Bekir bückte sich, um es aufzuheben. Dann strich er das Papier glatt. Es war die Visitenkarte von Garon.

Gespannt hatte ich dem blinden Chronisten gelauscht. Als er jetzt eine kurze Pause machte, bemerkte ich meine trockenen Lippen und nahm einen großen Schluck aus meinem Becher. Ich wartete ungeduldig darauf, zu erfahren, wie Bekir sich entschieden hatte, doch wieder gelang es dem Erzähler, die Spannung heraus zu zögern.

Erst in der Morgendämmerung versank Sunbula in einen traumlosen Schlaf, aus dem sie durch einen entsetzlichen Lärm geweckt wurde.

Erschrocken fuhr sie auf und dachte, einen Geist vor sich zu sehen. Doch als sie zu sich gekommen war, enthüllten sich die Konturen als die vertraute Gestalt der Großmutter, die laut kreischend in ihr Schlafzimmer gestürmt war.

Dunja nahm keine Rücksicht auf den Schlaf der Enkelin.

Wut und Enttäuschung stauten sich in ihrem Innern und drohten jeden Augenblick wie ein Vulkan auszubrechen. Um ihre unerträgliche Empörung zu entladen, musste sie jetzt unbedingt Sunbula sprechen.

Die keifende schrille Stimme riss die Schlaftrunkene aus dem Bett. Sunbula warf sich den atlasseidenen Morgenmantel über und schlüpfte mit den zarten Füßen in die Pantoffel.

Höflich wollte sie die Großmutter umarmen, besorgt um den nächtlichen Anlass ihres Kommens. Die alte Dame trat einen Schritt zurück und streckte schroff die Arme aus. Schon ahnte die Regentin den Grund des Besuchs. Dennoch war sie überrascht über den geharnischten Auftritt. So hatte sie die Großmutter noch nie erlebt. Die aufgebrachte alte Dame war nicht zu bremsen. Mit erhobenem Zeigefinger begann sie: »Du, ausgerechnet du, die schon im Rat von Karakand für den Feind gesprochen hat und deinen Bruder, dein eigenes Fleisch und Blut, in dieser Nacht seiner Freiheit beraubt hast, stehst jetzt so unschuldig vor mir. Womit hat der arme Oksul das verdient? Wo bleibt der familiäre Zusammenhalt, dessen

Verletzung die größte Sünde ist? Anstatt deinem Bruder dankbar zu sein, stellst du ihn unter Arrest? Ich glaube, du hast den Verstand verloren!«

»Ja, ich habe den Verstand verloren«, unterbrach Sunbula beherrscht und mit fester Stimme. »Oksul führte ohne meine Zustimmung einen Kriegszug durch, der mich in allergrößte politische Schwierigkeiten bringt. Die Seele unseres Vaters wird keine Ruhe finden, wenn man Blut gegen Blut vergilt.«

»Unsinn!«, rief Dunja entrüstet, »Oksul überging dich nicht – im Gegenteil, er wollte dich schonen. Krieg ist keine Frauensache. Oksul wünscht den Frieden genau wie du. Leider muss man den Feind mit gleichen Waffen bekämpfen. Was ist daran falsch, oder wünschst du, von dem Despoten Solok regiert zu werden?«

»Ich bin die Regentin und trage allein die Verantwortung für das Land. Oft genug habe ich meinen Bruder gewarnt – ohne Erfolg. Ich habe ihn nie befugt, eine Miliz zu formieren. So musste ich ihm das Handwerk legen. Siehst du nicht, wie Oksul diesem Solok zupass kommt? Der kann sich keinen besseren Gegner wünschen. Ein Unhold braucht den anderen.«

»Hör auf mit solchen Beleidigungen. Das lasse ich nicht zu!«

»Doch, du musst es hören«, beharrte Sunbula, »hat Oksul dir von dem Blutbad erzählt, das er gestern in Julkut angerichtet hat? Von den mehr als sechshundert unschuldig geschlachteten, wehrlosen Zivilisten? Hat er das? Weißt du, was das für uns bedeutet? Die Ukuluk, die uns bis heute die Treue gehalten haben, sind zu Solok übergelaufen! Dank Oksuls heldenhafter Kriegführung! Und ich befürchte, dass nun auch Kronprinz Defrin erbost ist und Solok unterstützen könnte.«

»Allein deine Schuld war es, denn hättest du die Kaufleute zu finanzieller Unterstützung verpflichtet, dann hätte Oksul bessere Waffen für seine Milizionäre beschaffen können. Die Schlacht wäre siegreich gewesen. So war dieses Bombardement sein einziger Ausweg. Und dass sechshundert Leute gefallen sind, ist nicht Oksuls Schuld. Jeder Krieg fordert seine Opfer«, rief Dunja erregt.

»Dann sage mir, Großmutter, wohin hat ihn dieser Ausweg geführt? Der Missetäter ist ihm entkommen, mitsamt Familie und Thronschatz. Und die Milizionäre haben den Krieg nur noch verschlimmert. Heute Nacht bereits habe ich Befehl gegeben, Oksuls Miliz zu entwaffnen.«

Mit gedämpfter, vibrierender Stimme fuhr Dunja nach kurzer Überlegung fort: »Gerade jetzt, wo alles aus den Fugen geraten zu sein scheint, brauchst du die Unterstützung deines Bruders. Lasst doch diese Kinderei. Ihr müsst euch ergänzen, aber nicht gegeneinander kämpfen. Lass Oksul die Kriegführung übernehmen, und du kümmerst dich um die humanitären Aufgaben in diesem Land.«

Verständnislos schüttelte Sunbula den Kopf.

»Ich bin die rechtmäßige Nachfolgerin König Tahnas. Meine Verantwortung ist es, die zerstrittenen Stämme wieder zu einem friedlichen Zusammenleben zu führen.

Ich habe mir beim Tod meines Vaters geschworen, den Hausarrest Oksuls erst wieder aufzuheben, wenn der Krieg beendet ist und mein Bruder keine Gefahr mehr für die Politik des Landes bedeutet. Daran wirst auch du nichts ändern können.«

»Ich erkenne dich nicht wieder. Wie hast du dich verändert!«

»Ja, ich habe mich verändert. Ich bin nicht mehr das brave Mädchen, die Königstochter, die du in deiner Phantasie gesehen hast. Kanntest du mich wirklich?

Seit fünfundzwanzig Jahren leben wir unter dem gleichen Dach, zwischen den gleichen Gemäuern dieses Palastes. Tagaus, tagein besuchten wir uns. Wir spielten, tranken, aßen und wir plauderten. Doch leider verbindet uns nur der dünne Faden der Verwandtschaft.

Glaube nicht, dass ich das folgsame Mädchen jemals war. Natürlich habe ich dein Alter geachtet, bin immer höflich gewesen. Doch blinden Gehorsam, den hat mein Vater nie verlangt.«

Dunja starrte sie an. Wie in Zeitlupe drehte die Großmutter sich zum Bett, als ob sie den Halt verloren hätte. Sie öffnete den Mund, doch die Worte, die sie formen wollte, kamen nur lallend und unverständlich hervor.

Überrascht über das Verhalten der alten Dame, eilte Sunbula auf sie zu, doch noch bevor sie sie erreichen konnte, sackte Dunja in sich zusammen.

Voller Entsetzen beugte sich Sunbula über die am Boden liegende, nach Luft schnappende Großmutter. Laut um Hilfe rufend, bemühte sich die Enkelin gleichzeitig darum, den Oberkörper der Kranken aufzurichten und ihr das Atmen zu erleichtern.

Kraftlos hingen ihre Arme herunter, mit einem lauten Röcheln sank ihr Kopf nach vorne auf die Brust und Sunbula musste erkennen, dass sie aufgehört hatte zu atmen.

Sunbula blieb lange auf dem Boden ihres Schlafgemaches sitzen, den Blick nach innen gekehrt und das Gesicht in den Händen vergraben. Der Tod der Großmutter rief in ihr Erinnerungen an Mutter und Vater hervor. Und an ihren Bruder Oksul. Sie fühlte sich allein.

Dass die Großmutter unter diesen Umständen gestorben war, bedauerte sie sehr. Denn obwohl sie einander nie wirklich nahe standen, hatte sie ihr diesen Tod nicht gewünscht. Sunbula schrieb sich eine gewisse Schuld zu, denn es war ihr bekannt gewesen, dass Großmutter zu viel Aufregung nicht vertrug. Die Offenheit ihrer Worte erschreckte sie selbst, dennoch bereute sie sie nicht, denn sie hatte aufrichtig gesprochen, und dies war sie ihrer Position als Regentin schuldig.

Es schien widersinnig, aber ihr gingen die Worte des Bruders und der Großmutter durch den Kopf: ›Der Krieg verlangt seine Opfer.‹ Musste sie die Opfer in der eigenen Familie bringen, um dem Volk den Frieden zu sichern?

Nur in Begleitung der Familienmitglieder wurde die alte Dame zu Grabe getragen, ohne Prunk und ohne große Zeremonie. Drei Tage der Trauer verordnete Sunbula, so wie es das Protokoll verlangte.

In den Gärten der Sommerresidenz erhielt Dunja ein provisorisches Grab, da das königliche Mausoleum in der Hauptstadt Julkut unter Feuerbeschuss der verfeindeten Volksgruppen lag.

Die Regentin kämpfte lange mit sich. Einerseits wollte sie Oksul keinesfalls mehr sehen. Andererseits wollte sie ihm nicht verwehren, an der Beerdigung seiner Großmutter teilzunehmen. Schließlich beschloss sie, ihm dies dennoch unter strenger Bewachung zu gewähren.

Diese Schmach lehnte Oksul strikt ab und verzichtete darauf, der Verstorbenen die letzte Ehre zu erweisen.

Insgeheim aber schwor er seiner Schwester bittere Rache.

Je länger der Bürgerkrieg anhielt, desto größer traten die Spaltungen innerhalb der verfeindeten Gruppen hervor. Auch Soloks Milizionäre splitteten sich in kleinere Untergruppen auf, vereinten sich dann aber nach dem Angriff der Bikarek erneut.

Unter dem Schock der Verwüstung des Westteils Julkuts hatte Prinz Defrin erneut Verbindung zu Solok aufgenommen, um mit ihm ein Bündnis gegen die Bikarek zu schmieden.

Faruk berichtete Sunbula von dieser Entwicklung. Sofort beschloss sie, mit Prinz Defrin Kontakt aufzunehmen, und begann, eine Depesche an ihn aufzusetzen.

›Ich beschwöre Sie im Namen all dessen, was Ihnen heilig ist, von den schrecklichen Gedanken des Krieges Abstand zu nehmen. Es steht in Ihrer Macht, den Krieg zu verhindern. Ihr Gefühl muss Ihnen selbst sagen, welch fürchterliche Folgen eine solche kämpferische Auseinandersetzung nach sich zieht. Und wie viele Tausende und Abertausende Menschenleben geopfert werden. Wie entsetzlich ist so ein Bruderkrieg, je weiter er geführt wird.

Ich schlage Ihnen ein Treffen vor, um Verhandlungen zur Beendigung des Blutvergießens mit Ihnen zu führen. Solok muss gestoppt werden, ebenso wie ich meinen eigenen Bruder strafen musste.

Es liegt in unser beider Hand. Wenn wir den Frieden wollen, werden wir ihn erreichen.‹

Auch die Bikarek-Miliz spaltete sich in zwei Gruppen. Sie konnten sich über die Nachfolge Oksuls nicht einigen und lieferten sich irrsinnige Kämpfe, die verheerende Opfer verursachten.

Obwohl die königstreue Armee sich bislang zurückgehalten hatte, mischte sie sich jetzt in die blutige Auseinandersetzung ein. Sie wurde jedoch nicht Herr der Lage und konnte die verfeindeten Parteien nicht zu einem Waffenstillstand zwingen.

Da ließ Sunbula die rivalisierenden Anführer zum Palast kommen. Zunächst fürchteten sich beide, bei Hofe zu erscheinen. Sie witterten eine Falle, die dem Schicksal Oksuls ähnelte. Eine Verweigerung bedeutete jedoch gegebenenfalls ein Todesurteil. Beiden war bewusst, wie konsequent die Regentin war.

Sorgfältig wägten die zwei die Chancen ab. Unabhängig voneinander beschlossen sie, der Vorladung zu folgen.

Pünktlich erschienen die Rivalen vor der Residenz. Doch weit über eine Stunde mussten sie warten. Mit gemischten Gefühlen betraten sie den Audienzsaal.

Voller Würde saß die Regentin im samtroten Fauteuil. Nach mehrfachen tiefen Verbeugungen blickten die Männer gebannt auf Sunbula und konnten ihre Augen nicht mehr abwenden. Ihre Sorgen schienen für Augenblicke in weite Ferne zu rücken.

An diesem Morgen wirkte Sunbula in ihrer jugendlichen Schönheit wie eine Rose. Ihr kastanienbraunes Haar fiel in welligen Locken auf ihre Schultern und kontrastierte auffallend mit ihren grünen Augen.

Mit königlicher Geste bedeutete sie den zerstrittenen Anführern, ihr gegenüber in bequemen Sesseln Platz zu nehmen.

Zunächst verunsichert, wie zwei Zöglinge vor der Prüfung, blickten sie überrascht auf die aufgetragenen erlesenen Getränke, nach denen sie mit zittrigen, verkrampften Händen griffen.

Schweigend ließ Sunbula eine Weile verstreichen, bis die Spannung unerträglich schien.

»Durchlaucht, meine Schuld ist das nicht«, platzte Hanasch in die Stille. »Wir haben damit nicht angefangen. Seine Männer haben uns provoziert. So blieb uns nichts anderes übrig, als uns zu wehren.«

»Das stimmt so nicht«, verteidigte sich Schakusch aufgebracht. »Er wollte die Führung an sich reißen. Dazu ist er gar nicht berechtigt, denn ...«

»Hören Sie auf«, fiel ihm Hanasch mit barscher Stimme ins Wort. »Unterbrechen Sie mich nicht, und lassen Sie mich zu Ende reden. Durchlaucht, ich musste ja die Führung übernehmen. Es war meine Pflicht zu handeln. Nachdem Prinz Oksul nicht zur Verfügung stand, waren wir orientierungslos. Ich als seine rechte Hand musste seinen Platz einnehmen.«

Ungeduldig fuhr Schakusch dazwischen: »Durchlaucht, Prinz Oksul hat niemanden befugt, seine Nachfolge anzutreten. Ich habe, wie Hanasch, die gleiche Position in der Miliz. Und damit die gleichen Rechte!«

»Das stimmt«, führte Hanasch höhnisch fort, »jedoch bin ich älter, verfüge über mehr militärische Erfahrungen und bin mit vielen Orden ausgezeichnet worden. Im Vergleich zu mir, Durchlaucht, ist er noch ein Aspirant.«

»Das dulde ich nicht. Ich lasse mich nicht beleidigen. Siebzig Prozent der Miliz ...«

»Das ist keine Beleidigung. Das ist die Wahrheit«, beharrte der Ältere lautstark. »Er hat von Tuten und Blasen keine Ahnung. Besonders von Strategie nicht.«

»Ich warne Sie, Hanasch. Nehmen Sie das sofort zurück. Während des großen Angriffs auf das Stadtpalais stand ich in vorderster Linie. Und wo waren Sie? Wie ein Mäuslein haben Sie sich feige hinter der Linie verkrochen.«

Empört schrie Hanasch ihn an: »Unerhört! Lüge! Nichts als Lüge! Das wird Sie noch teuer zu stehen kommen! ...«

Überrascht blickten die beiden auf einen Pagen, der in diesem Augenblick den Saal betrat. Er trug ein seidenes Kissen. Darauf lagen zwei funkelnde Degen. Sunbula, die während des ganzen Streits abwartend in ihrem Thron gesessen hatte, brach ihr Schweigen: »Meine Herren, bedienen Sie sich.«

Wie Sunbula erwartet hatte, wagte keiner, als erster nach einem Degen zu greifen, und die vorher so aufgeblasenen Kampfhähne wirkten nun ganz blass und fielen in sich zusammen.

Durch diesen Schachzug gelang es der Regentin, die beiden matt zu setzen. Sunbula forderte sie auf, sofort auf ihre Führungsansprüche zu verzichten, die Miliz innerhalb von sieben Tagen aufzulösen und ihren Männern eine Aufnahme ins offizielle Heer anzubieten, das jedem einen angemessenen Sold garantierte.

Schakusch und Hanasch blieb nichts anderes übrig, als zu tun, was ihnen geraten worden war, denn sonst würden sie genauso enden wir Sunbulas Bruder Prinz Oksul.

Die Schmach nagte an ihnen bis an ihr Lebensende.

Sunbula saß in ihrem Kabinett, gerade hatte sie eine Botschaft erhalten. Enttäuscht musste sie feststellen, dass es nicht die positive Antwort von Kronprinz Defrin war, auf die sie ungeduldig wartete.

Stattdessen hielt sie einen Bericht Faruks in Händen, der ihr die Situation in der eingekesselten Stadt Danjuk schilderte: Die seit drei Wochen andauernde Belagerung Danjuks bereitete zunehmend große Sorge. Die zwangsweise festgehaltenen Bikarek standen am Rande des Verhungerns. Darüber hinaus fehlte es an Munition und Medikamenten. Es drohte eine Epidemie.

Die Häuser im Außenbezirk waren von Freischärlern besetzt, die aus Fenstern und von Dächern aus die Brunnen unter ständigem Beschuss hielten.

In Kürze war daher mit dem Zusammenbruch der Verteidigung zu rechnen.

Die Generäle erwarteten von ihrer Regentin den Befehl, die Stadt Danjuk durch einen militärischen Gegenschlag von der Belagerung zu befreien, nötig dazu war die Freigabe bereitstehender militärischer Verbände.

Ursache für diese missliche Lage sei die mangelnde Entschlusskraft Sunbulas.

Allein und ruhelos saß die Regentin hinter ihrem Schreibtisch. Ihre Gedanken waren bei den Belagerten. ›Ständig habe ich versucht, Solok zu einer friedlichen Beilegung der Krise zu bewegen. Doch ohne Erfolg. Selbst Kronprinz Defrin hat mich bisher enttäuscht, noch immer ist es ihm nicht gelungen, auf seine Stammesbrüder beschwichtigend einzuwirken.

Doch auch in dieser akuten Lage will ich mich nicht zu den Fehlern Oksuls hinreißen lassen. Ich muss einen Weg finden, sinnloses Blutvergießen zu verhindern und Solok den Zugriff auf Danjuk zu entziehen. Auf keinen Fall darf ich es zulassen, dass die bedeutenden, reichen Silbervorkommen in die Hände Soloks und seiner Anhänger fallen. Ein Verlust würde die gesamte Wirtschaft unseres Landes ruinieren.

Folge ich jedoch den Plänen der Generäle, befehle ich unsere Verbände gegen die Übermacht der Ukuluk in den sicheren Untergang.

Wie sehr vermisse ich gerade jetzt meinen Vater und seinen stets guten Rat. Nie wieder werde ich seine vertraute Stimme hören, nie wieder sein gütiges Gesicht erblicken. Ohne Abschied ging er von mir, ohne Händedruck, ohne Kuss, ohne Umarmung. Zwar ist beinahe ein Jahr verflossen, doch begreifen kann ich es noch immer nicht. Das alles erscheint mir wie ein Alptraum ohne Ende. Die Bürde meiner Verantwortung lässt weder Zeit noch Raum, des geliebten Vaters zu gedenken.

Ich fühle mich oft allein auf dieser Welt, Mutter kann mir keine Geborgenheit mehr schenken, Vater ist tot, Großmutter an unserem Streit zerbrochen und Oksul hat sich gegen mich gewendet. Was ist mit meiner Familie geschehen?

Der Palast, der heimische Ort, der mir so viel Geborgenheit gab, ist verwaist. Die lieblichen Innenhöfe, erfüllt von schönen Erinnerungen, sind verstummt.

Doch ich muss mich zwingen, alle persönlichen Gedanken beiseite zu schieben, um mein Land aus der Katastrophe zu retten.‹

Unvermittelt sprang Sunbula auf. Eine Idee beflügelte sie plötzlich, sie fühlte sich der Lösung nahe, die belagerte Stadt zu befreien.

Die Regentin eilte zur väterlichen Bibliothek, die in der unteren Etage des Palastes lag.

König Tahna hatte eine ausgezeichnete Büchersammlung besessen, etwa zwanzigtausend Werke umfassend, von Generationen zusammengetragen. Abhandlungen über Stereometrie, Trigonometrie, Naturwissenschaften, Kriegsstrategie und Philosophie, von großen griechischen, arabischen und persischen Gelehrten verfasst – ein Labyrinth des Wissens, ruhend in Ebenholzregalen.

Sunbula suchte ein ganz bestimmtes Werk, das ihr Vater vor vielen Jahren erwähnt hatte. Stunden vergingen ohne Erfolg, als beim Morgengrauen ihr Blick auf das in Leder gebundene, mit Golddruck versehene Werk fiel. Behutsam, wie ein kostbares Juwel, fasste sie das Buch an. Sunbula zog sich auf einen bequemen Diwan zurück und begann zu lesen.

Fünfte Pforte

Arnab hatte an jenem frühen Morgen, dem zehnten August im Jahr des Grauens sein Elternhaus verlassen, ohne von irgendjemandem Abschied zu nehmen. Nur ein Maschinengewehr, ein paar Brote und eine Melone trug er mit sich.

Nach sechs Stunden Fußmarsch fand er unter einem Maulbeerbaum einen schattigen Rastplatz.

Arnab fuhr sich mit der Hand über die schweißnasse Stirn, zerteilte die Melone und aß sein Brot. Schon nach wenigen Bissen war er satt, obwohl er den ganzen Tag nichts gegessen hatte. Er war ganz in Gedanken versunken. Immer sah er die Leiche seines Bruders Lohan vor sich, wie sie auf dem Pflaster lag, blutüberströmt. Er hörte immer wieder aufs Neue die Stimme seiner Mutter: »Ich werde keine Ruhe finden, solange die Mörder deines Bruders im Dorf frei herumlaufen.«

Nur eine Viertelstunde Ruhe gönnte sich Arnab. Dann steckte er den Rest von Melone und Brot zurück in seinen Rucksack. Er schulterte das Gewehr und machte sich erneut auf den Weg.

Eine Stunde später erreichte er eine kahle Landschaft, die nur aus Steinen, Sand und wenigen Sträuchern bestand. Sie erschien ihm jetzt sehr fremd. Bis dahin war er in seinem Leben noch nicht gekommen. Von den Bauern seines Dorfes hatte er gehört, dass hinter dem steilen Berggipfel des Monoluk die Dörfer der Ukuluk liegen.

Bisher war er die ganze Zeit einem Schotterweg gefolgt, der die Wüste durchquerte und sich nun in eine asphaltierte Straße verwandelte. Am Horizont tauchte plötzlich eine Patrouille auf. ›Ukuluk-Miliz!‹ vermutete Arnab. Er wollte sie freundlich begrüßen und sie bitten, ihn mitzunehmen, um sich den langen Weg zu ersparen. Aber als der Jeep anhielt und die olivgrünen Uniformen der Männer erkannte, war ihm klar, dass es sich nur um Soldaten der offiziellen Armee von Karakand handeln konnte. Er hasste sie, obwohl viele seiner Stammesbrüder ihr beigetreten waren. Er wusste wohl, dass sie sich bisher loyal verhielt, dennoch bekam es Arnab mit der Angst zu tun. ›Man kann diesen Brüdern nicht vertrauen, wenn einer durchdreht, ist es aus mit mir!‹ dachte er und wollte in Panik wegrennen. Aber als er um sich blickte, wurde ihm schnell klar, dass er nicht weit kommen konnte. So legte er stattdessen zitternd das Maschinengewehr auf den Boden, verschränkte die Arme hinter den Kopf und rief so fest er konnte: »Nicht schießen! Ich bin nicht euer Feind, sondern euer Freund!« Der Söldner, der aus dem Wagen gestiegen war, interessierte sich zuerst für Arnabs Ausweis. Er blätterte ausführlich darin herum und stellte fest, dass er echt und gültig sein musste. Dann betrachtete er Arnab. »Woher hast du dieses Maschinengewehr, junger Mann?«, fragte er, als sein Blick bei der am Boden liegenden Waffe angekommen war. »Und gegen wen willst du kämpfen?« Arnab blickte schweigend zu Boden. Der Fahrer, der noch im Auto saß, lachte spöttisch. Er wandte sich mit lauter Stimme an seinen Kameraden: »Um Gottes willen, diese Jungs aus dem Dorf Manfass sind wie ihre Eltern. Sie kämpfen nur für ihren eigenen Geldbeutel.« Und zu Arnab rief er abschätzig: »Kleiner, gehst du heute wieder klauen? In den Dörfern, denen wir Schutz geben? Ratten seid ihr, Mistkerle, alle zusammen!«

»Keine Ahnung hast du!«, erwiderte Arnab aufgebracht und begann zu weinen.

Auf dem Dorfplatz von Manfass herrschte Unruhe. Männer, Frauen und Kinder, alle redeten über Lohans Tod. Die Meinungen waren geteilt. Während die einen seinen Tod verurteilten und die Attentäter schwer bestrafen wollten, behaupteten die anderen, der Mord an Lohan sei zu Recht geschehen. Jeder diskutierte mit jedem. Man hörte Schreie, Schimpfen und Flüche. Einige forderten lauthals, die Suche nach dem Mörder sofort einzuleiten. Lohans Vater, ein Landarbeiter, bahnte sich den Weg durch die Menge und ging auf vier Männer zu, die in der Mitte des Dorfplatzes standen und versuchten, die Unruhen unter Kontrolle zu bringen. Sie alle vier waren angesehene Männer: der Stammesälteste, der Bürgermeister, der Waffenschmied und der Landverwalter. Ihr Einfluss bestimmte und entschied über das Leben der Dorfbewohner. Als der Bürgerkrieg im Lande Karakand ausbrach, waren sie diejenigen, die alle jungen Männer des Dorfes bewaffneten. Wer verweigerte, dem drohten sie mit dem Tod. Sie redeten den Dorfbewohnern ein, dass dieser Bürgerkrieg eine gute Gelegenheit sei, sich von ihrer Armut zu befreien, die sie den Ukuluk verdankten. Sie sollten also deren Dörfer zerstören und ihre Häuser plündern. Lohans Vater war klar, dass die Mörder seines Sohnes nur Ukuluk gewesen sein konnten. Es gelang Sheikib, sich einen Weg bis zur Mitte des Dorfplatzes zu bahnen und den vier Männern von Angesicht zu Angesicht gegenüber zu treten. »Herzliches Beileid«, sagte der Stammesälteste Barakat, ein enger Freund von Prinz Oksul, zu dessen Besitz nicht nur Ländereien, sondern auch viele Teppich- und Porzellanmanufakturen gehörten. Auch im Dorf Manfass gehörte ihm viel Grund. Sheikib war seit Jahren einer seiner Landarbeiter. »Herzliches Beileid«, wiederholte er und wollte Lohans Vater die Hand reichen. »Solange ich nicht die Mörder meines Sohnes gefunden habe, werde ich ihn nicht beerdigen«, rief Sheikib außer sich. »Ich will kein Beileid von niemandem.« Sein Gesicht war schmal vor Wut. »Gestern früh habt ihr meinen Sohn mitgenommen. Was ist danach geschehen?«

Keiner der vier Männer wagte, ein Wort zu sagen. Nach längerem Schweigen begann der Landverwalter doch zu reden. »Es ist eine traurige Geschichte. Gestern früh haben wir die Nachricht erhalten, dass auf das Dorf Bandar ein großer Angriff geplant sei. Wir sammelten zwanzig junge Männer ein, dein Sohn Lohan fuhr auch mit. Als wir aber an der Front ankamen, war schon fast alles vorbei. Über dem Dorf lag eine riesige schwarze Wolke. Bäume, Häuser, Felder, alles war verbrannt. Für die Ukuluk lag dieses Bergdorf strategisch sehr günstig. Von dort aus bombadierten sie oft Ostjulkut. Die Bikarek haben die Schlacht gewonnen. Die Ukuluk haben große Verluste erlitten, über die wir uns sehr freuten. Wir beschlossen, die noch nicht ganz abgebrannten Häuser zu plündern und alles in unser Dorf zu bringen. Gemeinsam gingen wir in eine große Villa, in der wir Betten, Teppiche, Matratzen, Kronleuchter, Waschbecken und Klosetts aus echtem Marmor und herrliche rotglänzende Kacheln fanden. Als wir gerade mit dem Ausräumen und Verladen beschäftigt waren, stürmten plötzlich ein paar Soldaten mit Maschinengewehren und Handgranaten herein. »Hände hoch!«, riefen sie wild. »Wer seid ihr?«, fragte einer. »Nicht schießen!«, antworteten wir laut. An ihrer olivgrünen Uniform merkten wir sofort, dass sie zur offiziellen Armee gehörten, die der Regentin Sunbula unterstand und eigentlich einen guten Ruf hatte. Aber die Söldner forderten uns sofort auf, die Waffen niederzulegen und unsere Ausweise zu zeigen. Das taten wir selbstverständlich nicht. Ein anderer Soldat rief: »Lasst alles liegen und kommt mit, helft uns, die verletzten Frauen und Kinder zu retten.» »Das geht uns nichts an«, antwortete unser Anführer schroff. »Wir helfen keinen Ukuluk, die sind unsere Feinde.« Die Uniformierten wurden böse, weil sie nun erkannten, dass wir nicht retteten, sondern raubten: »Ihr wollt nur klauen? Viele unserer Soldaten haben in diesem Krieg ihr Leben verloren, weil wir beide Milizen entwaffnen wollen, und ihr schleicht herum wie die Ratten und klaut, um Geschäfte zu machen?«, sagte der Anführer scharf.

Der Landverwalter schaute Sheikib mit bohrenden Blicken an und fuhr fort: »Dein sauberer Sohn Lohan stimmte dem Söldner zu und forderte uns auf, den Verletzten zu helfen. Statt bei uns zu bleiben, schlug er sich auf die Seite der Armee. Er hat uns verraten, denn wir gehorchen nur den Befehlen von Prinz Oksul, nicht den der Regentin. Es kam dann zu einer Auseinandersetzung, und zusammen mit zwei Armeeangehörigen starb er im Kugelhagel. Das ist alles.«

Die Militärpatrouille stand noch immer auf der asphaltierten Strasse mitten in der Wüste. Arnab hatte sein Gewehr den Soldaten gegeben, in der Hoffnung, dass sie ihn bis zur nächsten Stadt mitnehmen und ihm das Gewehr dort zurückgeben würden. Es hatte viel Geld gekostet, er durfte es auf keinen Fall verschenken. Erst jetzt merkte er, dass sein Abenteuer gefährlich war. Allein würde er in dieser Wüste sicherlich verdursten. Der Soldat, der Arnab wohlgesonnen war, hieß Dannak. Er nahm die Waffe und verstaute sie im Kofferraum. »Wohin willst du gehen?«, fragte er. »Sollen wir dich in dein Dorf zurückbringen?« »Nein, nein!«, rief Arnab. »In mein Dorf gehe ich nicht mehr!«

»Wohin denn?«

»Ich weiß es nicht.«

»Hier kommst du nicht weiter«, sagte der Soldat. »Fünfzig Kilometer von hier liegen die Dörfer der Ukuluk. Und wenn die Milizen dort merken, dass du vom Stamm der Bikarek bist, werden sie kein Mitleid mit dir haben. Sie sind bis an die Zähne bewaffnet. Abknallen werden sie dich, wie einen kleinen Vogel. Wenn du Angst davor hast, nach Hause zu gehen, soll ich dich lieber für ein paar Tage zu meiner Familie mitnehmen? Ich habe auch Kinder in deinem Alter. Du wirst dich bestimmt mit ihnen gut vertragen.«

Der Autofahrer mischte sich jetzt ein. »Natürlich hat er Angst, nach Hause zu gehen. Die Knarre wird er seinem Vater gestohlen haben. Wenn du ihn mit heim nimmst, Dannak, pass gut auf deine Hühner auf. Diese Kinder sind wie die Füchse. Ich meine, wir sollten ihn besser hier lassen.«

Arnab beachtete den Autofahrer nicht und wandte sich verärgert an Dannak: »Ich bin kein Kind mehr. Inzwischen bin ich fünfzehn geworden und kann schon gut mit Waffen umgehen. Sogar eine Panzerfaust kann ich bedienen.«
«Es ist schon gut, Junge. Steig ein!«, beendete Dannak das Gespräch und ließ ihn auf dem Rücksitz Platz nehmen.

Dannaks Frau war überhaupt nicht begeistert, dass Arnab für ein paar Tage bei ihnen wohnen sollte. »Unsere kleine Wohnung reicht nicht mal für zwei und wir wohnen hier zu siebt. Außerdem reicht das Essen gerade für unsere Familie.« Aber Dannak beruhigte sie: »Ich habe Arnab nur für ein paar Tage eingeladen. Ich weiß nicht genau, was er angestellt hat. Der Junge tat mir Leid und ich wollte ihn nicht in der Wildnis allein lassen. Am liebsten hätte ich ihn in sein Dorf zurückgebracht, aber er traute sich nicht. Gott wird uns nicht verhungern lassen.«

Seine Frau wusste zwar nicht, warum Gott gerade jetzt

ihre Haushaltskasse füllen sollte, aber sie gab schließlich nach und duldete Arnab. Ganz gegen seine Gewohnheit blieb der junge Mann schüchtern und fühlte sich fremd bei seinen Gastgebern. Dannaks Kinder sahen in ihm einen Rivalen, so dass er sofort ihr Misstrauen spürte. Es vergingen einige Tage, bis Dannaks Kinder allmählich auftauten. Besondere Zuneigung empfand Arnab zum ältesten Sohn Komoro.

Eines Tages beim Abendessen kam die Frage auf, die die Kinder seit langen Tagen beschäftigte. »Erzähl uns doch die Wahrheit. Stimmt das, was über dich im ganzen Dorf geredet wird? Stimmt das, dass du von zu hause abgehauen bist, weil du das Gewehr deines Vaters geklaut hast?» Arnab schob das Essen beiseite und rief wütend: »Das Gewehr hat meine Mutter gekauft. Warum ich von zu Hause abgehauen bin? Der Grund ist der Tod meines Bruders Lohan.» Auch die anderen Kinder hörten jetzt mit dem Essen auf und lauschten gespannt auf Arnab. »Nach dem Tod meines Bruders konnte ich keinen Tag mehr zu Hause aushalten. Ich wollte zu den Ukulukdörfern gehen und dort ein paar Männer ansprechen, ob sie bereit sind, mit den Mördern meines Bruders abzurechnen. Ich hatte ein wenig Geld dabei, das hätte ich ihnen gegeben. Unterwegs jedoch traf ich deinen Vater.»

»Zu den Ukuluk?!«, platzte Komoro heraus. »Bist du verrückt? Weißt du nicht, dass sie jeden Bikarek abknallen, der sich bei ihnen zeigt?«

Auch Dannaks Frau meldete sich jetzt zu Wort: »Ist dein Bruder ermordet worden?«

»Ich habe es Ihnen doch gesagt! Ja!«, antwortete Arnab mit trauriger Stimme und Tränen befeuchteten seine Wangen. »Unsere eigenen Leute haben ihn erschossen.« Dann erzählte er ihnen ausführlich und verbittert über den Tod seines Bruders und als er endete, sagte Dannaks Frau: »Du kannst stolz auf ihn sein, weil er begriffen hat, dass der Krieg keine Probleme löst, sondern nur neuen Hass schürt. Jeder, der im Krieg stirbt, entfacht das Feuer von neuem, dessen Funken das Pulverfass immer wieder zum Platzen bringen.«

Der Dorfvorsteher hatte ihm über den Krieg immer ganz anders erzählt, erinnerte sich Arnab. »Dieser Krieg wird geführt, damit ihr auch reich werdet. Und von den Ukuluk holt, was sie euch gestohlen haben Jeder Blutstropfen, den ihr im Kampf verliert, ist der Garant unseres Sieges. Ein Feigling stirbt mehrmals am Tag, der Mutige nur einmal.«

Das hörte sich gut an. Wie viele junge Männer aus seinem Dorf waren im Krieg gestorben. Aber reich war bisher keiner geworden. Nach jedem Beutezug hatten der Dorfvorsteher und der Stammesälteste die wertvollen Sachen für sich beansprucht. Leider gab es nur zu wenige, die gegen den Krieg protestiert haben. Sie wurden aufs übelste beschimpft und verschwanden spurlos.

An diesem Abend saß Arnab mit Dannaks Familie sehr lange zusammen. So lange, bis Arnab begriffen hatte, dass seine Leute nicht länger für den Stammesführer und seine Mithelfer plündern und sterben dürften. Er musste sie warnen, bevor es zu spät war. »Die Schuld am Tod deines Bruders trägt allein Barakat!«, sagte Dannak, der Soldat, und fügte hinzu. »Aber an deine Rache kannst du erst denken, wenn noch andere Bauern begriffen haben, wie sehr sie betrogen wurden.«

Die Sonne war noch nicht lange über den Horizont gestiegen, ein neuer Tag brach an und man hörte die ersten Vögel zwitschern. Auf der Straße sah Arnab ein paar Bauern, die ihrer Arbeit nachgingen. Der Bäcker öffnete seinen Laden, als er auch das Haus seiner Gastgeber verließ. Dannak brachte ihn mit seinem Wagen auf der asphaltierten Straße bis zu dem Punkt, an dem er ihn vor ein paar Tagen mitgenommen hatte. Arnab erinnerte sich an den Weg bis zu seinem Dorf und wollte die Strecke zu Fuß zurücklegen. Unter dem gleichen Maulbeerbaum, wo er vor kurzem gerastet hatte, wollte er sich diesmal Zeit lassen. Er setzte sich nieder, um das Brot zu essen, dass Dannaks Frau ihm mitgegeben hatte.

Arnab, Junge, mein liebster Sohn
Was haben sie Dir getan.
Sie haben Dein Blut getrunken,
Dein Fleisch gegessen
Und Deine Knochen den Hunden zum Fraß vorgeworfen.
Sie haben Deine Worte verdreht,
die Wahrheit in Lüge verwandelt

und Recht in Unrecht verkehrt.
Mein Sohn,
neun Monate habe ich Dich in mir getragen
zehn Jahre habe ich Dich gehütet
und dafür gesorgt,
dass aus Dir ein gesunder und kräftiger Mann wird.
Du hast von mir Laufen und Sprechen gelernt,
erfahren, was Liebe und Gerechtigkeit ist.
Wir haben das Geld vom Mund abgespart,
um Dich zum Lernen in die Schule zu schicken,
damit Du nicht in Armut leben musst wie deine Eltern.
Als du fünfzehn warst,
tobte der Krieg.
Da starb Dein Bruder Lohan,
weil er seine Stimme gegen diesen Krieg erhob.
Und Du gingst von zu Hause weg,
um seinen Mörder zu suchen.
Dein Gewehr erwarb ich mit meinem goldenen Armband,
Du trugst die Waffe,
nicht wie eine Trophäe oder als Phallussymbol, um anzugeben
wie die anderen Jungen im Dorf.
Und nicht, um zu plündern in den Nachbardörfern.
Du trugst die Waffe,
um die Mörder Deines Bruders zur Rechenschaft zu ziehen.
Sie haben Dich verraten.
Unsere Nachbarn, Deine Freunde, die Miliz.
Sie luden Dich in ein Café ein.
Aber wo ist der Kaffee?
Wo ist der Zucker?
Wo das Wasser?
Alles, alles ist dunkel,
ist schwarz geworden in mir.
Als ich von Deinem Tod erfuhr,
vergoss ich bittere Tränen.
Ich will nicht länger weinen,
meine Tränen werden unsere Felder nicht wässern,
die Trauer macht den Himmel nicht heller,
den Tag nicht klarer ...

Giagins Worte. An diesem Tag fand seine Beerdigung statt. Arnabs Muter sagte diese Worte laut, damit alle sie hören konnten. Sie war die einzige Frau im Dorf, die mit dem Trauerzug ging. Auf dem Land war es streng verboten, dass Frauen an einem Begräbnis teilnahmen. Arnabs Mutter aber achtete an diesem Tag nicht mehr auf die alten Sitten und Bräuche, statt ein schwarzes Gewand zu tragen, wie es die Tradition im Dorfe vorschrieb, trug sie ein kurzärmliges helles Kleid, ausgerechnet am Tag der Beerdigung ihres Sohnes. Ihr Mann, die Verwandten, ihre Nachbarn, fast das ganze Dorf glaubten, sie sei verrückt geworden. Nein, Giagin Mutter war nicht verrückt geworden. Obwohl der Krieg ihr zwei Söhne innerhalb kurzer Zeit geraubt hatte. Nur von den Männern würde sie sich nichts mehr verbieten lassen.

Auch Barakat, der Stammesführer, hörte von diesem Skandal und ihm stand vor lauter Wut Schaum vor dem Mund.

›Besonders in dieser unruhigen Zeit‹, dachte er, ›musste er befürchten, dass diese Frau andere Frauen dazu aufhetzen würde, den Gehorsam zu verweigern. Möglicherweise kämen sie auf die Idee, höhere Löhne für die Arbeit auf seinen Ländereien zu fordern. Das dürfe auf keinen Fall geschehen.‹

Sofort schickte er seinen Büttel und ließ Sheikib, Arnabs Vater, zu sich rufen.

Barakat wohnte in einer luxuriösen Villa mit einer riesigen Parkanlage aus Tamarisken, Palmen und Abanusbäumen. Dazu ein Meer von Rosen- und Jasminsträuchern, die stets einen schönen Duft verströmten. Englischer Rasen umgab das Anwesen, vor dem ein Brunnen sein Wasser in Fontänen verspritzte. Arabs Vater wurde vom Büttel zu Barakat geführt.

Dieser saß, füllig wie er war, auf einem Sessel in der Mitte seines Salons, wie ein Herr und Gebieter auf seinem Thron, Diener umtänzelten ihn von allen Seiten.

Die Gardinen waren meist aus zwei Gründen verschlossen, wegen der Hitze und um seinen Reichtum vor Fremden Blicken zu schützen. In seiner Villa gab es mehrere Salons: einen für ihn und seine Freunde, einen für seine Frauen und einen dritten für seine Audienzen. Er besaß sieben Frauen und elf Konkubinen. Deren Salon durfte außer ihm niemand betreten.

Als Sheikib vor Barakat trat, wusste er genau, weshalb er gerufen worden war. Er kniete nieder und küsste unterwürfig die Hände seines Stammesführers. »Machen Sie sich keine Sorgen, gnädiger Herr, ich werde notfalls meine Frau zwingen, ein schwarzes Gewand zu tragen. Notfalls mit Gewalt!«

»Sie ist eine Schande für dich und für uns alle hier auf dem Land. Wie ist sie auf diesen Gedanken gekommen? Warum hast du ihr das erlaubt?«, hakte der Stammesführer scharf nach.

»Seit dem Tod unserer beiden Söhne ist sie vollkommen gewandelt«, erwiderte Sheikib unterwürfig. »Sogar für Politik beginnt sie sich zu interessieren.«

»Was für Politik?« Barakats Gesicht wurde rot. »Seit wann haben denn unsere Frauen etwas mit Politik zu tun? Wo kämen wir denn hin! Schließlich ist das einzig und allein meine Aufgabe!«

»Genau das habe ich ihr gesagt, mein Herr!«, unterbrach Sheikib mit ängstlicher Stimme. »Aber ihre Antwort lautete: ›Haben wir nicht jetzt eine Frau als Regentin? Der Krieg geht nicht nur die Männer an. Wir Frauen sind davon genauso betroffen!‹«

»Will sie vielleicht auch noch eine Waffe tragen? Das fehlte noch!« Voller Zorn schrie Barakat: »Sag ihr, wenn sie das tut, bedeutet das ihren Tod! – Allein dein Sohn Arnab trägt daran Schuld, mit seinen neuen Ideen. Das solltest du dir vor Augen halten. Er hat sie vergiftet! Die Männer, die ihn erschossen, haben ein gutes Werk vollbracht. Seit Monaten agitierte er hier. Hielt Versammlungen ab und verteilte Flugblätter. Gott sei dank sind die Leute hier nicht so dumm. Die meisten haben jedenfalls von seiner pazifistischen Träumerei nichts wissen wollen.« Barakat sah Sheikib mit durchdringendem Blick scharf an: »Frauen gibt es wie Sand am Meer. Komm mit, ich werde dir was zeigen.« Barakat führte ihn zur Tür, die zum anderen Salon führte. Durch das Schlüsselloch durfte Sheikib die Frauen ansehen. Unwillig tat er, wie ihm geheißen. Alle Frauen waren bildhübsch und hatten einen schönen, gut gebauten Körper. »Du darfst dir eine von ihnen aussuchen und dich mit ihr verheiraten«, sagte der Stammesführer gönnerhaft.

Sheikib öffnete die Tür seines Hauses und hielt seiner Frau auffordernd das schwarze Gewand entgegen.

»Ich trage kein schwarzes Gewand mehr!«, rief Giagin wütend.

»Das ist ein Befehl des gnädigen Herrn Barakat!«

»Dieser Verbrecher! Soll er seine Frauen in den schwarzen Gewändern verhüllen. Er trägt die Schuld am Tod unserer beiden Söhne. Wenn ich ihn eines Tages treffen sollte, wird er mir diese Gräueltat mit seinem Leben bezahlen. Was hat unser Sohn Arnab verbrochen? Er hat die Miliz daran gehindert, einen Krankenwagen zu klauen. Du weißt genau, dass dieses Auto der Volkshilfe gehört. Welche Mühe hat es uns gekostet, diese Einrichtung aus Spendengeldern aufzubauen. Ohne diesen Wagen könnten wir nicht mehr medizinisch versorgt werden. Ja, Barakat, der hat einen eigenen Leibarzt und viele Autos, wir aber sind auf dieses Fahrzeug angewiesen!

Warum willst du nicht endlich begreifen und die Feinde von deinen Freunden unterscheiden? Ja, Barakat ist unser Feind! Einen besseren Beweis kannst du nicht mehr bekommen. Er lässt die Mörder unserer zwei Söhne frei laufen und zahlt ihnen noch dazu einen stolzen Sold! Auf was wartest du? Darauf, dass er alle unsere Kinder rekrutiert oder in den Tod schickt?

Statt zu deiner Familie zu halten, hältst du zu ihm! Was bist du für ein Mensch?

Ich bereue es, einen solchen Mann geheiratet zu haben!« Verächtlich blickte Giagin ihren Mann an und drehte sich enttäuscht um.

»Sprich kein böses Wort über Barakat«, rief Sheikib aufgebracht, »er ist es, dem wir das tägliche Brot auf unserem Tisch zu verdanken haben. Ohne ihn wäre unsere ganze Familie schon längst verhungert. Ihn trifft keine Schuld.

Du hast versagt, Giagin. Du allein bist für ihren Tod verantwortlich, schließlich hast du unsere Kinder falsch erzogen und ihnen zu viele Freiheiten gegeben.

Oft habe ich Arnab gewarnt, dass er aufpassen solle und

sich nicht mit Politik beschäftigen dürfe. Ich wusste doch, dass er beobachtet wurde. Aber du hast es richtig gefunden, was er tat. Die Gründung der Volkshilfe hast du unterstützt. So weit hast du es mit ihm gebracht, dass er auf seinen alten Vater nicht mehr hören wollte.

Und jetzt besitzt du noch die Frechheit, die Sitten hier auf dem Land mit Füßen zu treten und das schwarze Gewand zu verweigern. Du willst dich kleiden wie die leichten Mädchen aus der Stadt und meine Ehre vor dem gnädigen Herrn besudeln! Seit Wochen traue ich mich nicht, mein Gesicht auf der Straße zu zeigen. Ich bin schon zum Gespött des ganzen Dorfes geworden!« Vor Wut kippte seine Stimme über. »Womit habe ich das verdient?«

»Rede du nicht von Erziehung Sheikib!«, erwiderte Giagin ganz ruhig und ohne ihren Mann anzublicken. Seit er nach Lohans Tod untätig geblieben war, verachtete sie ihn. Giagin hatte keine Angst mehr, weder vor ihm, noch vor dem Stammesführer. Sie waren ihr alle gleichgültig. »Glaubst du denn, dass es hilft, wenn man Jugendliche immer noch schlägt? Meinst du denn, ein Junge in Arnabs Alter wird davon stark und mutig? Schau dich doch an: Was ist denn aus dir geworden?«

»Woher glaubst du, auf einmal diese Weisheit zu haben?«, fragte Sheikib voller Ironie. »Ich verbiete dir, in diesem Ton mit mir zu reden!«, zornig warf er ihr das Gewand ins Gesicht. »Zum letzten Mal befehle ich dir, als dein Mann, dieses Gewand sofort zu tragen! «, rief er außer sich.

»Du bist nicht mehr mein Mann!«, schrie Giagin ihn an. »Ein Waschlappen bist du, ein Versager, ein elender Hund, ein Verräter! Ich lasse mir von dir nichts verbieten. Verstehst du endlich? Ich lasse mich scheiden!«

Sheikibs Gesicht wurde kreidebleich. Wie tausend Messer trafen die Worte in sein Herz. War das seine Giagin, die er liebte? Wie konnte sie so mit ihm reden? Wie auch nur daran denken, ihm, ihrem Mann so etwas anzutun? Der Schmerz verwandelte sich in unendlichen Zorn und ließ sein Herz zu Eis erstarren. Nur aus seinen Augen schienen Funken zu sprühen, als er ihr entgegen trat: »Das lass ich nicht zu!«

Und mit diesen Worten versetzte er ihr eine Ohrfeige nach

der anderen. Giagin war davon so überrascht, dass sie keine Zeit hatte zurück zu weichen. Erst als sie vor Schmerzen zu Boden sank, hielt er inne und erleichtert kam ihm der Gedanke, dass sie nun endlich verstanden habe, wo sie hingehöre. Sheikib verließ die Wohnung und ging zum Schuppen.

Giagin erinnerte sich an ein Gespräch, das sie vor ungefähr einem Monat mit ihrem Sohn geführt hatte. »Warum zieht Vater ein grimmiges Gesicht?«, hatte Arnab gefragt. »Als ich ihm begegnete, ist er einfach an mir vorbeigelaufen.«

»Er ist aufs Feld gegangen, mach dir keine Sorgen, er wird sich wieder beruhigen«, erwiderte sie.

»Was ist mit ihm? In letzter Zeit ist er unerträglich geworden seit Lohans Tod. Aber er ist selbst Schuld. Solange er seine Feinde als seine Freunde betrachtet, wird sich daran nichts ändern.«

»Du hast Recht, mein Junge. Ich habe ihm das auch gesagt. Aber mir glaubt er nie. Ich hoffe, er wird es mit der Zeit lernen. Aber etwas anderes muss ich dir sagen. Ich habe Angst um dich, Arnab. Vater sagt, dass du vom Landverwalter überwacht und ausspioniert wirst. Sie wollen dir etwas antun.«

»Ich weiß, Mutter, das macht mir nichts aus. Ich werde mich von Barakat und seinen Knechten nicht einschüchtern lassen. Ich will weiter unseren Bauern die Wahrheit sagen. Sie sollen nicht mehr für den Stammesältesten Barakat sterben, an seinen Händen klebt soviel Blut. Wir wollen keinen Krieg mit unseren Nachbarn, den Ukuluk, führen, sondern friedlich mit ihnen zusammenleben. Ich habe eine gute Nachricht für dich, Mutter.«

»Ist der Bürgerkrieg zu Ende?«, wagte sie zu hoffen.

»Leider nicht. Wir haben 5000 Meherani Spenden zusammenbekommen, davon wollen wir im nächsten Monat im Dorf ein Volkshilfezentrum aufbauen. Zwei Ärzte aus der Kreisstadt haben sich freiwillig bereiterklärt, zweimal in der Woche nach Manfass zu kommen und die Bedürftigen kostenlos zu behandeln. Barakat und der Dorfvorsteher jedoch versuchen, unser Projekt zu boykottieren. Aber wir lassen uns von ihnen nichts mehr sagen. Weißt du, Mutter, wenn wir das schaffen, brauchen wir nicht mehr so viel Geld für Medikamente und Behandlungen zu zahlen. Das wäre die erste Errungenschaft, die den Bauern zugute käme. Was sagst du dazu?«

»Woher habt ihr die Räume?«

»Tareks Vater hat den Keller seines Hauses zur Verfügung gestellt. Allerdings müssen wir ihm das bezahlen. Doch das sollte eine Kleinigkeit sein. Wir suchen jetzt noch Frauen, die die Ärzte bei ihrer Arbeit unterstützen. Ich habe an dich gedacht, Mutter.«

»Aber Arnab, du weißt doch, dass die Frauen in unserem Dorf keine öffentliche Arbeit verrichten dürfen!«

»Ich glaube, es ist an der Zeit, dass ihr euch von den alten Sitten und Bräuchen befreit. Einer muss den ersten Schritt tun. Warum nicht du? Schau mal, in den größeren Städten sind viele der Frauen inzwischen emanzipiert. Sie verrichten die gleiche Arbeit wie die Männer und verdienen ihr eigenes Geld. Natürlich waren die Männer erst dagegen. Aber jetzt sind sie froh, dass die Frauen ihren finanziellen Beitrag leisten, denn durch den Krieg ist alles teurer geworden. Die Männer können ihre Familien allein nicht mehr ernähren. Dass die Frauen finanziell unabhängig sind, ist für sie sehr wichtig und steigert ihr Wertgefühl. In den Städten gehen Jungen und Mädchen inzwischen gemeinsam zur Schule. Etwas, das früher undenkbar war. Manche studieren auch und arbeiten in wichtigen Positionen. Du weißt doch, dass selbst unsere Regentin eine Frau ist. Sie genießt großen Respekt und Anerkennung, sogar bei den Generälen. Warum ist bei uns im Dorf alles noch so rückständig wie in der Steinzeit? Warum hast du nur das Recht, auf dem Feld zu arbeiten, am Herd zu stehen, Kinder zu kriegen und die ganze Familie zu versorgen?

Und wenn nicht alles so funktioniert, wie dein Mann es will, kriegst du von ihm noch Schläge! Ist das ein würdiges Leben? Kannst du mir das sagen?«

»Ja, ja«, sagte Giagin. »Das weiß ich alles. Ereifere dich nicht. Wie meinst du denn, sollen wir alles verändern können?«

Sheikib war im Schuppen, in seinem Refugium. Dort konnte er Stunden alleine verbringen. Doch heute fühlte er sich hier nicht wohl. Die Einsamkeit war deutlich spürbar und die Angst wuchs in ihm wie ein wildes Tier. Den Kopf in den Händen vergraben, saß er in seiner Hängematte. Dunkelheit und Stille schnürten ihm das Herz ab, er wollte rasen, weinen, brüllen, seiner Seele Luft machen. Doch er versank nur tiefer in seiner Mutlosigkeit. Konnte Giagin ihre Drohung wirklich ernst gemeint haben? Dann wäre seine Ehre endgültig verloren. Seine einzige Rettung bestand darin, sie vorher zu verstoßen.

Er fühlte sich wie ein Gefangener, der auf sein Todesurteil wartete: eingesperrt in seinen Gedanken und äußeren Zwängen, hilflos und nicht im Stande, selbst eine Entscheidung treffen zu können. Er wollte sie nicht verstoßen, er liebte seine Giagin. Alles drehte sich um ihn und es half auch nichts, dass er sich immer wieder eine Zigarette anzündete und die Rauchschwaden um ihn herum waberten.

Ohnmächtig blickte er sich um, dabei fiel sein Blick auf den Werkzeugkasten in der Ecke des Raumes. Ein Gedanke durchzuckte ihn. Schnell erhob er sich und kniete davor nieder. Sheikib räumte das Werkzeug aus, bis er auf dem Boden der Kiste auf sein altes Gewehr stieß, das er von Zeit zu Zeit hervorholte, reinigte und pflegte.

Er war stolz auf diesen Familienbesitz, den er von seinem Großvater geerbt hatte. Als Kind schon hatte dieser – der beste Schütze des Dorfes – ihm das Schießen beigebracht, und er selbst hatte in seiner Jugend viele Preise bei Schießwettbewerben gewonnen. Er war als Löwe gefeiert worden, und heute musste er sich verstecken wie ein Maulwurf.

Sheikib schraubte die Waffe zusammen und suchte im Kasten nach Munition.

Während er das Gewehr lud, traten Schweißperlen auf seine Stirn. Seine Erregung wuchs und er sagte laut zu sich selbst: »Giagin, deine Kriegserklärung nehme ich an. Ich werde dir eine Lektion erteilen, die keiner je vergisst. Dann werden alle begreifen, wo dein Platz ist.«

Sheikib drückte seine Zigarette aus, nahm das Gewehr, öffnete die Tür des Schuppens und ging entschlossen aufs Haus zu.

Nachdenklich hielt der alte Erzähler inne.
Er ließ eine Weile verstreichen, stieß dann einen traurigen Seufzer aus, als wolle er sich aus seinen Gedanken reißen, und fragte mich, an welcher Stelle wir bei Sunbulas Geschichte stehen geblieben waren.
Überrascht hakte ich nach, wie es denn Giagin ergangen sei. Ich wollte mehr über ihr Schicksal erfahren.
Statt einer Antwort erwiderte der Chronist mit eindringlicher Stimme: »Sagen Sie mir, wie hätten Sie an Sheikibs Stelle gehandelt?«, und begann dann von Sunbula zu berichten.

Die Regentin saß auf dem Diwan in der Bibliothek ihres Vaters und legte das Buch beiseite, das sie ausgiebig studiert hatte.

Obwohl sie seit Wochen nur wenige Stunden schlief, fühlte sie sich körperlich in guter Verfassung. Sie bemühte sich stets darum, trotz ihrer zahlreichen Aufgaben, täglich Zeit für Yoga und Schwimmen zu finden.

Besonders heute, als sie den Saal, in dem der Krisenstab versammelt war, betrat, war sie sehr stolz auf sich selbst. Mit erhobenem Haupt hielt sie in ihrer Hand das so wertvolle Buch, das sie so lange gesucht hatte. Und sie war zuversichtlich, dass dieses Werk die Lösung für ein Ende der Belagerung der Stadt Danjuk enthielt. So würde die Katastrophe gerade noch abgewendet werden können.

Der Krisenstab bestand aus vier älteren Generälen und acht jungen hohen Offizieren, die sich seit Monaten täglich gegen Mittag dort versammelten. Das Militär tagte im hinteren Flügel der Sommerresidenz, die auf einem Hügel wie eine Festung über die Bucht ragte. Das Gebäude beherbergte einen Keller, ein Erdgeschoss und ein Obergeschoss. Im Obergeschoss tagte der Krisenstab, im Erdgeschoss war eine Küche eingerichtet, die die Offiziere mit leckeren Imbissen und Mahlzeiten versorgte, denn an manchen Tagen waren sie mehr als zwölf bis vierzehn Stunden in ihre Arbeit vertieft und im Gebäude eingeschlossen.

Der sehr großzügig gebaute Versammlungssaal maß fast 150 Quadratmeter. Die Decke war mit feinsten Intarsienarbeiten verziert, der Fußboden mit rostroten Kacheln belegt und die Wände waren mit Stuck und Mosaiken geschmückt.

Durch die vielen schmalen Fenster des Saales drang das Sonnenlicht und überflutete den ganzen Raum. Die Staubkörner tanzten im gleißenden Licht. Obwohl es draußen im Monat August sehr heiß war, herrschte drinnen im Saal eine angenehme Temperatur, weil unter dem Fußboden ein kühlendes Wassersystem zirkulierte.

In der Mitte des Saales stand ein runder Mahagonitisch mit zwölf elegant bezogenen, bequemen Ledersesseln, auf dem Tisch lagen exotische Früchte in einer chinesischen Porzellanschale, deren verführerischer Duft die Aufmerksamkeit auf sich zog.

Sunbula kam pünktlich zum Versammlungsort, obwohl sie sich als Regentin auch hätte erlauben können, später dort zu erscheinen. Aber diese Angewohnheit verabscheute sie tief, so dass sie stets pünktlich ihre Termine wahrnahm. Am liebsten erschien sie sogar einige Minuten früher als erwartet. Das brachte ihr große Sympathie und Respekt bei ihren Untertanen. Sie machte keinen Unterschied, ob ein Fürst oder ein Diener vor ihr stand, was sie von sich selbst verlangte, erwartete sie von anderen auch. Offenheit und Ehrlichkeit waren ihre großen Ideale. Opportunisten verabscheute sie am meisten.

Einmal sagte ihr einer ihrer Vertrauten: »Du bist eine Heilige!«

Darauf antwortete sie lächelnd: »Es fehlt mir nur noch der Heiligenschein, kannst du ihn mir besorgen?«

An der Längsseite des Saales befand sich ein quadratischer Tisch, auf dem eine vergrößerte Landkarte von Karakand ausgebreitet lag. Wo die Front zwischen den verfeindeten Stämmen verlief, war darauf mit roter Kreide markiert.

Anfangs war es den Militärs unangenehm gewesen, dass eine Frau bei den Krisensitzungen anwesend war und sie befehligte, vor allem, weil die Regentin keine militärische Ausbildung hatte. Allerdings hatte sie schnell den Unterschied zwischen einer guten und einer schlechten Strategie erkannt und damit ein beachtliches militärisches Gespür bewiesen. Als hervorragende Schachspielerin verfügte Sunbula über ein außerordentlich entwickeltes abstraktes Denkvermögen.

Dadurch erntete sie Lob und Anerkennung, und ihre Vorschläge fanden bei den Herren Gehör.

Bei ihrem Eintreten erhoben sich alle Anwesenden und erwiderten freundlich ihren Gruß. Sie nahm am runden Tisch Platz, während die Augen aller Versammelten voller Spannung an dem ledergebundenen, mit goldenen Lettern versehenen Buch hingen.

Behutsam legte sie das Werk auf den Tisch. Auch ihr geschätzter Berater Faruk nahm an der Versammlung teil und saß an Sunbulas Seite.

Einer der vier Generäle, der die Leitung übernommen hatte, ließ Faruk das Wort als erster ergreifen. »Auf drei Fronten sind Feuergefechte gemeldet. Im Norden gibt es keine Landverbindung mehr nach Balamida, die Straßen sind alle zerstört. Die Hauptstadt Julkut ist in Ost und West getrennt, durch die Scharfschützen ist sie in zwei Lager geteilt, denn keiner traut sich mehr in den anderen Teil. Die Kämpfe in Danjuk aber bereiten uns am meisten Sorge und Kummer.« Nach Faruks kurzem und überschaubarem Bericht nickten alle Anwesenden zustimmend.

Als zweiter Redner ergriff ein älterer, hoch dekorierter General das Wort: »Durchlaucht, erlauben Sie mir noch einmal zu betonen, dass die Lage in der belagerten Stadt Danjuk sehr ernst ist. Wenn wir nicht sofort handeln, ist alles aus. Unsere Männer, die die Stadt verteidigen, brauchen Hilfe. Wir müssen sofort einen Blitzschlag mit präzisen Waffen führen, wenn wir Soloks Verbände vertreiben wollen. Aber das bedeutet, dass wir neue Waffen brauchen, weil unsere bereits veraltet sind und gegen seine nicht viel ausrichten können. Deshalb bitte ich Sie, Durchlaucht, sofort die Kaufleute zur Kasse zu bitten, um einen guten Beitrag zu leisten. Dann können wir in Kürze handeln. Es gibt keinen anderen Ausweg. Unser Plan wäre, mit einem zweiten Ring von fünftausend Soldaten Soloks Armee einzukesseln und so einen Sieg zu erzielen.

Dafür sind moderne Panzer nötig, präzisere Kanonen und Gewehre mit Zubehör.«

Nachdem die Regentin aufmerksam allen Redebeiträgen zugehört hatte, kam sie selbst zu Wort. Sie stand auf, um der Versammlung den Plan zu verraten, den sie zuvor ausgeheckt hatte. »Meine Herren«, begann sie, »ich danke Ihnen für Ihre unermüdliche Unterstützung, Ihren guten Rat, Ihre Treue und Strategie. Dennoch muss ich heute leider Ihre Forderungen ausschlagen, denn ich habe einen anderen Plan entwickelt, wie wir ohne große Verluste aus dieser verzweifelten Lage entkommen können. Die Flucht werden wir nach vorne antreten. Meiner Meinung nach benötigen wir derzeit keine neuen Waffen. Unser bescheidenes Kriegsgerät reicht momentan vollkommen aus. Soloks Armee ist darauf vorbereitet, dass unser Angriff von außen geführt wird, nicht aber aus der Stadt heraus. Wir wollen Soloks Armee überraschen und den Angriff vom Inneren der Stadt Danjuk heraus beginnen. Die Soldaten, die bis jetzt die Stadt verteidigen, sind am Ende. Wir müssen sie durch neue Regimente ersetzen. Sie werden sagen, meine Herren: ›Das geht nicht, die Stadt ist eingekesselt! Es ist unmöglich, am Belagerungsring vorbei neue Regimenter hinein zu bekommen.‹

Das ist mir klar. Aber in diesem Buch ...«, Sunbala hob das gebundene Werk in die Höhe, so dass alle es sehen konnten.

»Gestern Abend habe ich dieses Werk in der Bibliothek meines Vaters wiedergefunden. Auf Seite hundertzwanzig beginnt ein ganzes Kapitel, in dem beschrieben steht, was zu tun sei. Es gibt einen unterirdischen Gang zwischen Julkut und Danjuk, allerdings wird er seit mehreren Generationen nicht mehr benutzt.

Es gibt nur ein einziges Buch, das diese Aufzeichnungen enthält, und das ist in unserem Besitz. Wenn es uns gelingt, den Tunnel in einen begehbaren Zustand für Mensch und Tier zu versetzen, dann ist das unsere große Chance. Ich weiß, dass dies harte Arbeit voraussetzt. Aber es ist eine Arbeit, die nicht das Leben der Soldaten gefährdet. Und wenn sie erfolgreich ist, wird es auch in der Stadt wenig Blutvergießen geben.

Für mich ist das momentan die einzige Lösung. Natürlich werde ich die Kaufleute um finanzielle Unterstützung bitten.

Aber diese möchte ich nach dem Krieg für den Wiederaufbau unseres verwüsteten Landes verwenden.«

»Vielleicht zwei- oder dreihundert Jahre lang wurde dieser Tunnel nicht benutzt«, unterbrach höflich einer der Offiziere. »Um ihn freizulegen, benötigen wir mindestens ein Jahr, und dann ist es bereits zu spät. Diese Idee wäre wunderbar, wenn der Tunnel passierbar wäre, aber in diesem Zustand ...«

Darauf antwortete die Regentin: »Wir haben genug Soldaten. Sie sollen den Tunnel aufräumen. Mit vereinten Kräften, bin ich überzeugt, ist der Tunnel in vier Wochen frei. Dieser Versuch ist notwendig. Dabei rechne ich fest mit Ihrer Unterstützung.«

»Es ist märchenhaft und eine einzige große Illusion. Die Realität wird uns eines Besseren belehren«, sagte der ältere der Generäle.

»Aber ohne Märchen und ohne Illusion kann der Mensch nicht leben«, erwiderte Sunbula.

»Wenn das aber nicht klappt, was tun wir dann? Es ist wie ein Spiel mit dem Feuer!«

Auch nach stundenlangen heftigen Diskussionen ließ sich Sunbula nicht von ihrem Ziel abbringen. Sie schlug eine Pause vor.

Während dieser Zeit kamen die Pagen und brachten erlesene Speisen und Getränke. Mit großem Appetit wurde gegessen und getrunken, denn alle waren hungrig, auch Sunbula.

Nach dem Essen setzten sie sich erneut zusammen. Zu Sunbulas Überraschung wurde nicht mehr lange diskutiert, die Militärs einigten sich darauf, diesen Plan zu versuchen, behielten sich aber vor, wenn der Tunnel sich als zu baufällig erweisen sollte, sofort einen Angriff von außen auf Soloks Armee durchzuführen.

Sechste Pforte

Die fünf Räume, durch die wir gewandert waren, waren akklimatisiert und sehr gut gegen den Lärm isoliert, so dass ich vergessen hatte, mich auf dem Gelände eines Flughafens zu befinden. Nach einiger Zeit hieß mich mein Begleiter in einer Nische wieder auf einem bequemen Diwan Platz nehmen. Das Zischen der Thermoskanne ließ mich sofort erahnen, dass er mir wieder den rituellen Tee einschenkte wollte. Ich hörte das Gluckern in einem Becher, und er reichte mir das warme Getränk. Sofort nahm ich einige Schlucke, denn ich hatte Durst. Der Tee belebte mich. Als auch der Alte sich neben mich gesetzt hatte, hörte ich, wie er ebenfalls genussvoll sein Getränk schlürfte. Nach einer kurzen Weile bat ich ihn, mit der Erzählung fortzufahren. Er schien sich über mein Interesse an seiner Geschichte sehr zu freuen.
Nachdem er noch einen Schluck aus seiner Tasse getrunken hatte, nahm er den Faden wieder auf...

Unterhalb der Gipfel des Monoluk-Gebirges erstreckt sich von Westen nach Osten auf einer Hochebene eine schier unendliche Salzwüste, von den Einheimischen »die Hölle« genannt. Wer einmal den sengend heißen Sand betritt und nicht beizeiten umkehrt, erwartet den sicheren Tod. In wenigen Tagen ist der Verschollene verdurstet. Nicht einmal Würmer können sich am Leichenmahl erfreuen. Nur Geier füllen sich die Mägen.

Früher, wenn ein Untertan in königliche Ungnade fiel,

wurde er in dieser Hölle ausgesetzt. Das war die schaurigste Strafe jener Zeit.

Wenn die Karawanen im Frühjahr und Herbst durch die Steppen zogen, machten die Kamele aus eigenem Antrieb einen großen Bogen um dieses Gebiet. Es ist leichter, den Mond zu erforschen, als nur wenige Tage in dieser mörderischen Wüste zu verweilen. Das Thermometer steigt tagsüber auf fünfzig Grad und mehr, und die Nacht bringt einen Temperatursturz auf unter Null. Der Himmel steht meist unverschleiert, die Sonne sticht erbarmungslos. Die heiße Luft flimmert wie Flammen. Mitleidlos verzehrt sie alles, was im Wege steht. Kein Baum, kein Strauch, kein Fels bietet Schutz vor der sengenden Hitze. Und die Nacht greift mit eisigen Fingern nach den Unglücklichen, die sich hierher verirrt haben.

In den Legenden des Landes Karakand wird diese Öde oft erwähnt. Von einem Spuk berichten die Sagen, der Tag und Nacht dort lauere. Der Zorn der Götter tobe in dieser Verdammnis. Vor mehr als zweitausend Jahren sei hier eine blühende Landschaft entstanden mit ergiebigen Quellen, die Mensch und Tier labten. Mehr als fünfzigtausend Seelen lebten hier im Wohlstand. Ihre Habgier wuchs jedoch von Tag zu Tag, und wenn einer mehr besaß als sein Nachbar, verbarrikadierte er alle Fenster seines Hauses mit Sandsäcken. Bald lebten alle in Zwietracht. Neid und Hass führten zu Kriegen. Die Götter sandten ihre Propheten, um Vernunft und Bescheidenheit zu lehren. Als ihre Botschaft nicht erhört wurde, verwandelten sie diesen Garten Eden in eine Salzwüste – so die Legende.

In dieser Hölle hatten die Ukuluk nach monatelanger Vorbereitung ihr Ausbildungslager installiert. Eigens angelegte Wasserreservoire ermöglichten die Errichtung von Baracken und Vorratslagern, angefüllt mit Waffen und Lebensmitteln, die ständig Nachschub brauchten. Die Ausbildung der Rekruten durfte dennoch nicht länger als vier Wochen dauern, da sonst das Leben der eigenen Leute bedroht war.

Der Drill war erbarmungslos. Entlassen aus der Ausbildung, reagierte das Gehör der Rekruten nur noch auf Schüsse und Gebrüll. Die Hände verloren ihre Zärtlichkeit, ihre Augen gewöhnten sich an grausamste Misshandlungen. Anstelle von Pappkameraden wurden gefangene Bikarek als Zielscheiben aufgestellt. Von jedem neuen Milizionär wurde als Mutprobe verlangt, mindestens einen Gefangenen zu erschießen, ehe er in die Gemeinschaft aufgenommen wurde.

Bekir fühlte sich wie ein Raubtier im Käfig. Seit drei Tagen saß er in einer winzigen Arrestzelle gefangen. Hunger und Durst peinigten ihn. Die Zunge klebte am Gaumen und sein Kopf drohte zu platzen. Sein ganzer Körper war ein einziger Schmerz. Wenn ihn seine Beine nicht mehr trugen, sank er kraftlos auf eine Strohmatte. Eine einzige Wolldecke hatte er in die Haft mitnehmen dürfen, obwohl er in der Nacht zehn gebraucht hätte. »Ihr Schweine«, murmelte er, »aus mir macht ihr keinen Mörder, und wenn ich in diesem Dreckloch verrecke.«

Er verfluchte den Tag, an dem er den Söldnervertrag unterzeichnet hatte. Er fühlte sich von Garon hinters Licht geführt und durch falsche Versprechungen ins Verderben gestürzt. Manchmal glaubte er sogar, den Arrest verdient zu haben, weil er sich mehrfach geweigert hatte, auf einen Menschen zu schießen. Dann erschrak er vor dem Gedanken, dass man ihn innerhalb einer Woche gefügig gemacht haben könnte und er deshalb an seiner Unschuld zweifeln müsste.

Plötzlich bäumte sich alles in ihm auf. Er sprang auf, schlug mit den Fäusten gegen die Tür und schrie: »Ich lasse mich von euch nicht fertig machen! Ich will sofort mit einem Offizier sprechen!«

Zwei junge Milizionäre saßen auf einer Holzbank im Gang. Sie rauchten und spielten Karten, als sie Bekirs Schreie hörten. Doch sie rührten sich nicht.

Das Ausbleiben jeglicher Reaktion verwandelte Bekirs Wut in Hoffnungslosigkeit. Hilflos warf er sich auf seine Strohmatte und starrte minutenlang bewegungslos auf die Decke seines Kerkers. Hunderte von Gedanken kamen und gingen. An einem fand er Abscheu und Gefallen zugleich. Mit der Hand betastete er seine Wade und stellte erleichtert fest, dass diese Hyänen sein verstecktes Messer nicht entdeckt hatten. Das könnte ihm noch von Nutzen sein. Er zermarterte sein Hirn beim Versuch, einen Fluchtplan zu entwerfen.

Das Klirren des Türschlosses riss ihn zurück in die Gegenwart. Er schätzte, dass es etwa siebzehn Uhr sein musste, die Zeit der Abfütterung. Er rührte sich nicht von seiner Matte. Die drei dünnen Stücke Fladenbrot und der scheußliche Geschmack der wässrigen Suppe widerten ihn an. Umso größer war seine Überraschung, als er einen kurzen Blick auf den Blechnapf warf.

Zum ersten Mal, nach drei Tagen, war die Schüssel bis zum Rand mit Reis und großen Stücken von Fleisch gefüllt. Das Wasser lief ihm im Munde zusammen. Der Milizionär stellte die Mahlzeit auf einen Sims und - Bekir traute seinen Augen nicht, als er eine halbe Flasche Rotwein erblickte.

»Lass es dir gut schmecken, Bruder«, sagte der Wärter mit einem freundlichen Lächeln.

Bekirs Gesicht verfinsterte sich. Er starrte sein Gegenüber mit hasserfüllten Augen an.

Verunsichert bemerkte der Wärter: »Das ist die letzte Nacht, die du hier verbringen musst. Morgen früh wirst du entlassen.«

Bekir schwieg, als hätte er die Nachricht überhört. Seine Augen blieben weiter auf den Wärter gerichtet.

»Menschenskind, sei nicht nachtragend. Bei uns geht es eben etwas derb zu. Letztlich sind wir ja alle Kameraden und wir sollten uns wieder vertragen.« Er streckte ihm die Hand entgegen.

Daraufhin sprang Bekir von seinem Lager auf und schleuderte den Blechnapf mit voller Wucht zu Boden. »Wenn sie dir nächstens befehlen, mir den Kopf abzuschlagen, würdest du das auch tun. Verschwinde, ich will deine Fratze nicht mehr sehen!«

»Der Kerl ist ja völlig übergeschnappt«, brummte der Wärter vor sich hin, drehte sich um, knallte die Tür zu und riegelte ab.

Am nächsten Tag wurde Bekir ins Lazarett verlegt. Er lag in einem frisch bezogenen Bett und war ausreichend mit Wolldecken versorgt. Medikamente, gutes Essen und Trinken ließen seine Kräfte zurückkehren. Dennoch traute er dem Frieden nicht. Er fühlte sich wie in einer Windstille vor dem großen Sturm. Auch war ihm bewusst, dass er nach der Genesung für den Rest der Trainingszeit wieder im Lager eingesperrt sein würde. Natürlich erwarteten seine Vorgesetzten harten Einsatz. Er war bereit, sich der dienstlichen Disziplin zu beugen und auch bei den körperlichen Anforderungen bis an die Grenzen seiner Leistungsfähigkeit zu gehen. Doch war er nicht gewillt, auf eine Geisel zu schießen, und er hoffte, dass man nicht weiter versuchen würde, seinen Willen zu brechen.

Doch je mehr er darüber nachdachte, desto größer wurde seine Skepsis. Auf Dauer musste er wohl fürchten, dem Druck nicht standhalten zu können. Jetzt, ohne Aufsicht, war die beste Gelegenheit, dieser Räuberhöhle zu entkommen. Die ganze Zeit im Lager war es ihm vorgekommen, als ob er in einem Haus steckte, dessen Dach mit Nestern von Skorpionen übersät war.

Die einzige Rettung lag in der Flucht. Er fühlte sich jetzt stark genug, das Wagnis einzugehen. Auf keinen Fall aufschieben. Jetzt oder nie!

Schon zwei Tage nach seiner Einquartierung war ihm ein Lastwagen aufgefallen, der mit einem Bauarbeitertrupp besetzt war. Jeden Morgen gegen sechs Uhr hatte er gesehen, wie das Fahrzeug in das Camp einfuhr, das es gegen siebzehn Uhr wieder verließ. Vielleicht konnte er einen der Männer bestechen, um sich Arbeitskleidung zu beschaffen. Das wäre eine Chance, sich aus dem streng bewachten Lager hinauszustehlen.

Andererseits bestand die Gefahr, dass der Kerl das Geld einsteckte und Bekir dennoch verriet. Immerhin riskierte er den Galgen, falls er dichthielt. Bekir beschloss, es anders anzufangen.

Wie ein Jagdhund lauerte er am folgenden Tag auf einen Arbeiter, der zumindest ungefähr seinem Körperbau entsprach. Gegen Feierabend fand er endlich sein Opfer. Auf dem Weg zur Latrine folgte er ihm und trat genau in dem Augenblick an ihn heran, als der Mann die Tür schließen wollte.

Er drängte den Überraschten in die Bucht und schlug ihn nieder. Der Arbeiter fiel betäubt zu Boden. Blitzschnell schälte Bekir ihn aus dem Blaumann und zog den Arbeitsanzug über. Mit einem Griff versicherte er sich, dass der Passierschein in der Brusttasche steckte. Dann sperrte er die Tür von innen zu und zwängte sich mühsam durch die Latrinenluke.

Am Haltepunkt des Lasters hatte sich eine Schlange wartender Arbeiter gebildet. Bekir gelang es als letzter, auf den Transporter zu klettern. Die Mütze tief in die Stirn gedrückt, konnte er im Halbdunkel einen Platz ergattern.

Ratternd und knatternd setzte sich das Vehikel in Bewegung, um nach wenigen Minuten am Haupttor zu halten. Einer der Milizionäre schwang sich auf die Ladefläche und begann die Passierscheine zu kontrollieren.

In Bekir mischten sich Furcht und Hoffnung, als der Kontrolleur immer näher rückte. Seine Hand blieb ruhig, während er das Papier vorwies.

Der Wachbeamte prüfte den Schein und verglich das Foto mit ihm. Misstrauisch forderte er ihn auf, weiter nach vorne ins Tageslicht zu rücken. Dann zog er ihn bis an die Ladeklappe, riss überrascht die Augen auf und rief: »Kerl, das bist du doch gar nicht!« Er packte ihn an der Schulter und stieß ihn hinaus.

»Du bist ein Scheißkerl, ein elender Hund!«, brüllte der Sergeant. »Was fiel dir gestern ein, einfach abzuhauen? Glaubst du, wir haben Kartoffeln auf den Augen? Dachtest du Blindschleiche, deinen Pflichten entwischen zu können? Jetzt zähle ich bis zehn, dann schießt du dem Bikarek die Zigarette aus dem Maul!«

Der Gefangene war an einen Pfahl gefesselt, aus seinem Mund ragte eine brennende Zigarette.

»Nein, ich drücke nicht ab. Wenn ich die Zigarette verfehle, töte ich ihn.«

Der Sergeant Schokschok knirschte mit den Zähnen. »Was zögerst du, du Drecksack? Hast du nicht den Vertrag unterschrieben? Denkst du, wir haben dich geholt, damit du dich bei uns durchfressen kannst? Weißt du nicht, was unser Führer Solok gesagt hat: Jeder Ukuluk muss während seiner Trainingszeit mindestens einen gefangenen Bikarek über den Haufen schießen. Ich zähle zum letzten Mal, und wenn du nicht auf dieses Vieh abdrückst, knalle ich dich ab!«

Die flimmernde Hitze des Sandes stieg sengend durch die

Schuhsohlen. Wie ein gereizter Bulle stand Schokschok hinter Bekir. Sein Revolver war auf Bekirs Kopf gerichtet.

Schlagartig fiel Bekir ein Ereignis aus seiner Jugend ein. Bei einem Schulabschlussfest mit Freundinnen und Freunden wurde getanzt, gegessen und übermäßig getrunken. Höhepunkt des Festes sollte ein Schießwettbewerb sein. Man stellte Flaschen und Dosen auf, um den treffsichersten Schützen zu ermitteln. Ein Lehrer forderte Bekir zur Abgabe seiner Schüsse auf. Doch Bekir winkte ab. Es war ihm nur zu bewusst, dass er in betrunkenem Zustand nur Unfug anrichten würde. Der Lehrer ließ sich aber nicht beirren, und auch seine Mitschüler drängten ihn zum Schießstand. Man drückte ihm eine Flinte in die Hand und Bekir legte an. Genau in dem Augenblick, als die Kugel den Lauf verließ, tauchte hinter der Ziellinie eine Gestalt auf, die mit gellendem Aufschrei zu Boden fiel. Bekir war wie gelähmt. Glücklicherweise stellte sich heraus, dass das Mädchen nur einen Streifschuss erlitten hatte. Dennoch verfolgte ihn dieses Erlebnis noch jahrelang und stand jetzt wieder klar vor seinen Augen. Die alten Schuldgefühle überfielen ihn. Der Boden unter seinen Füßen schien zu schwanken und er glaubte, die Erde müsste sich wie bei einem Erdbeben spalten, um ihn zu verschlingen.

Doch allein wollte er nicht in den Tod gehen. Wie ein Amokläufer stürzte er, mit umgedrehtem Gewehr, auf den Sergeanten zu. Schokschok, nur wenige Meter von ihm entfernt, hob den Revolver und spannte den Abzugshahn.

Ein Offizier, der die Szene beobachtet hatte, eilte herbei und warf sich zwischen die beiden.

»Er ist ein Feigling«, klagte Schokschok, »und ein überflüssiger Fresser. Auf solche Leute können wir verzichten.«

»Nun mal ruhig Blut, Sergeant. Wir wollen doch unsere Leute nicht selbst ausmerzen.« Er wandte sich zu Bekir und betrachtete ihn wie ein Bauer, der ein Stück Vieh zum Schlachten abgeben will. »Wie sollen wir den Krieg gewinnen, wenn wir solche athletischen Exemplare nicht mehr haben? Überlassen Sie mir den Mann. Sollte er sich nicht bessern, können Sie mit ihm machen, was Sie wollen.«

Der Leutnant nahm Bekir behutsam an den Arm und führte ihn in sein Büro, das nur wenige Meter vom Schießplatz entfernt lag. Das Zimmer war geräumig, mit einem schlichten Schreibtisch, einem Korbsessel und Besucherstühlen möbliert. An der Holzdecke drehte sich ein Ventilator, der angenehme Kühle spendete.

Leutnant Chiron schob Bekir einen der Stühle zu und ließ ihn Platz nehmen. Er ging zum Kühlschrank, griff eine Flasche Wasser und füllte zwei Gläser, die auf der Schreibtischplatte standen. »Bedienen Sie sich.«

Bekir war überrascht. In einem so freundlichen Ton hatte man ihn während der bisherigen Ausbildungszeit nicht ein einziges Mal angesprochen. Durstig stürzte er das Wasser in einem Zug herunter. Die Szene mit Schokschok saß ihm immer noch tief in den Knochen, und das Wissen, dass er um ein Haar auf den Gefangenen geschossen hätte, nagte an seinem Gewissen.

»Dieser Schokschok ist ein äußerst primitiver Mensch und verhält sich wie ein Rindvieh«, eröffnete Chiron das Gespräch, »es tut mir Leid, dass Sie ausgerechnet an ihn geraten sind. Ab jetzt stehen Sie unter meiner Obhut. Solange ich das Kommando hier habe, werden Sie nie wieder gezwungen sein, auf eine Geisel zu schießen. Ich habe für Sie eine andere Aufgabe. Während Ihrer restlichen Ausbildungszeit möchte ich, dass Sie lediglich sportlich trainieren.«

Diese Worte richteten Bekir wieder auf. Sport war stets seine große Leidenschaft gewesen. Das Training würde auch seine Aussicht fördern, bei guter körperlicher Kondition an die Front bei Balamida kommandiert zu werden. Nun erwachte in ihm auch wieder die Hoffnung, die er vor einiger Zeit bei der Vertragsunterzeichnung gehegt hatte. Wenn er sich nicht ganz ungeschickt verhielt, sollte es an der Front eine Möglichkeit geben, heimlich, still und leise zu desertieren. Die fünfzig Kilometer von dort bis zu seinem Dorf Schufu waren ein Katzensprung.

»Ich bin Ihnen sehr dankbar, Herr Leutnant«, sagte er, »gerne unterstelle ich mich Ihrem Befehl und bin wie erlöst, nie wieder in eine solche Situation wie vorhin zu geraten.«

Der Leutnant entnahm einer Schublade einen Aktenordner, blätterte kurz und zog ein Foto heraus, das er Bekir über den Schreibtisch reichte.

Mit weit aufgerissenen Augen starrte Bekir das Bild an. Es zeigte die Körper von drei Frauen und zwei Kindern, die man an den Ästen eines Maulbeerbaumes erhängt hatte. Im Vordergrund einer Gruppe von vier Söldnern stand ein junger Milizionär, etwa achtzehn Jahre alt, der triumphierend seine Maschinenpistole in die Luft schwang. Voller Entsetzen sah Bekir in das lange, schmale Gesicht, die spärlich sprießenden Barthaare und die abstehenden Ohren und erkannte den Mann, den er hatte erschießen sollen.

Erschüttert reichte er das Foto zurück.

Chiron verstaute es wieder im Ordner und seufzte: »Ja, die Welt ist grausam, doch Sie wissen jetzt, dass Sie keinen Unschuldigen richten sollten ... Was würde ich darum geben, wenn endlich Frieden wäre! Wir wären doch alle gerne mit unseren Familien vereint. Statt dessen sitze ich seit sechs Monaten hier, und ein Ende ist nicht abzusehen.«

»Mir geht's noch schlechter, Herr Leutnant«, kam es spontan aus Bekirs Mund. »Ich bin acht Jahre von Frau und Kindern getrennt.«

Chiron hob erstaunt seine Augenbrauen, und Bekir hatte Gelegenheit, ihm kurz sein Schicksal zu schildern. Als er vom Abschluss des Milizionärvertrages sprach, nickte Chiron zustimmend. »Das war das einzig Vernünftige, was Sie machen konnten.«

Nach dem Gespräch mit dem Leutnant verliefen die Tage bis zum Ende von Bekirs Ausbildung reibungslos. Er konnte sich ganz auf den Sport konzentrieren, wobei ihm das Boxen am meisten Spaß machte, denn diesen Sport betrieb er von Jugend an mit großer Hingabe.

Drei reichliche Mahlzeiten mit großen Fleischportionen sorgten für sein leibliches Wohl. Rasch gewann er seine frühere gute Kondition zurück. Nur noch selten dachte er an die Geisel, die er hatte töten sollen. Obwohl das Foto eindeutig die Teilnahme des Mannes an einem schauderhaften Verbrechen bewies, plagte ihn die Tatsache, dass man ihn hatte zwingen wollen, auf einen Wehrlosen zu schießen.

Sergeant Schokschok verfolgte die gute Entwicklung und Disziplin Bekirs erstaunt. Jedes Mal, wenn er ihm über den

Weg lief, schüttelte er den Kopf und murmelte: »Respekt, der Leutnant Chiron kann Wunder vollbringen.«

Am Ende seines Aufenthaltes packte Bekir seine Habseligkeiten in den Koffer und begab sich auf den Rückweg nach Julkut zur Sondereinheit, zu der er abgeordnet worden war.

> *Da plötzlich fiel mir etwas ein und ich fühlte mich für einen Augenblick sehr unbehaglich: ›Wo waren meine Koffer? Hoffentlich waren sie in der Zwischenzeit nicht geklaut worden.‹ Doch unterbrach der alte Erzähler meine Gedanken, als ob er sie lesen konnte: »Machen Sie sich keine Sorgen, Ihr Gepäck ist gut aufgehoben. Am Ende meiner Erzählung werden wir es gemeinsam beim Zoll abholen und dann begleite ich Sie bis zum Taxistand.«*

Die Offiziere des Krisenstabs waren auch beim Abschied von Sunbula skeptisch, ob der Plan der Regentin überhaupt durchführbar sei. Dennoch wurden bereits am nächsten Tag fünftausend Soldaten zum Geheimtunnel abkommandiert, um mit den Aufräumarbeiten zu beginnen. Sie führten schwere Räumgeräte mit sich und waren mit Schaufeln, Spitzhacken und allem für dieses Unternehmen notwendigen Gerät ausgerüstet.

Der Eingang lag, wie Sunbula im Buch ihres Vaters gelesen hatte, unter einer alten Turmruine in den Feldern eines verfallenen Bauernhofes. Keiner hatte sich offenbar in den vergangenen Jahrhunderten für dieses Bauwerk und seinen Ursprung interessiert, und die einzige Aufzeichnung, die darüber existierte, musste schon lange im Besitz des Vaters gewesen sein.

Tatsächlich stießen die Soldaten gleich zu Beginn auf Schwierigkeiten, denn das ungewöhnlich breite Gewölbe war auf den ersten hundert Metern eingestürzt, so dass die Wände abgestützt werden mussten. Tag und Nacht schleppten die Männer mühsam den Schutt an die Oberfläche, und es erwies sich als sinnvoll, eine so große Zahl an Männern zu diesem Zweck ab zu kommandieren. Die Offiziere sahen sich in ihrer Annahme bestätigt, dass das Ganze ein unnötiger Versuch war, als sie eine erstaunliche Meldung erhielten. Die Soldaten waren auf einen unterirdischen Abschnitt gestoßen, der auf mehreren Kilometern Länge völlig intakt war. Darum befahl der Krisenstab, die Arbeiten weiter zu führen. In der Nähe des Flusses Barada war Wasser eingedrungen und hatte einen kleinen See ausgewaschen. Langsam arbeiteten sich die Soldaten vor. Die Generäle blieben weiterhin skeptisch.

Erst als gegen Ende der dritten Woche ein Regiment die Stadt erreichte, begannen sie, das Unternehmen als eine glänzende Idee zu bezeichnen. Noch war nicht klar, ob den Eliteeinheiten, wenn sie bis in das belagerte Danjuk vordrangen, auch der Ausbruch aus der Stadt durch die feindlichen Linien gelingen konnte.

> *Die Stimme des Alten klang in meinem Ohr wie die melodischen Töne einer alten Geige. Mal leise, sanft und zart, dann im nächsten Augenblick wirkte sie wuchtig, laut, und schrill vibrierend, rasend und ausdrucksvoll. Dann plötzlich stürmisch, wie ein Wasserfall, der aus den Bergen stürzt.*
> *Kurz darauf wieder leise fließend, wie ein tiefer See. Seine Stimme war immer an den Inhalt der Geschichte gebunden. Kein einziges Mal während unserer Erzählwanderungen durch die Pforten, die mehrere Stunden dauerten, versprach oder wiederholte er sich. Keine einzige Minute verspürte ich Langeweile. Intensiv hörte ich ihm zu. Er sprach fesselnd über die Vergangenheit, und es bereitete ihm sichtlich Freude, mich in seinen Bann zu ziehen. Und dennoch spürte ich manchmal, dass er von seinen eigenen Worten sehr bewegt war und seine Tränen zurückhielt.*
> *Als er nun wieder begann, überlief mich eine Gänsehaut …*

Solok finanzierte seinen Kriegszug aus drei Quellen. Die erste kam aus dem Nachbarland Sandrun, das ihm Waffen und militärisches Gerät beschaffte. Im Gegenzug musste Solok dem

Land im Falle eines Sieges vertraglich zwanzig Prozent aus den Erlösen der Silberminen zusichern.

Den Kronschatz, eine Schatulle, gefüllt mit Smaragden, Diamanten und Rubinen, die sich über Generationen langsam mehrten und der sich unangetastet im Besitz der Königshäuser befand, verscherbelte er skrupellos über seine Mittelsmänner im Ausland. Damit finanzierte er seine paramilitärischen Schergen.

Seine dritte Einnahmequelle war die Mohnpflanze, die in den Gebieten der Ukuluk hervorragend gedieh. Während der Regierungszeit König Tahnas war der Anbau verboten, aber nachdem das Land durch den Bürgerkrieg in großes Chaos gestürzt worden war, ermutigte Solok die Bauern der Ukuluk, die Pflanze in großen Mengen zu kultivieren.

Von Kronprinz Defrin erhielt er moralische Unterstützung, nachdem das Stadtpalais von Oksul bombadiert worden war und dabei viele unschuldige Ukuluk getötet wurden. Der Kronprinz hielt in der Stadt Julkut eine flammende Rede vor seinem Volksstamm, in der er den Bürgerkrieg befürwortete und Solok als Volkshelden rühmte.

Viele junge Männer der Ukuluk waren davon so bewegt, dass sie sich begeistert Soloks Miliz anschlossen.

Kronprinz Defrin war sich nicht im Klaren, was er mit seinen Worten anrichtete und was der Krieg wirklich bedeutete. Er hatte sich nie richtig für Politik interessiert, denn er lebte in seiner eigenen Welt. Er schrieb Gedichte, malte und musizierte. Als hübscher, charmanter und gebildeter Mann war er bei Frauen beliebt und versammelte stets einige um sich herum. Dass er eines Tages zum König gekrönt werden sollte, hatte ihn nicht nur wenig interessiert, er hatte es mehr noch als eine Last angesehen. Er hatte sich stets im Zwiespalt befunden. Einerseits wollte er in seinem Leben seinen Begabungen nachgehen, die er als Berufung empfand, andererseits wusste er, dass er als der älteste Sohn der Königsfamilie eine Verantwortung dem Land Karakand gegenüber hatte, das er eines Tages regieren sollte.

Als er von seinen Ärzten erfuhr, dass er schwer krank war und nur noch fünf Jahre zu leben habe, zog er sich noch mehr zurück, um die ihm verbleibenden Jahre in Ruhe und Zurückgezogenheit zu verbringen.

Defrin war zehn Jahre älter als Sunbula, und sie glaubte zu wissen, dass sie sich in ihrer Kindheit nie begegnet waren. Sie erinnerte sich nebelhaft daran, ihn auf der Beerdigung ihres Vaters Tahna gesehen zu haben. Damals war ihr Blick durch die Trauer getrübt, aber sie rechnete ihm diese Ehrerbietung hoch an. Ihr war bewusst, dass zwischen den beiden Königshäusern schon seit Jahrzehnten eine frostige Atmosphäre herrschte, da sie sich über die Aufteilung des Ertrags der Silberminen nicht einig werden konnten.

Erst sechs Wochen nachdem die Regentin dem Kronprinzen in einer Depesche ein Friedensangebot unterbreitet und ihm ein Treffen vorgeschlagen hatte, willigte er schließlich ein. Seine Antwort ließ er durch Wahid, den Stammesältesten der Ukuluk, überbringen.

Sunbula war sichtlich überrascht und versprach sich viel von dieser Begegnung. Kronprinz Defrin schlug anstelle der Sommerresidenz einen abgeschiedenen Ort für das Treffen vor. So begannen Faruk und Wahid die Zusammenkunft vorzubereiten. Es war schwierig, eine Gegend zu finden, in der der Krieg seine Spuren nicht hinterlassen hatte. Im Gegensatz zu Sunbula war Kronprinz Defrin ein ängstlicher Mensch und so verlangte er von der Regentin eine schriftliche Zusicherung seiner Sicherheit. Wahid und Faruk benötigten vierzehn Tage, um eine Vollblutpferdefarm für dieses Treffen auszuwählen, die zum Besitz von König Tahna gehörte und den Vorstellungen des Kronprinzen entsprach. Sie lag fünfzig Kilometer von Julkut entfernt, verborgen in einem Tal, das vom Kriegsgeschehen bisher verschont geblieben war. Bereits eine Woche vor dem geplanten Treffen wurden fünfhundert Soldaten abgeordnet, den Weg von Julkut zur Farm zu kontrollieren, ihn nach Minen abzusuchen und für die Sicherheit von Prinz Defrin zu sorgen. Die Straße von der Hauptstadt bis zur Pferdefarm wurde von Wachtürmen gesäumt und mit Stacheldraht eingezäunt, damit der Kronprinz sicher dort ankommen konnte.

Die Regentin hatte eine wesentlich größere Entfernung von zweihundert Kilometern zurückzulegen, sie wählte dafür ein einfaches Auto mit Fahrer, ohne Prunk und Leibwächter. Defrin hingegen kam mit einem gepanzerten Wagen, begleitet von einer Eskorte von hundert schwer bewaffneten Männern.

Faruk und Wahid weilten schon seit einigen Tagen vor Ort und hatten die ganze Farm auf dem Kopf gestellt, um ein Treffen ohne Zwischenfälle zu organisieren. Die besten Köche des Landes Karakand würden ein feines Menü zaubern, da Kronprinz Defrin großen Wert auf besonderes Essen legte. Tagelang wurden die Fußböden geputzt, das Silber poliert, die Gardinen gereinigt, die Teppiche geklopft, die Rasenflächen geschnitten und gewässert und die gesamte Parkanlage besonders gepflegt.

An jenem Tag, als Kronprinz Defrin in den gepanzerten Wagen einstieg, war er überzeugt davon, dass Sunbula den Frieden ehrlich wollte, weil sie ihren eigenen Bruder Oksul unter Hausarrest gestellt hatte, und nicht für das Wohl ihrer Familie kämpfte, sondern für das Wohl ihres Stammes.

Und er wurde sich bewusst, dass er einen großen Fehler begangen hatte, als er die jungen Ukuluk für Solok begeisterte.

Lange Zeit wollte Defrin die Untaten Soloks nicht wahrhaben, nachdem dieser aber zehn Offiziere, die dem Kronprinzen persönlich nahe standen, durch seine Todesschwadronen hatte ermorden lassen, begann Defrin Solok zu hassen. Aus diesem Grund hatte er schließlich einem Treffen mit Sunbula zugestimmt.

Von der Regentin erwartete er jetzt hartes und schnelles Durchgreifen, um Soloks Untaten Einhalt zu gebieten. Er selbst wollte sie dabei unterstützen und einem Friedensvertrag zustimmen, damit der Krieg schnell beendet sei. Er sehnte sich bereits jetzt danach, in seinen Palast zurückzukehren und seine alten Gewohnheiten wieder aufzunehmen.

Je näher der Tag des Treffens rückte, desto mehr wuchs die Aufregung unter dem Farmpersonal und den Soldaten, die verpflichtet worden waren, bei den Friedensverhandlungen für einen reibungslosen Ablauf zu sorgen. Auf Hochtouren liefen die Kontrollen, und die Wachtposten arbeiteten rund um die Uhr. Ohne Genehmigung durfte keiner die Straße passieren. Selbst ein Fuchs oder ein Rebhuhn, die die Straße überquerten, wurden beobachtet, notiert und weitergemeldet. Für den ersten Sonntag des Erntemonats Elul war dieses Treffen festgelegt. In der zweiten Tageshälfte gegen ein Uhr würde der Empfang der beiden Würdenträger von Wahid persönlich eröffnet werden.

Eine Stunde danach sollte die Konferenz beginnen. Das Protokoll sah jedes Detail minutiös vor, da Kronprinz Defrin seine Rückkehr noch für den gleichen Tag angekündigt hatte. Er begründete dies damit, dass sein gesundheitlicher Zustand ihm nicht erlaubte, sich mehr als vier Stunden intensiven Gesprächen zu widmen.

Am Samstagabend, kurz vor Sonnenuntergang, wurde Sunbulas Ankunft auf der Farm gemeldet. Sie wollte sich entspannt auf die Aufgaben des kommenden Tages vorbereiten. Obwohl die Fahrt ruhig und ohne Zwischenfälle verlaufen war, fühlte sich Sunbula sehr niedergeschlagen. Kaum eines der Dörfer, durch die sie fuhren, war von dem Kriegsgeschehen verschont geblieben. Manche Dörfer standen menschenleer, die Häuser zerbombt oder verbrannt. Andere waren halb verwüstet, viele Landstriche lagen brach und das Unkraut wucherte in die Höhe. Mehr noch traf sie aber auch dieses Mal der Anblick der Menschen. Während das Auto langsam durch die Dorfschaften fahren musste, sah sie wieder zahllose unterernährte Kinder, die an den Armen ihrer Mütter hingen, und Alte, die dem Tod nahe schienen. Diese Bilder schockierten sie jedesmal aufs Neue. Sie konnte sich nicht erinnern, vor dem Bürgerkrieg solche elenden Szenen gesehen zu haben.

Zwanzig Kilometer vor Julkut bog der Chauffeur nach links ab. Sie befuhren dann eine gerade Straße, die von Militärs kontrolliert wurde, die sie anhielten und aufforderten, ihre Sondergenehmigung zu zeigen. Als die jungen Offiziere bemerkten, dass sie die Regentin persönlich vor sich hatten, baten sie vielmals um Entschuldigung und ließen sie mit tiefen, ehrfurchtsvollen Verbeugungen weiter fahren. Auf den letzten fünfzig Kilometern mussten sie noch mehrere solcher Patrouillen passieren.

Die Pferdefarm lag in einem Tal, umgeben von hohen Bergen, deren rote Gipfel von weißen Wolken verschleiert waren. Das Tal hingegen schimmerte wie Kupfer unter der Sonne. In der Gegend, in der sich die Farm befand, war der Boden fruchtbar, denn die Wolken blieben an den Gipfeln hängen und so gab es immer genug Regen, um Weizen, Mais, Erdnüsse und Baumwolle anzubauen. Als Sunbula in der Abenddämmerung von weitem die Silhouette ihrer Besitztümer durch das Autofenster erblickte, hellte sich ihre Stimmung dennoch ein wenig auf. Seit fünf Jahren war sie nicht in diesem Haus gewesen. An das Landhaus hatte sie schöne Kindheitserinnerungen mit ihren Eltern. An diesem Abend ging sie früh schlafen, denn ein anstrengender Tag lag vor ihr.

Am nächsten Morgen um zwölf Uhr sollte Kronprinz Defrin ankommen. Als er bis vierzehn Uhr nicht eingetroffen war, begann die Regentin, sich ebenso wie alle anderen Sorgen zu machen. Auch nachdem vier Stunden verflossen waren, wusste niemand etwas über seinen Verbleib. Dennoch war Sunbula davon überzeugt, dass er kommen würde.

Mit seiner Erzählung packte mich der Chronist so fest, wie der Vogel mit seinen Krallen den Zweig.

Julkut - seit Jahrtausenden
bist Du
die Schönste und Begehrteste im ganzen Land.
Einige hast Du erhoben
und zu Auserwählten erkoren,
viele in den Abgrund der Armut verstoßen.
Heilige und Hure in einem bist Du.
Deine seidenen Gewänder,
Deine kostbaren Juwelen -
längst geplündert.
Deine Häuser -
wie Sandburgen fielen sie zusammen.
Die neuen Herren Deiner Straßen
sind Henker und Banditen.
Hässlich und zerlumpt
bäumst Du Dich auf gegen die Zeit.

Vom Hass erblindet toben Deine Söhne
und ahnen nicht, was sie angerichtet haben.
Alle Sinne hat der Krieg verzehrt.

Wie ein bösartiges Geschwulst breitete sich der Bürgerkrieg in ganz Karakand aus. Vor allem Julkut, die Hauptstadt, wurde von den verheerenden Zerstörungen betroffen. In Julkut lebte mehr als die Hälfte der Gesamtbevölkerung des Landes. Der Wohlstand hatte vor einigen Jahren begonnen, als die Silberminen in der Umgebung von Danjuk entdeckt worden waren. Wie Pilze schossen Banken aus dem Boden und die Geschäfte blühten.

Die Bikarek kontrollierten den Silberhandel des Landes und in ihren Wohnvierteln im Ostteil Julkuts boomte der Wohlstand. Der Westteil dagegen, in dem vorwiegend Ukuluk lebten, blieb rückständig und unterentwickelt. Ihre Einkünfte bezogen sie als Tagelöhner bei den Bikarek in Danjuk und durch den Tourismus, der von den Kulturdenkmälern ihres Stadtteils angezogen wurde. Die alten Paläste, die Königsgräber, die prächtigen Tempel und die sieben Türme der Stadt waren einmalig im ganzen Land und zogen vor dem Bürgerkrieg die Besucher in Scharen an.

Der Funke, der die Glut zum Lodern brachte, wurde durch den Mord an König Tahna entzündet. Seitdem lieferten sie sich unerbittlich heftige Kämpfe um jeden Quadratmeter Boden. Zahlreiche Zivilisten auf beiden Seiten waren diesem sinnlosen Krieg bereits zum Opfer gefallen. Ärzte und Pfleger schafften es nicht, alle Verletzten zu versorgen. In den Krankenhäusern waren alle Räume überbelegt, und in den Fluren stauten sich die aufgestellten Notbetten.

Mehrmals wurde eine Waffenruhe vereinbart, die jedoch höchstens ein bis zwei Tage hielt. Weder in den eigenen vier Wänden noch auf den Straßen waren die Bürger sicher. Welche Seite das Feuer neu entfachte, blieb stets ein Rätsel. Es gab Gerüchte, wonach die Kader beider Stämme private und geschäftliche Beziehungen miteinander pflegten. Wie man weiter hörte, gab es sogar Abkommen, die den gegenseitigen Besitz vor der Zerstörung schonten. Tatsächlich blieben manche Villen und Geschäfte unversehrt, während die Wohnviertel ringsherum in Ruinenfelder verwandelt wurden.

An Kriegsmaterial fehlte es beiden Seiten nicht. Sie waren beide bis an die Zähne bewaffnet. Selbst Kinder spielten mit echten Pistolen. Für manche schien der Krieg Rausch und Abenteuer zu sein, für andere ein gutes Geschäft. Die meisten aber lebten in ständiger Angst und drückender Armut.

Fast die gesamte Infrastruktur in Julkut war inzwischen zerstört. Wasser und Strom gab es, wenn überhaupt, nur stundenweise. Julkut war längst eine geteilte Stadt. Entlang der alten Grenze zwischen östlichen und westlichen Stadtteilen hatte sich eine regelrechte Demarkationslinie gebildet. Scharfschützen beider Stämme hatten sich dies- und jenseits dieser Grenze in den Häusern verschanzt und terrorisierten die Bevölkerung Tag und Nacht.

Im sechsten Stock eines verlassenen Hauses an der Demarkationslinie fand sich Bekir, zusammen mit einem anderen Freischärler, wieder. Von ihrem Posten aus bot sich eine gute Übersicht über zwei Straßen im Ostteil Julkuts. Es war noch sehr früh am Morgen, lausig kalt, und der Himmel war mit schwarzen Wolken bedeckt. Tau glitzerte silbern auf dem Kopfsteinpflaster. Die Straßen waren wie leergefegt, und nur wenige streunende Hunde und Katzen durchwühlten die Abfälle.

Auf einem der zahlreichen Balkone hatten sich Bekir und Dobrin hinter Sandsäcken verbarrikadiert. Um sich einigermaßen warm zu halten, trugen sie dicke Wollpullover über ihren Uniformen und tranken heißen Kaffee. Dobrin holte aus seinem Brotbeutel eine dicke Scheibe Käse und ein Stück Fladenbrot, um es mit Bekir zu teilen. Doch dieser lehnte ab.

»Seit du hier oben bist, ernährst du dich nur noch von Kaffee und Zigaretten«, kritisierte Dobrin.

»Ich habe keinen Hunger«, sagte Bekir.

Schmatzend murmelte Dobrin zwischen den Bissen: »Du bist neu hier auf dem Posten. Das merkt man.«

»Ich bin kein Berufssoldat, und unsere Aufgabe schlägt mir auf den Magen. Jeden Tag warte und hoffe ich, an die Front von Balamida abkommandiert zu werden, wie es mir Leutnat Chiron im Ausbildungslager versprochen hat.«

»Trotzdem musst du doch essen, denn einen Halbverhungerten schickt man bestimmt nicht nach Balamida«, bemerkte Dobrin.

»Lass das meine Sorge sein. Aber sag mal, Kamerad, seit Tagen zerbreche ich mir den Kopf, wie du als Bikarek hier an meiner Seite stehen kannst, bereit, auf deine eigenen Leute zu schießen.«

»Na und?«, knurrte Dobrin. »Für mich ist entscheidend, wer die meisten Moneten zahlt, und diese Woche ist es verdammt gut gelaufen. Fünfzehn habe ich abgeknallt, das macht pro Kopf fünfzig Marahedi; das ist doch ein schönes Geschäft!«

»Wie kommen wir Ukuluk an solche Geldmengen?«, erkundigte sich Bekir.

»Weißt du nicht, wie das läuft? Die großen Hanfplantagen liegen immer noch auf Ukulukgebiet und Ukuluk treiben regen Handel. Sie liefern fleißig den Bikarek die selig machende Pflanze und kassieren dafür gute und moderne Waffen. Ein tolles Spielchen, nicht?«, erläuterte Dobrin grinsend.

Bekir erinnerte sich an den Tag im Bergdorf auf dem Weg nach Balamida und den merkwürdigen Austausch von schweren Säcken und Kisten.

»Wenn wir ein paar Monate hier stehen und sicher treffen, kehren wir mit einem großen Batzen heim. Du kannst ein größeres Haus bauen und dir eine junge Zweitfrau in dein Bett holen.« Dobrin blickte auf die Straße, legte rasch sein Brot beiseite und ergriff das Gewehr.

Bekir sah, wie sein Finger sich um den Abzugsbügel krümmte. Sofort überblickte er die Situation, und ehe Dobrin den Schuss lösen konnte, versetzte Bekir ihm einen heftigen Handkantenschlag auf den zielenden Arm.

Der starke Schmerz zwang Dobrin, das Gewehr aus den Händen fallen zu lassen.

Blitzschnell packte Bekir den völlig Verblüfften mit beiden Händen am Kragen und überschüttete ihn mit einem Wortschwall voller Wut: »Verdammtes Schwein, ein Bluthund, eine Bestie bist du!«

Plötzlich durchfuhr ihn ein stechender Schmerz. Dobrin hatte ihn mit dem Stiefel in den Unterleib getreten. Ächzend sank Bekir zu Boden, um nach wenigen Sekunden wieder auf den Beinen zu sein.

Wie Kampfhähne standen sie sich gegenüber. Dobrin starrte voller Haß seinem Kontrahenten in die Augen und dachte: ›Wegen diesem Arschloch sind mir fünfzig Marahedi entgangen, das überlebt mir der Schurke nicht. So fällt mir eine Belohnung zu, wenn ich den Verräter kalt mache.‹

Bekir war von der Richtigkeit seines Handelns überzeugt. Das Kind, das eben die Straße überqueren wollte, hatte ihn an seinen Sohn Merdin erinnert, den er so sehr vermisste.

Die beiden Männer waren fast gleich groß und von athletischer Gestalt. Hätten sie sich in einem Boxring befunden, wäre es schwierig gewesen, den Sieger vorauszusagen. Der Kampf hätte große Spannung versprochen. Sieger und Besiegter wären bejubelt worden.

Nun standen sie sich allein auf einem Balkon im sechsten Stock gegenüber, weit um sie herum zerschossene Häuserruinen. Kein Ring, kein Publikum, keine anfeuernden Rufe, keine große Börse.

Als erster zog Dobrin sein Messer, schwang es drohend in der Luft und zeichnete dann einen Halbkreis auf den Boden. Damit markierte er sein Revier und wartete.

Bekir ließ das Imponiergehabe kalt. Genügend war er im Trainingslager für solche Situationen geschult worden. Er trat einige Schritte zurück, riss sein Wadenmesser heraus, gab eine Finte nach rechts und stieß vehement nach links.

Der Stich fuhr Dobrin in den Oberarm und brachte ihn zum Taumeln. Bekir nutzte die Chance und führte einen Schlag gegen den Kopf des Gegners, der bewusstlos zu Boden ging. Zwei Kameraden, die die Schreie hörten, stürmten herbei und trennten die Kampfhähne.

Am Abend nach dem blutigen Handgemenge schloss sich Bekir in seinem Zimmer im Hotel ein. Die Spezial-Einheit, in der er diente, genoss innerhalb der Miliz eine Sonderstellung. Ihre Angehörigen erhielten nicht nur dreifachen Sold und für jeden Getöteten eine Prämie, sie waren im Gegensatz zur Normalmiliz auch nicht in Kasernen, sondern im Hotel Derwäsch untergebracht, einem der komfortabelsten Häuser im

Westteil der Stadt. Früher hatten hier reiche Leute aus aller Welt logiert, die seit Ausbruch des Bürgerkriegs fernblieben. Der Hotelier, ein wohlhabender Ukuluk, überließ die exquisiten Räume gerne den ihm nahe stehenden Freischärlern. Jeden Abend ließ er den Männern reichhaltiges warmes Essen an weiß gedeckten Tischen servieren.

Bekir blieb in seinem verriegelten Zimmer, mied die Gesellschaft der Kameraden und verzichtete auch auf das abendliche Menü. Ängstlich zog er die schweren Vorhänge zu und lauschte jedem Tritt auf den Gängen. Das Summen der Lifte trieb ihm kalten Schweiß aus allen Poren. Eine Nachttischlampe, die er stets anließ, spendete ihm etwas Trost und Wärme, als es auf den Fluren still geworden war.

In voller Montur lag er auf dem Bett und starrte zur Decke, als ob von dort eine Lösung der Unerträglichkeiten herabfallen könnte. Die durchgeladene Pistole lag griffbereit neben ihm. Seine akkurat ausgerichteten Schuhe standen, wie eine Wache, auf dem Bettvorleger. Eine Fliege summte laut und penetrant.

Bekir überdachte alle Möglichkeiten, die Dobrin und seine heimtückischen Komplizen nutzen könnten, ihn zu beseitigen. Dobrin allein flößte ihm weniger Furcht ein als der Gedanke an seine rachsüchtigen Kumpane. Sicher, auch er hatte Kameraden, die ihm achtungsvoll zugeneigt schienen. Doch wären sie bereit, für ihn risikoreich einzutreten?

Lauschend erhob er den Kopf. Stiefel knarrten, näherten und entfernten sich. Eine rauschende Wasserleitung steigerte seine Furcht zu panischer Beklommenheit. Ehe er völlig daran erstickte, zwang er seine letzte Energie herbei und federte ruckartig auf die Beine. ›Ich muss mich dem Unausweichlichen stellen‹, dachte er.

Im Badezimmer hielt er den glühenden Schädel minutenlang unter den kalten Wasserstrahl. Er trocknete sich am weichen Vlies des Handtuchs, kämmte das zerzauste nasse Haar und wechselte die zerknitterte Uniform.

Aufrecht und konzentriert betrat er wenig später den Barraum, wo noch einige Milizionäre vergnügt zechten und sich lärmend unterhielten. Sein Erscheinen ließ die Unterhaltung verebben. Beinahe gleichzeitig sprangen alle auf. Jeder wollte ihm die Hände schütteln und ihn umarmen. Bekir war auf das angenehmste überrascht und seine Ängstlichkeit wich einem Glücksgefühl.

Bekir begriff, dass sich die Kameraden über seine Tat freuten. Dobrin war keinesfalls beliebt. Man hasste ihn, aber nicht wegen seiner Skrupellosigkeit, sondern wegen seiner Stammeszugehörigkeit. Obwohl er auf ihrer Seite kämpfte, misstraute man ihm. Ein Bikarek blieb immer ein Feind.

Die gute Stimmung animierte Bekir zu einer derben Sauferei. Genussvoll kippte er einen Schnaps nach dem anderen und sein Wohlbefinden wuchs von Minute zu Minute. Eine ganze Stunde verging, dann sah er sich als letzten Gast am Tresen.

An Schlafen mochte er nicht denken, zumindest nicht allein. So bestellte er eine Pferdedroschke und ließ sich zum Ziel seiner Wünsche fahren.

Die Nacht war ungewöhnlich ruhig. Keine Bomben, keine Brände, kein Kanonendonner, keine peitschenden Gewehrsalven. Aber die Bürger trauten dem Frieden nicht und blieben zu Hause. Julkut glich einer Geisterstadt.

Am Ziel angekommen, musste Bekir einige größere Scheine hinblättern. Der Kutscher ließ sich das Risiko gut bezahlen.

In der Halle des Hotels Malika erkannte er die Empfangsdame sofort wieder. Die kleine mollige Frau empfing ihn mit freundlichem Lächeln, wie vor sechs Monaten. Ehe er einen Ton sagen konnte, drückte sie ihm einen Schlüssel in die Hand und wünschte ihm eine gute Nacht. Er erkundigte sich nach einem kleinen Imbiss und freute sich über ihre Zusage, ihm etwas aufs Zimmer servieren zu lassen.

Oben angekommen fühlte er sich klarer im Kopf und bereute seine nächtliche Ausfahrt. Er sah ein, dass es doch ein großer Zufall wäre, wenn er das nette Mädchen jener Nacht wiedersehen würde. Er zündete sich eine Zigarette an und sah den Tabakwölkchen nach, die im dunkel orangefarbenen Licht der Deckenlampe durch das Zimmer schwebten.

Ein leises Klopfen an der Tür berührte ihn angenehm, er sprang vom Sessel auf und öffnete. Ein junges Mädchen in einem weißen Kleid trat mit einem Tablett in der Hand ein. Fiebrige Freude lag in Bekirs Augen, als er das Mädchen erblickte. Die schwarzen, lockigen Haare, die ihre Schultern bedeckten, glänzten wie kostbare Seide. In ihren Augen, ihrem Mund und ihren Händen konnte er sich nicht täuschen. Sie war das Mädchen, das ihn vor geraumer Zeit so glücklich gemacht hatte. Er trat ein paar Schritte zurück, damit sie das Tablett abstellen konnte.

Ihre Augen begegneten sich. Bekir hatte den Eindruck, dass sie sich an ihn erinnerte. Doch sie war unsicher. Verlegen lächelte sie ihn an, nahm aber die beiden großen Scheine, die er ihr hinhielt und steckte sie in den Ausschnitt ihres Kleides.

Bekir zog sie energisch auf das Bett und entkleidete sie, ohne ihre Schönheit zu beachten. Doch plötzlich hielt er inne. Sein Verlangen war groß, aber er spürte, dass sein Körper versagte. Enttäuscht ließ er sich in die Kissen sinken und befahl dem Mädchen mit rauer Stimme, sich anzuziehen und das Zimmer zu verlassen.

Am nächsten Tag, gegen acht Uhr, ehe Bekir seinen Dienst im Hochhaus an der Demarkationslinie antreten konnte, fing ihn ein Offizier am Eingang des Hotels Derwäsch ab und befahl ihm, unverzüglich in einen bereitstehenden Jeep einzusteigen.

Als der Wagen vor dem Rekrutierungsbüro hielt, wusste Bekir sofort, wer dort auf ihn wartete. Hoffnung keimte in ihm, und er glaubte, dass das Warten nun ein Ende habe. Sicher würde Garon nun sein Versprechen einlösen. Seine Freude flog voraus, über hohe Berge, tiefe Schluchten, weite Steppen und Wüsten. Er sah sich im vertrauten Kreis seiner Familie, Zuku und seinen jüngsten Sohn Merdin in seinen Armen. Er war den Tränen nahe.

Der kühle Empfang jedoch ließ ihn sofort ernüchtern. Garon blieb mit finsterer Mine sitzen und verweigerte einen Händedruck. Minutenlang schien er Bekir mit vernichtendem Blick zu durchbohren. Es kam keine einzige Silbe über seine verkniffenen Lippen.

Bekir, der sich keiner Schuld bewusst war, hielt dem zornigen Blick seines Gegenüber stand. Nur allmählich wurde ihm klar, weshalb er gerufen worden war. Ist es ein Verbrechen, das Leben eines Kindes zu retten? Nein! Selbst ein großer Teil seiner Kameraden hatte ihm zu seinem mutigen Einschreiten gratuliert.

Garon dagegen schien den Zwischenfall ganz anders zu beurteilen.

Das anhaltende Schweigen zermürbte Bekir als läge eine schwere Last auf seinen Schultern, die er auf Dauer nicht tragen konnte. Während er darüber nachdachte, wie er den frostigen Empfang beenden könnte, wurde das Eis um ihn dichter. Bekir glaubte vor Kälte erstarren zu müssen.

Genau in diesem Augenblick hechtete Garon aus seinem Sessel und stürzte auf Bekir zu. Blitzschnell schlug er dem Überraschten seine Faust mit voller Wucht ins Gesicht.

Unter der Wucht der Schläge hielt Bekir nur mühsam die Balance und schwankte wie ein Ast im Wind hin und her. Obwohl sein Kopf schmerzhaft dröhnte, beherrschte er sich und ertrug die Schande geduldig. Ihm war wohl bewusst, dass sein Schicksal von diesem Mann abhing, wenn er jemals seine Familie wiedersehen wollte.

Garon griff nach einem Taschentuch und wischte angewidert die Blutspuren von seiner Hand. Dann schritt er stolz erhobenen Hauptes um seinen Schreibtisch herum und ließ sich in den Sessel fallen. Aus einem reich verzierten silbernen Kästchen entnahm er eine Zigarette, die er mit einem goldenen Feuerzeug anzündete.

Bekir stand wie betäubt. Mit beiden Händen presste er die Nasenflügel zusammen, in der Hoffnung, die Blutung stillen zu können.

»Eines will ich dir noch sagen«, schrie Garon, »das Kind, das du geschont hast, wird in wenigen Jahren auf dich schießen. Solche Feiglinge wie dich kann ich an der Front in Balamida nicht gebrauchen.«

Er machte eine Pause und betrachtete Bekir eingehend.

»Solltest du dich jedoch bei Dobrin entschuldigen und deine Tapferkeit in nächster Zeit gegen den Feind statt gegen die eigenen Leute beweisen, kann ich dich vielleicht doch noch entsenden. Aber jetzt mach, dass du raus kommst!«

Entrüstet und bitter verließ Bekir das Büro. Mit gesenktem Kopf bestieg er den Jeep, der ihn zu seinem Posten bringen sollte.

Seine entstellten Gesichtszüge fielen dem Fahrer sofort auf, obwohl er versuchte, sie hinter seinen Händen zu verbergen. Er schämte sich maßlos für diese Schande. Das bisschen Stolz, das er noch in sich trug, hatte Garon ihm geraubt. Obwohl er noch immer davon überzeugt war, richtig gehandelt zu haben, wagte er längst nicht mehr, Garon zu widersprechen. Wie viele seiner Landsleute beschloss er, sich fortan gemäß dem alten Sprichwort seiner Heimat zu verhalten: Eine Hand voll Gewalt ist wirksamer als ein Sack voll Wahrheit.

Bekir fühlte sich wie ein Schiffbrüchiger, der sich an einem Strohhalm festhält. Er fragte sich, ob er nicht mit dem Milizvertrag sein Todesurteil unterzeichnet hatte. Seine Hoffnung, an die Front bei Balamida zu gelangen, schmolz dahin. Nur ein Wunder konnte ihn jetzt noch aus diesem Desaster erlösen.

Während er dies dachte, bebte sein Innerstes. Ein Gedanke durchzuckte ihn: einfach abhauen. Doch er verwarf ihn rasch; schnell würde er gefunden werden, und als Deserteur erwartete ihn der Strick.

›Mir bleibt nichts anderes übrig, als die Suppe auszulöffeln, die ich mir eingebrockt habe‹, dachte er. ›Ich muss von jetzt an den Befehlen gehorchen, um mein Leben zu schützen.‹

Am nächsten Tag wurde Dobrin, als sollte dies ein Denkzettel für Bekir und jene sein, die ihn zu seiner Tat beglückwünscht hatten, für Gehorsam und mutigen Einsatz zum Sergeanten befördert. Man unterstellte ihm eine fünfzig Mann starke Truppe, der auch Bekir zugeteilt war.

Gegen fünf Uhr nachmittags erschien ein Bote auf der Farm und überbrachte die erschütternde Nachricht: Kronprinz Defrin war tot.

Eine hundert Kilogramm schwere Bombe explodierte unter seinem Auto. Ihn und zwei seiner Leibwächter hatte die Detonation vollkommen zerfetzt.

Der alte Erzähler schwieg.

Wenige Tage später wurde in einem Bekennerbrief deutlich, dass hinter diesem Mord Solok steckte.

Leise und schnell hatte der Chronist diese Worte hinzugefügt, kaum konnte ich sie verstehen. Wieder einmal war ich verwundert, wie sehr ihn die Erzählung noch immer aufwühlte.

Durch diesen Anschlag aber ließ sich die Regentin nicht einschüchtern. Ihr Engagement für den Frieden wurde dadurch noch stärker als zuvor. Wahid war bemüht, mit ihr gemeinsam an einem Friedensprozess zu arbeiten und schwor ihr, alles zu tun, um seine Stammesbrüder, die Ukuluk, vom Kampf gegen Solok zu überzeugen. Er wollte sie in der von ihr beabsichtigten friedlichen Lösung unterstützen, um beide Stämme zu einer Einigung zu bringen.

Damit hatte sich das Geschehen zu Gunsten Sunbulas gewendet.

Bereits eine Woche nach dieser Gräueltat hatte die Königsfamilie der Ukuluk Defrins jüngsten Bruder zu seinem Nachfolger bestimmt. Er hieß Efram, und da er erst sechzehn Jahre alt war und Waise, musste für ihn nach Defrins Tod auch ein neuer Vormund bestimmt werden. Die Würdenträger der Ukuluk entschieden, dass Wahid diese Aufgabe übernehmen sollte. Dieser nahm das ehrenvolle Amt mit Dankbarkeit an.

Sunbula hatte daher die einmalige Chance, direkt mit einem offiziellen Vertreter der Ukuluk zu verhandeln, mit dem sie sich von Anfang an gut verstanden hatte.

Von Anfang an hatte sich Barakat gegen eine friedliche Lösung gestellt. Er befürwortete Oksuls Plan: Auge um Auge, Zahn um Zahn.

Die Regentin dagegen wollte keine Rache. Umso mehr war Barakat erzürnt, als Sunbula ihrem Bruder Hausarrest auferlegte. Auch für den Tod der Großmutter Dunja gab er der Regentin die Schuld. Barakat liebte Oksul wie einen eigenen Sohn und war vollkommen davon überzeugt, dass nur der Prinz mit eiserner Hand fähig war, das Land vor dem Abgrund zu retten. In seinen Augen war die Regentin viel zu schwach, um Karakand zu regieren. Überhaupt schätzte er Frauen im Allgemeinen geringer. In seinem Dorf Manfass hielt er noch an alten Traditionen fest. Als Giagin sich gegen die Sitten auflehnte, stand Schaum vor seinem Mund. Sofort ließ er ihren Mann Sheikib zu sich rufen, damit dieser seiner Frau notfalls mit Gewalt wieder Gehorsam abverlangte. Barakat wollte damit ein Exempel statuieren und stürzte die Familie so ins Verderben.

Auch bei einem Gedanken, der ihn seit geraumer Zeit bewegte, empfand er weder Reue noch schlechtes Gewissen. Im Gegenteil, er fühlte sich sogar dazu berufen, Sunbula zu beseitigen, und als Stammesältester der Bikarek wähnte er sich verantwortlich, diesen Schritt zu tun. Dann würde er Oksul an Sunbulas Stelle auf den Thron setzen. Vor nichts schreckte er zurück. Jedes Mittel schien ihm recht. Selbst wenn dadurch ein Blutbad entstehen würde und viele Menschen sterben müssten, nahm er dies in Kauf.

Barakat sah eine günstige Gelegenheit für die Befreiung seines Schützlings, als er hörte, dass die Regentin am Ende des Monats für wenige Tage zu Friedensverhandlungen verreist sei.

Lange zuvor schon hatte er einen detaillierten Plan ausgearbeitet. Er hatte dafür sämtliche Termine verschoben oder abgesagt und sich in seinen Herrensalon zurückgezogen, nur zu Essenszeiten zeigte er sich kurz bei seinen Frauen.

Durch den Bürgerkrieg blühte die Gesetzlosigkeit, und die Zahl der Diebe und der Banditen wuchs von Stunde zu Stunde. Deshalb war es für Barakat leicht, einige Verbrecher zu finden, um Oksul zur Flucht zu verhelfen. Vier für ihre blutigen Gräueltaten berüchtigte Männer suchte Barakat aus. Er feilschte nicht um den Preis, er zahlte ihnen sogar doppelt so viel, wie sie verlangten. Die erste Hälfte als Vorschuss, die zweite nach Durchführung. Deshalb waren sie bereit, alles zu tun, um Barakat zufrieden zu stellen. Nach mehreren Treffen außerhalb seines Hauses in einer Weinschenke weihte der Stammesälteste die vier in sein Vorhaben ein. Stundenlang besprachen sie alles bis ins kleinste Detail, bis schließlich Tag und Uhrzeit der Flucht festgelegt wurden.

Siebte Pforte

Als die sieben Türme in Julkut dem Erdboden gleichgemacht worden waren und viele Menschen sterben mussten, kamen Bekir, Dobrin und einige Freischärler mit dem Leben davon.

Seit Stunden war der Trupp auf der Flucht. Sein Ziel war das Kommandobüro der Freischärler, wo über ihr Schicksal entschieden werden sollte. Die Entfernung betrug etwa fünfzehn Kilometer, doch mussten sie einen großen Umweg über einen hohen Berg machen, um den Bikarek zu entgehen.

Während des Marsches dachte Bekir: ›Meine Aufgabe als Freischärler ist endgültig beendet. Mein Verschulden war es nicht, dass der alte Stadtteil fiel. Der Vertrag ist erfüllt. Ich habe bis zum Schluss schwer gekämpft, ich habe mein Bestes gegeben. Verfluchter schmutziger Krieg! Meine Frau und meine Kinder, was ist aus ihnen geworden. Sind sie noch am Leben? Unser Haus ist sicher niedergebrannt, unser Besitz zerstört.‹

Mit müdem Gang und immer schwerer werdenden Beinen schleppte Bekir sich weiter. Der Weg schien kein Ende zu nehmen, der Gipfel nicht näher zu rücken. Doch die Kälte kroch mit jedem Schritt tiefer unter die Haut.

Nach einer Weile siegte die Erschöpfung über den Durchhaltewillen. Wie ein abgestorbener Ast stürzte Bekir zu Boden. Sofort brüllte Dobrin: »Steh auf, du elender Hund – wir müssen weiter. Bleiben wir hier länger, erwischen uns die Bikarek noch und bringen uns um. Los, komm hoch! Das ist ein Befehl!« Dabei packte er Bekir an den Schultern und wuchtete ihn hoch. »Hier hast du eine Zigarette.« Bekir sah die Zigarette und seine Lebensgeister regten sich wieder, seit Tagen hatte er diesen Genuss entbehrt. Hastig inhalierte er den Rauch. Nach einigen Zügen begann er zu lachen und alles erschien ihm gleichgültig, er fühlte sich stark und hatte vor nichts mehr Angst. Nach einer weiteren Stunde Marsch jedoch lag er wieder am Boden. Die Wirkung des Haschisch hatte nachgelassen. Er nahm sein Gewehr, verzweifelter denn je zuvor, und drückte sich die Mündung an die Schläfe. Er erinnerte sich an die Worte seines Sergeanten Schokschok: »Ein Soldat darf niemals schwach sein. Wenn er nicht weiter kann, muss er sich erschießen.«

Dobrin reagierte schnell. Er riss Bekir die Waffe weg und herrschte ihn an: »Bist du wahnsinnig geworden? Der Schuss würde die Feinde auf uns aufmerksam machen.«

Dobrin zog sein Messer und hielt es Bekir hin. »Nimm, du elender Hund. Nimm das Messer. Uns musst du nicht mit ins Verderben reißen!«

Als Bekir die funkelnde Schneide des Messers erblickte, wich er zurück.

Einzig der Gedanke an seine Familie und die vage Hoffnung auf ein Wiedersehen ließen ihn seine letzten Kräfte mobilisieren.

Im Rekrutierungsbüro jedoch bekam der Trupp einen neuen Befehl: Der Nachbarstaat Sandrun reichte den aufständischen Ukuluk verbündend die Hand und versprach volle Unterstützung. Er entsandte ein Bataillon bestehend aus 300 Kavalleristen, 5000 Infanteristen und 150 anderen Freischärlern. Gemeinsam sollten sie zur Unterstützung der Belagerer nach Danjuk ziehen. Diese strategisch gelegene Stadt wollte Solok unbedingt einnehmen, denn inzwischen war klar, dass sie über Sieg oder Niederlage in diesem Krieg entschied.

Bekir hatte keine Wahl.

Die Männer aus Sandrun waren mit Gewehren, Bajonetten und Handgranaten bewaffnet. Außerdem führten sie dreißig Kanonen mit, die von kräftigen Maultieren gezogen wurden. Um die Aufmerksamkeit des Feindes nicht durch Motorenlärm auf die Truppe zu ziehen, hatten die Generäle diese altmodischen Transportmittel gewählt. Zahllose Ochsenkarren, voll gepfercht mit angeketteten Ziegen, deren Gestank die Luft schwer machte, begleiteten das Heer.

»Es sieht so aus, als ob die Schlacht sehr lange dauern wird; wir haben Verpflegung für fast ein ganzes Jahr. Schade, dass ich kein Ziegenfleisch mag«, meinte Bekir zu seinem Sergeanten.

Dobrin lachte höhnisch. Wütend reagierte Bekir: »Warum lachst du so dreckig, habe ich dir einen Witz erzählt?«

»Was du sagst, ist komischer als ein Witz. Man sieht, dass du keine Ahnung von Strategie hast. Wenn alle so dumm wären wie du, würden wir die Schlacht um Danjuk bestimmt verlieren.«

»Sag mir, was Ziegen mit Strategie zu tun haben«, forderte Bekir.

»Du verstehst gar nichts von Kriegsführung«, rief Dobrin verärgert. »Aber Besserwissen, das kannst du, was? Ich werd's dir erzählen, du Großmaul, gib fein Acht!« Und mit hochmütiger Geste erklärte er: »Der Weg nach Danjuk ist mit Minen nur so gespickt. Damit die uns nicht in die Luft jagen, werden wir Ziegen vorausschicken. Das wird selbst dir gefallen, denn es sind ja Ziegen, und keine Kinder. Hast du das kapiert?«

Bekir fühlte sich verhöhnt, musste aber dennoch zugeben, dass die Idee gut war.

»Wir haben einen Bikarek-Offizier, einen schlauen Fuchs, der hatte diesen genialen Einfall«, erläuterte Dobrin. »Ein Bikarek, wie ich!«

Das verschlug Bekir die Sprache. Ein Bikarek-Offizier, der auf der Seite der Ukuluk kämpfte? Noch klangen ihm Garons patriotischen Worte vom Kampf ums liebe Vaterland im Ohr, da wurde ihm erneut klar, dass es nur ums Geld ging. Die Söldner heuerten dort an, wo sie das meiste verdienen konnten. Jeder verkaufte sich, so gut es ging. An wen oder was sollte Bekir noch glauben?

In diesem Moment fragte er sich, ob er doch besser fliehen sollte, bevor er seine Hände noch weiter mit Blut beschmierte. Doch sofort kroch die Angst wieder in ihm hoch. »Sie werden mich schnell einfangen. Und dann halten sie mir nicht nur das Messer hin, wie bei unserer Flucht auf der Hochebene des Berges Monoluk: Besser ist noch immer, im Kampf zu sterben, anstatt als Deserteur hingerichtet zu werden.«

Bekir lehnte sich zurück.

Der ratternde und rumpelnde Konvoi verhinderte eine erquickende Entspannung. Bekir blickte sinnend hinaus in die wunderschöne, sternklare Nacht. Die Gestirne der Milchstraße, der Große Wagen, die mild warme Luft versetzten ihn in romantische, sentimentale Stimmung. Alte Erinnerungen tauchten auf und waren ihm sehr gegenwärtig. In einer solchen, samtweichen Nacht war er mit seiner zukünftigen Frau Zuku Hand in Hand zum Fluss hinunter gegangen. Unter den funkelnden Sternen hatte sie ihm ihren ersten Kuss gegeben. Dieser Gedanke weckte seinen Lebenswillen.

Die Stimmung der Soldaten war heiter. Manche sangen, andere lachten und tranken. Wer nicht wusste, dass sie in eine Schlacht zogen, hätte dies für eine vergnügliche Nachtkutschenfahrt gehalten.

Als der neue Tag herandämmerte, waren sie nur noch wenige Kilometer von Danjuk entfernt. Der Kommandant befahl, auszusteigen. Die Soldaten ordneten sich zum Fußmarsch. In einem kleinen Wäldchen wurden die Kampfformationen gebildet.

Hinter der Stadtmauer glichen die weißen Häuser von Danjuk an diesem Morgen einer auf halber Höhe grasenden Herde von Lämmern.

In einem der Nebengebäude der Sommerresidenz bewohnte Prinz Oksul eine geräumige Wohnung mit allem Komfort: fließend kaltem und warmen Wasser, einem Koch, der extra für ihn seine Lieblingsspeisen bereitete, einem Diener und einem Hausmädchen. So lebte Oksul in einem goldenen Käfig.

Von einer Kompanie von fünfzehn Soldaten wurde er rund um die Uhr bewacht und durfte die Wohnung nicht allein verlassen.

Es wurde ihm erlaubt, täglich zwei Stunden in den Garten zu gehen. Einmal in der Woche durfte er, ebenso unter Aufsicht, zwei Stunden in der väterlichen Bibliothek verbringen.

Besuch konnte er nur nach Voranmeldung empfangen.

Daher wusste Barakat, zu welcher Zeit der Prinz nicht in seiner eigenen Wohnung war.

So gab es für ihn zwei Möglichkeiten: Entweder entführte er Oksul aus dem Garten oder aber aus der Bibliothek. Er entschied sich für die erste Lösung. Denn in der Nähe des Gartens lag auch der Eingang, durch den die Lieferanten ihre Waren in den Palast brachten.

Der Fleischlieferant sollte bestochen werden.

Einen Tag vor der geplanten Flucht würde er zwei Banditen gegen zehn Uhr im Lieferwagen in den Palast schmuggeln. Den Rest des Tages und die darauf folgende Nacht würden sie in ihrem Versteck verbringen müssen. Kurz vor acht Uhr sollte die Flucht stattfinden. Zwei Soldaten bewachten Oksul bei seinem täglichen Gang durch die Gärten. Es durfte kein Schuss fallen, daher mussten die beiden Banditen die Wachleute mit Messern überwältigen, so dass Oksul, der gewarnt war, sich mit ihnen im Auto des Fleischers verstecken könnte.

Im Lieferwagen, der um acht Uhr früh den Palast verließ und um zehn Uhr mit frischem Fleisch zurückzukehren pflegte, würde er herausgeschmuggelt und außerhalb der Palastmauern zu den zwei übrigen Verschwörern in ein anderes, schnelleres Fahrzeug umsteigen, das ihn in ein sicheres Versteck bringen sollte.

Beim Verlassen des Palastes musste der Fahrer die Nerven behalten. Die Wachposten am Eingang kannten den Lieferwagenfahrer und hatten ihn, solange er sich erinnern konnte, noch nie kontrolliert. Er war sich sicher, dass er auch diesmal durchgewunken werden würde.

Noch am Vorabend der Tat überprüften Barakat und die vier Männer in der Weinschänke zum letzten Mal den Fluchtplan in allen Details und waren sich ihrer Sache sicher.

Doch es sollte anders kommen.

Bis kurz vor acht verlief alles reibungslos. Dann griffen die beiden Banditen die Wachleute im Garten an, einer der Soldaten wurde tödlich verletzt, der andere jedoch wehrte sich. Als er am Boden lag, stachen beide Männer in wilder Panik auf ihn ein, dabei löste sich ein Schuss aus seiner Pistole. Dieser alarmierte die anderen Soldaten, der Garten wurde sofort umzingelt und die Männer gefangen genommen. Um ihre Haut zu retten, verrieten sie noch am selben Tag den Drahtzieher der Entführung.

Faruk sandte mit Genehmigung der Generäle eine Eliteeinheit nach Manfass. Diese überwältigte Barakat und seine

Leibwächter in dessen Villa, und brachten ihn in Handschellen in das gleiche Gebäude der Sommerresidenz, in dem auch Oksul wieder unter Hausarrest gestellt worden war.

Die Männer wussten zwar voneinander, konnten aber keinerlei Kontakt aufnehmen.

> *Der alte Erzähler machte eine Pause. Zuvor waren wir eine Weile schweigend gelaufen, er hatte mich in einen anderen Raum geführt, der beim Eintreten heller und wärmer auf mich wirkte als die vorherigen. Nun füllte er erneut unsere Becher mit dem anregenden Ingwertee und feuchtete seinen Hals damit an.*
>
> *Ihm war sicherlich bewusst, dass ich sehr gespannt auf den Fortgang der Geschichte wartete, dennoch hielt er immer wieder inne. Ich fragte mich, ob er dies mit Absicht tat, um die Spannung noch zu erhöhen.*

Nach sieben Tagen und sieben Nächten kehrte die Regentin mit einem dicken Dokument unter dem Arm zu ihrer Sommerresidenz zurück. Anders als geplant hatten die Verhandlungen auf der Pferdezucht viel Zeit in Anspruch genommen, aber ihre Erwartungen waren weit übertroffen worden, denn sie hatten fruchtbare Ergebnisse gebracht. Wahid war ein besonnener und weiser Verhandlungspartner. Der Friede lag vor der Tür.

Es war Mittag und die Sonne stand im Zenit. Obwohl der Herbst angebrochen war, herrschte eine mörderische Hitze. Die meisten Bewohner des Palastes hielten ihre Siesta, nur die Wachsoldaten durften ihre Plätze nicht verlassen. Durch die mehrstündige Autofahrt war die Regentin wie gerädert, doch trotz der Strapazen hielt ihre Hochstimmung an. Sie sehnte sich nun nach einem Erfrischungsbad. Und während sie gut gelaunt die Marmortreppe zu ihren Gemächern hinaufstieg, genoss sie es, wieder in ihrer vertrauten Umgebung zu sein.

Kaum hatte sie die letzte Stufe erreicht, öffneten ihr zwei Pagen mit ehrfürchtigem Kopfnicken das Portal. Die Kühle, die ihr im Vorsaal entgegenströmte, milderte sofort die Anstrengungen der langen Reise. Von Zofen und Dienern wurde sie umgeben, und jeder versuchte ihre Gunst zu erlangen, indem er ihr die Wünsche von den Lippen ablas. Sie aber begrüßte alle freundlich, plauderte kurz mit ihnen, bedankte sich für ihre Fürsorge und schickte alle bis auf zwei Zofen hinaus. Diese zwei mochte sie besonders gern, Baria und Hanadi, denn sie waren ihr von Kindesbeinen an vertraut. Sie nahmen Sunbula in ihre Mitte und führten sie zu ihren Privatgemächern.

Das wohl temperierte Wasser war bereits in die Badewanne gelaufen. Ausgiebig ließ sich die Regentin baden und genoss die Düfte der ätherischen Öle, die das ganze Bad beherrschten. Danach folgte eine Teezeremonie und ein Abendessen, bei dem die drei Frauen bis spät abends beisammen blieben.

Am nächsten Morgen im Kabinett traf Sunbula Faruk, der ihr über die letzten Ereignisse im Palast berichtete. Sunbula war nicht überrascht, denn Hanadi und Baria wussten alles, was in ihrer Abwesenheit vorgefallen war. Sie war stolz auf die treue Palastgarde und trauerte um die beiden ermordeten Wachsoldaten. Zu ihrem Gedenken gab sie eine Tafel in Auftrag, die im Garten aufgestellt werden sollte. Den Familien ließ sie eine großzügige Rente zuteil werden. Den fünfzehn übrigen Soldaten, die Oksul bewacht hatten, wurde eine Beförderung angekündigt. Einige der Kabinettsmitglieder dachten, Sunbula habe den Verstand verloren, zwei so einfachen Wachsoldaten eine so große Ehre zuteil werden zu lassen.

Sunbula sah es an ihren Gesichtern, blieb jedoch bei ihrer Entscheidung.

Durch die Ermordung von Kronprinz Defrin hatte Solok sein Grab mit eigenen Händen geschaufelt. Denn viele Ukuluk waren erzürnt, dass Defrin von seinem eigenen Stammesbruder ermordet worden war. Sie hätten verstanden, wenn der Mörder aus den Reihen der Bikarek stammte, so aber verließen mehr und mehr Milizionäre Solok und schworen statt dessen Wahid die Treue. Solok versuchte, dennoch seine Macht aufrecht zu erhalten.

Der Chronist sprach immer tonloser, so dass ich besonders aufmerksam zuhören musste.

Mehrere Verschwörer trachteten nach seinem Leben, diese ließ der Tyrann gnadenlos hinrichten.

Wahid mobilisierte dennoch immer neue Soldaten, die gegen Solok kämpften. Zweimal hatte er ihn in eine Falle locken wollen, doch jedesmal war dieser durch Zufall entkommen.

Die Stimme des Alten versagte, kein Wort kam über seine Lippen. Erstaunt und gespannt bat ich ihn fortzufahren. Nachdem er einen Schluck Tee genommen hatte, atmete er tief ein und berichtete dann:

Sunbula hatte genaue Anordnungen gegeben.

Zuerst wurden nach ihrem Plan Wasser und Nahrungsmittel für die Stadtbevölkerung unterirdisch eingeschleust. Dann folgten zwei Militärdivisionen mit ihrem Arsenal. Zusätzlich führte man hundert Kampfelefanten durch den breiten Tunnel in die Stadt, um mit ihrer Hilfe die Blockade zu brechen.

In einem Vorort Danjuks befand sich auf dem Gelände eines alten Friedhofs ein Flüchtlingslager der Bikarek. Zwischen den Gedenksteinen war so etwas wie ein Wohnviertel entstanden. Aus halb verfaultem Holz und verrosteten Blechen wuchsen armselige Hütten. Verwahrlost und zusammengepfercht hausten hier über zweitausend Bikarek, die aus der Hauptstadt geflüchtet waren, ohne fließendes Wasser und ohne Strom. Vor dem Bürgerkrieg hatten alle ein festes Dach über dem Kopf, Arbeit und Brot gehabt und friedlich mit ihren Ukuluk-Nachbarn im Westteil von Julkut zusammengelebt.

Innerhalb weniger Wochen war dann die Stimmung dort umgeschlagen. Freunde wandelten sich zu Feinden. Der Hass des Bürgerkriegs überzog die ganze Stadt wie ein Spinnennetz. Bald gingen einzelne Häuser in Flammen auf. Marodierend und plündernd zogen Banden durch die Straßen.

Einem Teil der Bikarek gelang es, rechtzeitig nach Danjuk zu anderen Stammesbrüdern zu flüchten. Sie wurden keinesfalls mit offenen Armen empfangen, denn sie kamen mittellos. Nur wenige fanden bei Freunden und Verwandten Unterschlupf. Die meisten mussten ihre Zelte auf dem alten Friedhof im Vorort aufschlagen. Hier vegetierten sie in ständiger Angst vor Artilleriebeschuss und den Kugeln der Scharfschützen.

Unmittelbar bevor Dobrins Einheit an diesen Abschnitt abkommandiert wurde, überrollte eine große Offensive der Ukuluk den Friedhof. Dem zwölfstündigen Mörser- und Maschinengewehrfeuer konnten die wenigen hier stationierten Bikareksoldaten nicht standhalten. Sie zogen sich zurück und überließen die überlebende Zivilbevölkerung auf dem alten Friedhof ihrem Schicksal.

Dobrin erhielt den Befehl, die Kampfstätte mit seinen Männern vom Feind zu säubern. Im Blutrausch verblendet, begann er den Auftrag meisterhaft zu vollenden.

Auch Bekir, der sich bemühte, die Befehle Dobrins ohne Widerspruch zu befolgen, suchte in den Trümmern nach Überlebenden. Rasch wurde er fündig. Hinter den Ruinen einer Wellblechhütte entdeckte er eine fünfköpfige Familie. Wie wilde Tiere trieb er die verzweifelt schreienden Geschöpfe dem Platz zu, wo andere Gefangene vor einer Mauer standen, die von Freischärlern umzingelt war.

Dobrin scheute sich nicht, den Unglücklichen Ringe, Halsketten, Armbänder und Uhren zu entreißen. Sorgfältig notierte er die Stücke in einer Kladde und ließ sie dann mit gierigen Fingern in einem Lederbeutel verschwinden.

Bekir sah ihm angewidert zu, als er plötzlich seinen Namen rufen hörte. Kaum hatte er seinen Blick gewandt, starrte er in ein verzerrtes Gesicht. Entsetzt erkannte er den Mann. Er war kein Feind, sondern sein bester Schulfreund. Das durfte nicht wahr sein. Vielleicht eine Ähnlichkeit, doch nicht der Freund!

Mehdi Birham meinte, dieses Gesicht zu kennen, und voller Verzweiflung rief er: »Bekir, erkennst du mich nicht?«

Bekir wagte sich nicht zu rühren und zwang sich zu einer Pokermiene. Sein Herz pochte laut.

Die flehenden Bitten des Gefangenen hatten Dobrin aufmerksam gemacht. »Kennst du den Kerl?«

»Wen? Den da?«, stammelte Bekir. »Nein, nein ... den ... den hab ich noch nie gesehen.«

»Dann mal vorwärts, damit wir's hinter uns bringen! – Alles hört auf mein Kommando! Legt an ... Feuer!«, kommandierte Dobrin.

Bekir zuckte zusammen, als würde sein Ausbilder Schokschok hinter ihm stehen, die Pistole auf seinen Kopf gerichtet. Er hörte die erste Salve. Dann schoss auch er. Er zielte in die Luft, konnte aber wie in Zeitlupe erkennen, wie der Kopf seines Freundes explodierte.

Ein verkrampftes Lachen quoll aus Bekirs Kehle. Benommen murmelte er vor sich hin: »Wenn der Freund zum Feind wird, büßt er mit seinem Leben.«

Nach Beendigung des Massakers wurden Benzinkanister und Weinkisten von einem Wagen geholt und zum Ort des Schreckens getragen. Beim Flackern des Leichenfeuers schütteten die Freischärler den Wein in sich hinein und ließen ihren Führer Solok hochleben. Das brüllende Getöse ging über in heroische Kampfgesänge. Es dauerte eine ganze Weile, bis Wein und Geschrei die Stimmen in Heiserkeit verebben ließen.

Inmitten des Gelages entdeckte Dobrin, dass Bekir sich entfernt hatte. Er spähte nach allen Seiten, doch er konnte ihn nicht entdecken. »Wo steckt eigentlich Bekir?«, forschte er ungeduldig.

Die zwei jungen Männer, die direkt neben ihm hockten, schüttelten den Kopf und riefen wie aus einem Munde: »Woher sollen wir das wissen?«

»Dann sucht ihn. Sofort!«

Die Milizionäre schulterten die Gewehre, und ihre Schatten verschwanden rasch im Labyrinth der apokalyptischen Landschaft.

Neben einem Grabstein, weit entfernt vom Schauplatz des Grauens, kauerte Bekir. Mit geschlossenen Augen drückte er seinen Rücken gegen den harten, rauen Stein und stöhnte, als würde ihn eine unsichtbare Last erdrücken. Schuldgefühle quälten ihn, und plötzlich tauchte vor ihm schemenhaft ein vertrautes Gesicht auf, schmerzverzerrt, mit hervorquellenden Augen und weit aufgerissenem Mund. Trotz der Dunkelheit zwischen den Gedenksteinen war diese Erscheinung deutlich sichtbar für ihn.

Bekir wurde von panischer Angst gepackt und Lähmung durchzog ihn wie ein Kaninchen beim Anblick einer Schlange. Er sammelte alle seine Kräfte, um sich aufzuraffen und davonzulaufen, doch vergebens.

»Hast du das Brot und das Salz unserer Jugend vergessen?«, hörte er die vertraute Stimme sagen. »Du glaubst, ich sei tot. Doch ich lebe! Niemals wirst du wieder Ruhe finden. Wo du auch hingehst, ich werde dir folgen!«

Keine zwanzig Minuten später fanden ihn die beiden von Dobrin Ausgesandten. Bekir lag ausgestreckt wie ein erschöpftes Tier, das seinem Tod entgegensieht. Seine Haare waren zerzaust, das Gesicht zerkratzt, Hemd und Hose zerrissen. Seine Augen starrten blicklos in die Dunkelheit über den Gräbern.

Im Feldlazarett, in das man Bekir brachte, herrschte Bettenmangel. Die Ärzte waren gezwungen, nur Schwerverletzte aufzunehmen. So wurde Bekir nach sechsundvierzig Stunden wieder entlassen, denn trotz Angstzuständen, Schweißausbrüchen, Herz- und Kopfschmerzen konnten die Ärzte keine organische Erkrankung feststellen.

Verwirrt und am Ende seiner Kräfte meldete sich Bekir zum Dienst zurück. Dobrin empfing ihn mit offenen Armen und freute sich über die rasche Genesung. Er war auf jeden Mann angewiesen, denn aufgrund des Massenmordes auf dem alten Friedhof befürchteten die Ukuluk eine starke Gegenoffensive, die die belagerte Stadt befreien könnte.

Die Spezialeinheit stand in vorderster Linie in Alarmbereitschaft. In dem Gebäude im Außenbezirk von Danjuk, in dem sie bisher Stellung bezogen und sich recht sicher gefühlt hatten, wurden sie nun zur Zielscheibe der Bikarek-Scharfschützen.

»Gott sei Dank, dass du wieder auf den Beinen bist«, rief Dobrin begeistert aus und klopfte Bekir auf die Schulter. Dann informierte er ihn strahlend über die Tapferkeitsauszeichnung, die der ganzen Einheit nach dieser Tat versprochen worden war, verbunden mit einer hübschen Geldprämie.

Gleichgültig und in sich gekehrt starrte Bekir an seinem Vorgesetzten vorbei, wandte sich um und bezog Stellung auf dem verbarrikadierten Balkon.

Dobrin, obwohl verärgert, ließ ihn gewähren. »Scheißegal, ballern wird er ja noch können.«

Als hätte er das gehört, fing Bekir plötzlich wie aus heiterem Himmel und ohne ein erkennbares Ziel zu schießen an. Wie von einer Tarantel gestochen stürzte sich Dobrin auf ihn und entwand ihm das Gewehr.

»Was fällt dir ein, du Idiot! Du bringst uns alle in Gefahr. Du ziehst uns die Scharfschützen auf den Hals!«

»Der Ukuluksoldat will nach Hause«, murmelte Bekir vor sich hin. »Je mehr er knallt, umso schneller ist der Scheißdreck zu Ende.« Seine Halsadern schwollen an, bis sie dick wie Stricke waren. Auf seinen Wangen bildeten sich hektische dunkle Flecken, und seine Augäpfel zuckten hin und her. Der Schulfreund erschien ihm wieder mit erloschenen Augen. Die Lippen bewegten sich stumm und bittend, bis blutige Schleier die Totenmaske verdrängten und Bekirs Blicke trübten.

Zur gleichen Zeit schlängelten sich draußen vor dem Haus drei Schatten in Tarnanzügen dicht an den Boden gepresst über das mit Unkraut überwucherte Pflaster. Mit äußerster Vorsicht und großem Geschick rückte der kleine Bikarekstoßtrupp Meter um Meter auf die feindliche Stellung zu. Dann eröffneten ihre Scharfschützen ein Sperrfeuer, gezielt auf die Fenster und Balkone des Gebäudes.

Dobrin warf sich zu Boden und zog den reglosen Bekir mit sich. Auch den anderen Freischärlern blieb nichts anderes übrig, als in lebensrettende Deckung zu gehen.

Das erleichterte den herannahenden Bikarek das blutige Handwerk. Mit geübten Händen platzierten sie mit Zeitzünder versehene Dynamitladungen an der Außenwand des Gebäudes, und wie ein Spuk verschwand das Himmelfahrtskommando in Richtung der eigenen Linien.

Kurz darauf erschütterte ein fürchterlicher Donnerschlag das gesamte Gebäude. Das Erdgeschoss sackte innerhalb weniger Sekunden zusammen und riss alle Etagen in den Abgrund. Das ganze Gebäude verwandelte sich in einen einzigen rauchenden Trümmerhaufen. Die Druckwelle zerschellte alle fünfzig Freischärler, die sich förmlich in Luft auflösten. Außer Uniformfetzen, einzelnen Stiefeln und blutigen Knochensplittern blieb nur die Stille, die sich über den Ort des Grauens senkte.

Eine finanzielle Unterstützung blieb den Angehörigen der gefallenen Freischärler versagt. Nur für einen Brief an die Hinterbliebenen nahm sich Garon Zeit, soweit ihre Adressen im Rekrutierungsbüro vorhanden waren. Nach Erledigung sah er sich von allen Verpflichtungen entbunden.
Unter anderem schrieb er auch an die Frau Bekirs:

Sehr geehrte Frau Rabanek,

wie Sie wissen, kehrte Ihr Mann vor geraumer Zeit von einem längeren Auslandsaufenthalt zurück. Seine Absicht, unmittelbar nach seiner Rückkehr mit dem Zug zu Ihnen heimzukehren, scheiterte am brachliegenden Schienen- und Straßenverkehr. Er saß in Julkut fest.

Der Zufall führte uns zusammen. Ich informierte ihn über unseren politischen Kampf und riet zu einer Bedenkzeit. Doch schon kurz darauf verpflichtete er sich als Freischärler mit dem Ziel, Ihnen und den Kindern ein lebenswertes Dasein in Freiheit und Wohlstand zu ermöglichen - befreit vom Joch der Bikarek.

Ihr Mann kämpfte ein Jahr lang heldenhaft und gehörte zu den mutigsten Kämpfern unserer Spezial-Einheit. Er scheute vor keinem Einsatz zurück und war zu jedem Opfer bereit. Seine Tapferkeit trug zu vielen Siegen entscheidend bei.

Es tut mir leid, Ihnen heute mitteilen zu müssen, dass Ihr Mann bei den Kämpfen um Danjuk sein Leben lassen musste. Er starb in Würde mit der Waffe in der Hand. Sie und Ihre Kinder können stolz auf diesen Helden sein.

Sein Tod ist für uns alle ein herber Verlust. Ich bin wie Sie tief erschüttert, verehrte Frau Rabanek.

Auch unser Führer Solok übermittelt Ihnen sein Beileid. In seinem Namen darf ich Ihnen sagen, dass Bekirs Tod nicht vergeblich war. Für jeden Tropfen Blut unserer Soldaten wird der Feind zehnfach büßen. Alle Gefallenen werden in unseren Herzen unvergessen bleiben.

Seien Sie gewiss, dass unser Kampf zum Sieg führen wird. Das ist alles nur eine Frage der Zeit.

Sie und Ihre Kinder können stets mit meiner Unterstützung rechnen.

Ihr Rekrutierungsdirektor Garon

In der Stadt Danjuk hatte die vom Krieg gezeichnete Bevölkerung ihre Retter und ihren Nachschub mit Begeisterung empfangen. Mühsam war es den Soldaten gelungen, die Menschen von lauten Jubelstürmen abzuhalten, die den Feind allzu misstrauisch hätten werden lassen.

Nachdem die ersten Nöte der Städter gestillt waren, begann man mit der Durchführung von Sunbulas ungewöhnlichem Schlachtplan.

Nach Einbruch der Dunkelheit gab man den Elefanten gegorenen Weintrauben- und Maulbeersaft in großen Mengen zu trinken.

Dieses edle Getränk schmeckte den Tieren ausgezeichnet. Als sie die Fässer leer getrunken hatten, waren die Dickhäuter unberechenbar und gewalttätig geworden. Man öffnete die Stadttore und trieb die Kampfelefanten auf die Schlachtreihen zu. Auf jedem Tier befanden sich massive Aufbauten, darauf jeweils vier Soldaten, die Leuchtraketen zündeten. Ihnen folgten jeweils hundert Soldaten, die Kettenhemden und Helme trugen. Zudem ergänzten Reiter die Kampfformation.

Durch das Trompeten der Elefanten und das Knallen der Raketen, die den Nachthimmel erleuchteten, hatten die Belagerer den Eindruck, es fiele Feuer vom Himmel und der Untergang der Welt stehe bevor. Das Blitzen und der Donner der marschierenden Kolonnen, begleitet vom Waffengeklirr der Bikarek ließen das ganze Szenario noch bedrohlicher wirken.

Verwirrung und Angst waren die Folge und die Kampfbereitschaft der Ukuluk ging völlig verloren. Die Belagerer warfen sofort ihre Waffen von sich, und wer nicht gefangen genommen wurde, floh, um seine Haut zu retten.

Als der Chronist fortfuhr, hatte ich den Eindruck, dass er lächelte.

Solok, ganz von seiner Macht besessen, war außer sich über diese Niederlage, erkannte aber die Aussichtslosigkeit, den Krieg weiterzuführen.

Die sorgfältig geplante Offensive um die Stadt Danjuk war der Wendepunkt des Krieges. Es dauerte noch Wochen, bis die rebellischen Ukuluk-Milizen in den Städten und Dörfern des Landes Karakand ihre Niederlage einsahen und kapitulierten.

Der Alte schwieg einen Moment, wie um sich zu sammeln.

In den Audienzsaal der königlichen Sommerresidenz lud die Regentin den Rat von Karakand ein, um Bilanz der letzten Ereignisse zu ziehen, sowie das mit Wahid vereinbarte Friedensabkommen vorzustellen. Der Saal war von Ministern, Generälen, Höflingen, bekannten Kaufleuten und Stammesältesten beider Stämme gefüllt.

Die zweiflügelige, reich mit Gold verzierte Teakholztür öffnete sich.

Sunbula betrat in strahlender Würde den Raum. Neben ihr schritt Wahid, der Vormund des Kronprinzen der Ukuluk, in brokatbesticktem Festgewand, gefolgt von Faruk, Sunbulas treuem Berater. Die Versammlung erhob sich von den Plätzen.

Alle drei dankten lächelnd und schritten zu ihren Sesseln.

Wahid hielt eine kurze Ansprache, in der er den Anwesenden von den Ereignissen in Danjuk berichtete und deutlich machte, dass nun die Zeit für Frieden gekommen sei. Den Friedensvertrag, den die Regentin vorstellen werde, habe er gemeinsam mit ihr nach langen, gründlichen Überlegungen gestaltet. Von seiner Seite bestehe vollste Zustimmung und er vertraue fest in eine gemeinsame Zukunft. Er hoffe, dass, nachdem so viel Blut vergossen worden sei, nun auch die Versammlung die Chance für einen Neuanfang darin erkenne und ihr Einverständnis geben werde.

Unter erwartungsvollem Applaus nahm Wahid seinen Sessel neben der Regentin ein, die sich energisch erhob.

»Meine sehr geehrten Herren«, eröffnete Sunbula, »mein herzlicher Dank gilt Ihnen, den Kaufleuten. Tatkräftig haben Sie meinen Friedensappell unterstützt und keinen Silberling in Waffenkäufe gesteckt. Das hat entscheidend zur Beendigung des Bruderkrieges beigetragen.

Auch der Generalität schulde ich großen Dank. Durch ihre umsichtige Strategie und Taktik haben Sie unnötiges Blutvergießen verhindert.

Ganz besonders aber bin ich dem ehrwürdigen Wahid zu Dank verpflichtet, denn nur mit ihm erwies es sich als möglich, die ersten Knospen des Friedens gedeihen zu lassen.

Der Wendepunkt war der Bruch der Blockade um Danjuk. Seitdem ist Solok verschwunden, aber seien Sie gewiss, wir bleiben ihm auf den Fersen und er wird einen gerechten Prozess erhalten.

Aus seinem Verschwinden resultiert nun auch die Bereitschaft der aufständischen Ukuluk, in Friedensverhandlungen einzutreten. Im Verlauf meiner Rede werde ich Ihnen die wesentlichen Punkte des Paktes vortragen. Gerne bin ich bereit, konstruktive Vorschläge in das Vertragswerk mit einzubeziehen.

Ich wünsche jedoch absolut fairen Umgang mit unserem Bruderstamm. Die Wiedergutmachung der Schäden, die die Ukuluk den Bikarek zugefügt haben, muss objektiv und fair gehandhabt werden. Wir müssen anerkennen, dass die Ukuluk nicht die alleinigen Schuldigen dieses Krieges sind, auch wir haben unseren Anteil daran. Wir wollen unseren Nachbarstamm nicht durch unrealistische Reparationsforderungen in die Enge treiben.

In dieser Situation müssen wir darauf bedacht sein, von beiden Seiten Toleranz zu üben. Verfahren wir nicht in dieser Weise, schaffen wir bereits die Grundlage für einen weiteren Bruderkrieg.

Wie Ihnen bekannt ist, meine Herren, hat Sandrun, als unausweichliche Folge dieses unseligen Krieges, einen Streifen unseres südlichen Gebietes, mit Zugang zum Meer, annektiert. Dieser schmerzliche Verlust sollte jedoch nicht dauerhaft hingenommen werden. Ich kann Ihnen versichern, meine Herren, dass ich auf diplomatischen, friedlichen Wegen dafür eintreten werde, dass wir dieses Gebiet zurückerlangen.

Heute aber ist es unsere wichtigste Aufgabe, den Abschluss des Friedensvertrages und die Herstellung unserer nationalen Einheit zu bewerkstelligen.

Der gemeinsam erarbeitete Friedensvertrag ist sehr detailliert.

An erster Stelle steht eine Amnestie der beteiligten Kämpfer, damit einher geht ein völliger Verzicht auf die Erörterung der Kriegsschuldfrage. Nur so wird es möglich sein, auch in Zukunft einen stabilen Frieden zu erhalten. Denn auch Wiedergutmachung und Reparationsleistungen entfallen und machen es möglich, dass aus unseren zwei Völkern wieder eine Einheit entsteht.

Alle Flüchtlinge können in ihre angestammten Gebiete zurückkehren.

Für den Wiederaufbau des Landes wird ein großer Teil der Gewinne aus den Silberminen verwandt.

Hinterbliebene der Kriegsopfer sowie Kriegsbeschädigte erhalten bei Bedürftigkeit eine Überlebensrente, dafür steht der bereits vor Monaten eingerichtete Hilfsfonds zur Verfügung, der sich aus Steuern und Überschüssen speist.

Die Milizen und Zivilisten beider Seiten werden verpflichtet, innerhalb von dreißig Tagen Waffen und Munition an die Gesandten der beiden Königshäuser auszuhändigen, das Material wird eingeschmolzen und zum Wiederaufbau des Schienennetzes verwendet.

Hauptstadt und Regierungssitz ist wieder Julkut, dort wechseln sich die Königshäuser wie gehabt in fünfjährigen Regierungsperioden ab. Das Stadtpalais wird erst wiederaufgebaut, wenn die Infrastruktur des Landes wieder vollständig instand gesetzt wurde.

Die Silberminen, die in der Vergangenheit ein Streitpunkt waren, werden zu einer großen Einheit zusammengefasst und unter Aufsicht von zwölf Richtern beider Stämme verwaltet, die in regelmäßigem Turnus neu gewählt werden.

Jeder Verstoß gegen diese von der Regierung erlassenen Gesetze wird geahndet durch eine Verpflichtung zugunsten der Gemeinschaft. Zur Festsetzung dieser gemeinnützigen Tätigkeiten wird ein Rat aus Erwachsenen und Kindern eingesetzt, denn Kinder sind meist ehrliche Richter und unvoreingenommene Beobachter.

Sollten Sie dem noch etwas Konstruktives hinzufügen wollen, dann können Sie das nun machen. Darüber hinaus appelliere ich an Sie alle, dafür Sorge zu tragen, dass der Frieden nicht zum Lippenbekenntnis wird, sondern in Taten seinen Bestand findet.«

Mit diesen Worten beendete die Regentin ihre Rede. Der obligatorische Applaus war eher gedämpft.

Der Palastschreiber notierte zwei Namen, die sich zur Aussprache äußern wollten. Es waren Edelmänner aus Julkut, die über großen Einfluss im ganzen Land Karakand verfügten. Sie besaßen die bedeutendsten Teppich- und Porzellanmanufakturen, betrieben die Eisenbahn, waren Eigentümer der bekanntesten Landesreederei. Darüber hinaus hielten sie jeweils Anteile an den Silberminen und führten die größten Gestüte des Landes.

Zuerst äußerte sich Chaibub. Er war der älteste der Edelmänner und gehörte zum engeren Kreis der Königsfamilie.

»Durchlaucht, erlauben Sie mir einige bescheidene Anmerkungen. Ihr Entwurf für ein Friedensabkommen ist ganz ausgezeichnet und könnte kaum besser sein. Ich stimme fast allen Punkten zu, habe jedoch meine Bedenken, weil der Eindruck entsteht, als ob wir, die Bikarek, kapituliert hätten und nicht die Sieger sind. Auf der ganzen Welt diktiert der Sieger dem Besiegten, was er an Schuld und Pflichten zu leisten hat. Die Ukuluk tragen die Alleinschuld an diesem Krieg. Unsere Gegner müssen büßen und die uns zugefügten Kriegsschäden bis zum letzten Silberling bezahlen. Und was die Sandruner betrifft, Durchlaucht, haben Sie in Ihrer Rede erwähnt, einen friedlichen Weg zur Rückerlangung des Südens finden zu wollen. Leider verstehen die Sandruner nur eine Sprache, nämlich die der Kanonen. So schlage ich denn vor, die Reparationsgelder samt und sonders in eine Aufrüstung zu investieren. Nur mit guten, modernen Waffen wird es uns gelingen, das annektierte Gebiet zu befreien. Nur, wenn wir unsere Gerechtigkeit bekommen, können wir unser gemeinsames Überleben sicherstellen.«

Entspannt erhebt sich Sunbula: »Geehrter Chaibub. Ich verstehe Ihre Aufregung und Entrüstung. Erwartungen an einen Frieden sind meist an ein Schuldeingeständnis geknüpft. Wo aber liegt die Schuld, wenn wir nicht auch bereit sind, bei uns selbst zu suchen?«

»Ich bestehe aber auf meinem Recht!«

»Verehrter Chaibub«, erwiderte die Regentin ernst, »lassen Sie mich eine Parabel erzählen: Es gab einmal vor vielen, vielen Jahren zwei Eremiten in der Wüste von Nedan. Sie waren gottesfürchtig und lebten schon lange gemeinsam in Armut abseits der Karawanenstraßen. Sie ernährten sich von dem, was die karge Landschaft ihnen bot, und von den Gaben, die die seltenen Pilger ihnen brachten.

Eines Tages sagte der jüngere Eremit zu dem älteren: ›Bruder, ich habe heute Nacht von Gerechtigkeit geträumt! Ich möchte unseren Besitz teilen, damit jeder das Gleiche hat.‹

Überrascht blickte ihn der Ältere an: ›Aber wir besitzen nur unseren einzigen Tonkrug, der uns zum Wasserholen dient!‹

›Den müssen wir in zwei Hälften teilen‹, beharrte der jüngere Eremit. ›Nur so hat jeder das gleiche Recht!‹

›Bruder‹, erwiderte der Alte, ›wie wollen wir dann mit unseren Hälften Wasser holen?‹

Die ganze Nacht diskutierten die beiden uneinig über den Krug, bis der Ältere schließlich einlenkte: ›Wenn es dir so wichtig ist, Bruder, Recht zu behalten, nimm den ganzen Krug und behalte ihn als dein Eigentum.‹

Verwirrt sah der jüngere Eremit den anderen an: ›Nur zwei Hälften können das Problem lösen, alles andere ist keine Gerechtigkeit!‹ Verärgert über die Uneinsichtigkeit des Älteren nahm er den Krug und schlug ihn vorsichtig an einen Stein, doch er zerbrach in tausend Scherben.«

Sunbula hielt inne. Im Audienzsaal herrschte nachdenkliches Schweigen.

Ukuluk und Bikarek feierten gemeinsam auf allen Straßen Julkuts den Frieden und Sunbulas endgültige Vereidigung als Königin.

Familien, Verwandte und Freunde hatten während der Feindseligkeiten monatelang getrennt leben müssen und kamen nun endlich auf dem großen Platz wieder zusammen, wo vor dem Krieg das Stadtpalais gestanden hatte. Aus dem ganzen Land strömten sie heran, um den Feierlichkeiten beizuwohnen. Die gesamte Stadt war im Freudentaumel. Männer, die aufeinander geschossen hatten, umarmten sich. Kriegerwitwen aus beiden Stämmen trafen sich vor dem Bürgermeisteramt der Stadt. Auch Zuku, deren Mann Bekir im Krieg von den eigenen Kameraden in den Tod getrieben worden war und die darüber hinaus ihren Ältesten beklagte, nahm die große Reise in die Hauptstadt auf sich, um ihren Namen in die Liste der Kriegerwitwen einzutragen. Denn so erhoffte sie, wenigstens eine finanzielle Wiedergutmachung für den Tod ihres Mannes zu erhalten.

Bei vielen keimte endlich die Hoffnung auf eine friedliche Zukunft.

Um den Friedensvertrag umzusetzen, benötigte Sunbula fast ihre gesamte Regierungszeit. Immer wieder flammten kleinere Auseinandersetzungen auf und die Armee der Königin musste konsequent durchgreifen, um diese Scharmützel schnell zu beenden. Eine bedeutende Stütze in dieser Zeit war das uneingeschränkte Vertrauen zu Wahid, der als Stammesältester der Ukuluk stets aufs Neue seine Brüder von den Vorteilen des Vertrages überzeugte.

Die allgemeinen Lebensumstände besserten sich für beide Stämme.

Wie eine Hydra mit unzähligen Köpfen jedoch erschien ihr die Korruption, der sie nicht Herr wurde. An schwierigen Tagen fürchtete Sunbula, sie müsse den Kampf gegen sie sogar aufgeben. Ein Großteil der ungesetzlich fließenden Gelder stammte aus dem heimlichen Mohnanbau im Land. Die Regentin wusste, dass dieser eine Lebensgrundlage für viele Bauern war und sie ihn nicht von heute auf morgen unterbinden konnte.

Unter Sunbulas gerechter und gütiger Hand begannen im

Lande Karakand die ersten Knospen wieder zaghaft zu blühen. Von beiden Volksgruppen wurde sie schließlich akzeptiert und geachtet. Doch in ihrer Familie blieb es bei der Zwietracht.

Am Ende des fünften Jahres fand wie geplant der Regierungswechsel zwischen Bikarek und Ukuluk statt. Efram wurde der neue König von Karakand. Sunbula wünschte sich, dass es ihm gelänge, die wiedergewonnene Einheit des Landes zu erhalten und jene Probleme, die sie nicht hatte lösen können, in den Griff zu bekommen.

Wie früher sollten Ukuluk und Bikarek, die aus dem Geschlecht Ahab stammten, zusammenleben.

Das Land Karakand war fruchtbar und das Meer schenkte wieder Fische in Hülle und Fülle.

Am ersten Tag des neuen Jahres schaute Sunbula in der Morgendämmerung auf die schimmernde See.

Sie erkannte die vertraute väterliche Yacht, die aus dem Nebel auftauchte. Ihre Freude flog weit über das Meer.

Doch als sie das Schiff bestieg, überfiel sie Trauer. Sie wusste nicht, wie lange sie Abschied von ihrer geliebten Stadt nehmen würde.

Nachdenklich fragte sie sich, ob der Frieden im Herzen der Menschen anhalten könne. Ihre Gedanken gingen dabei zu dem alten Erzähler, der im Flughafen die Besucher des Landes durch sieben Hallen führte. Sie war gewiss, dass diese Tradition von König Efram weitergeführt werden würde.

Eine Weile noch blieb sie an Deck stehen und betrachtete die Stadt, die noch schlummerte. Dann gab sie den wartenden Seeleuten ein Zeichen. Sogleich lichteten sie den Anker und lösten das Schiff von seiner Vertäuung.

Als der Kapitän fragte: »Majestät, welchen Kurs wünschen Sie zu laufen?«, antwortete sie: »Dieses Mal habe ich kein bestimmtes Ziel.«

Ruhig glitt das Schiff über das Meer, bis es im Nebel verschwand.

Der alte Erzähler führte mich durch eine Tür und drückte fest meine Hand.

»Ich danke Ihnen für Ihr Vertrauen und für die Zeit, die Sie mir geschenkt haben. Jetzt kennen Sie die Geschichte unseres Landes. Und wenn Sie wollen, erzählen Sie sie weiter.«

Dann nahm er mir die Binde von den Augen und ich war geblendet von der Helligkeit der Mittagssonne, die vor dem Flughafengebäude ihre Wärme verströmte. Ein Taxi wartete am Ausgang und mein Gepäck stand bereits davor.

Ich sah den Alten an und bevor ich ihm noch eine Frage stellen konnte, schien er erneut meine Gedanken erraten zu haben.

»Ich bin Ihnen noch eine Antwort schuldig, nicht wahr?«

Ich nickte und obwohl er es nicht sehen konnte, begann er:

»Erschrecken Sie nicht: Ich bin Solok!«

Eine Gänsehaut überlief mich und ich trat instinktiv einen Schritt zurück.

»›Mehrfach hat er den Tod verdient‹, sagten meine Feinde. Die Mehrheit der Generäle wollte mich am Strick hängen sehen und als ich gefasst wurde, versuchten sie, mich zu lynchen. Ich sah dem Tod ins Auge und ganz knapp nur kam ich mit dem Leben davon, doch mein Augenlicht verlor ich dabei für immer.

Viele in Karakand waren im Krieg blind vor Hass, Wut und Verlangen. Nach dem Ende der Kämpfe sahen die meisten ihr Fehlverhalten ein.

Auch ich habe gelernt zu erkennen, die Regentin war eine gute Lehrmeisterin, sie sorgte für einen fairen Prozess.

Ich wusste, dass ich hingerichtet würde oder für immer hinter Gitter käme, denn das wäre meine verdiente Strafe gewesen. Aber einmal mehr überraschte die Königin alle mit ihrem Urteil, indem sie

mir das Leben schenkte und eine besondere Strafe auferlegte.
Sunbula kannte mich und meine Erzählkunst seit ihrer Kindheit, und deshalb übertrug sie mir die lebenslängliche Aufgabe, die Schrecken des Krieges und meine eigenen Verbrechen immer wieder zu erzählen, um sie nie in Vergessenheit geraten zu lassen und andere davor zu bewahren.«

Jusuf Naoum, geboren 1941 in El Mina/Tripoli im Libanon, kam 1964 nach Deutschland. Er arbeitete als Kellner, Masseur und medizinischer Bademeister. Seit 1983 lebt er als freier Schriftsteller und einziger Kaffeehausgeschichtenerzähler Deutschlands in der Nähe von Wiesbaden. Er veröffentlichte zahlreiche Erzählungen, Märchen, Gedichte und Romane und verfasste Beiträge für Rundfunk und Fernsehen.

www.jusuf-naoum.de

Zuletzt erschien: Guten Tag Alemania (Kaffeehausgeschichten), München 2007.

»Mein libanesischer Freund Jusuf war ein wunderbarer Vorleser, bis er blind wurde, und heute erzählt er seine Geschichten auswendig mit dem gleichen orientalischen Temperament, und es gibt kaum etwas Schöneres, als da zuzuhören.«
Elke Heidenreich, buchjournal, Frühjahr 2004

www.schiler.de

Romane und Erzählungen im *Verlag* Hans Schiler

Shalom Darwish / Samir Naqqash

Zieh fort aus der Heimat, dem Land deiner Väter

Arabische Kurzprosa irakisch-jüdischer Autoren in Israel

hrsg. von Angelika Neuwirth und Nesrine Jamoud

ISBN 978-3-89930-180-9

Jüdisch-arabische Literatur ist durchaus kein Exoticum - exotisch macht sie erst unser Blick, wenn wir sie auf den Hintergrund der modernen Nahost-Landkarte, die die Welt in Nationalstaaten einteilt, projizieren.

Abdallah Ghanem

Der Berg der Eremiten

Erzählung aus dem Libanon

Aus dem Arabischen von Christine Battermann

ISBN 978-3-89930-041-3

Die Bewohner von Ain al-Warda waren ihrer Natur nach Genies, inmitten all ihrer Kühe Politiker, inmitten all ihrer Kinder Asketen, und inmitten all der Materie, in deren Notwendigkeiten und Erfordernissen sie bis zum Kinn steckten, Phantasten.

Ewa Kujawska

Das Haus der Malgorzata

Roman

Aus dem Polnischen von Steffen Hänschen

ISBN 978-3-89930-238-7

Eine Deutsche und eine Polin wohnen nach Kriegsende gezwungenermaßen in einem Haus an der pommerschen Ostseeküste und durchbrechen dabei langsam ihr Schweigen und ihren Hass aufeinander. Ist es möglich, dass zwei sich antagonistisch gegenüber stehende Menschen einen gemeinsamen Raum finden können?

Ewa Kujawska, geboren 1958 in Ustka, Polen, erhielt für ihren ersten Roman den Preis der Kulturstiftung Polens 2009.

Ismet Elci
Richtung der Anderen
Erzählung
ISBN 978-3-89930-258-5
»Die Themen, um die es in seinen Romanen und Erzählungen geht - Ausländerproblematik, Flucht aus der Osttürkei, Leben in der Fremde als Asylanwärter, politische Querelen zwischen Türken und Kurden - die Tristesse all dessen ist für ihn nicht einfach nur literarisches Material, vielmehr sieht man, wie die darin enthaltene Dramatik Elçi persönlich zusetzt.« (Volker Kaminski)

Herold Belger
Das Haus des Heimatlosen
Roman
Aus dem Russischen von Kristiane Lichtenfeld
ISBN 978-3-89930-261-5
Der große Roman des kasachischen Autors über die Deportation der Wolgadeutschen und ihre Entrechtung nach dem Überfall Hitlerdeutschlands auf die UdSSR 1941. Selbst als Sechsjähriger in den Strudel der Ereignisse gerissen und mit dem Vater in einen kasachischen Aul verschlagen, vermittelt Belger dem Leser die Vorgänge auch innerhalb der Fiktion als authentisch.

Tarek Eltayeb
Das Palmenhaus
Roman
Aus dem Arabischen von Ursula Eltayeb
ISBN 978-3-89930-178-6
Nach einigen Jahren in Wien, die von Einsamkeit und einem perspektivlosen Alltag am Rande der Gesellschaft geprägt sind, lernt Hamza Sandra kennen, die ihm eine völlig neue Welt eröffnet: Sie zeigt ihm das Palmenhaus, das für ihn zum Ort der Geborgenheit und der Wärme wird.
Ein wunderbarer Roman, voll Weisheit und Menschlichkeit. (Progress)